# 路《ろ》逢《ほう》の詩人へ

Kataiko

方韋子詩集

# 方韋子詩集　路逢の詩人へ

## 目　次

## Ⅰ

### 神のものは神へ


ハル爺さん　8
象の死　10
肉屋の店先で　13
七夕竹　15
とんとんとん　18
シナイ山の船　20
さくら　23
夏休みが手ぶらでやってきた　26
暗号　30
女生徒　32
ください——森本隼の世界　34


## Ⅱ

### 革命家の散髪屋


蟹の泡　38
夕日を送る　40
雪　42

今日 45
オンカロ——その意味するもの 46
フンコロガシ——放射性廃棄物の話 52
幽霊 55
地下鉄の乳母車 58
やばい 60
おだいじに 63
革命家の散髪屋 68
ルンペン達治——萩原葉子『天上の花』より 70

## Ⅲ 落とされた橋

ある父の話 74
竜の髭をつかむ 76
忘勿石 78
フーキの島——西表島 82
ヒロインはいらない 87
ジェシカ・リンチ 90

落とされた橋 92
民族の悲劇 96
禁じられた遊び 100
アメリア・シェルター 102
サラエヴォの花 106

## Ⅳ 僕は方韋子

老人の呟き 114
ふるさとの死 116
ふるさとととも 119
なんでもないこと 122
兄よ 126
うら 130
僕は方韋子 136
橋を渡ろう 140

あとがき 143

若者たちに手で指示をする
「よし」というときは小声で「よし」と呟きながら手をあげる
声は川音に消されて若者たちには届かない
冬になればハル爺さんは猪を捕るために仕掛ける
何日も辛抱《しんぼう》強く待つ
ハル爺さんの長年の勘《かん》に狂いはない
ハル爺さんの罠《わな》はどんなに大きな猪でもはずせない
猪が掛かると若者は負ぶって山を下りる

ハル爺さんは祈る
獲物の猪にお神酒《みき》を少しかけて
一年の漁が了《おわ》るときも川に舟を浮かべて
やはりお神酒を少し流して
ハル爺さんが口の中で何を祈っているのか聞こえない
だれもハル爺さんの呪文《じゅもん》を知らない
けれどもハル爺さんが祈るときは
だれもが敬虔《けいけん》な頭を下げる

# 象の死

けさの新聞が
きのう象が死んだと報じていた
体重当てクイズなどで人気を博《はく》したと
このアジア象の生涯を称《たた》えていた

じつは　ぼくは
一週間前　この象に会ったのだ
桜がおわったばかりの動物園で

動物園に来るなんて
もう五〇年以来のことかもしれない
妻と二人で来るなんてはじめてのことだ
故郷を離れ　親兄弟とも離れ
この異国でなんの不自由もなく暮らす動物たちに

寂《さみ》しさの影を見つつ
妻と寄り添《そ》いながら歩いた
妻は「動物園もわりと愉《たの》しいわね」といった

ぼくらを愉しませてくれたなかに
この象もいた
広い園舎をゆっくりと二頭の象が歩んでいた
死んだ象がどちらなのかは分からない
新聞には牝《めす》の象とあった

ぼくらとこの象の出会いは
つい一週間前のわずかの時間
ぼくらとこの象の生きてきた時間にすれば
とるにたりない二万分の一日
なのに
急にこの象が旧知の間柄のように
愛《いと》しく感じられる

ぼくらは　あの日
童心にかえって
帰りの交差点では
右手をたかだかと挙げて渡った
この象も
童心にかえって
鼻をたかだかと挙げて
草原を渡る風を
胸いっぱいに吸い込む夢を見ていただろうか

# 路逢の詩人へ

## 路《ろ》逢《ほう》の詩人へ

私の書斎には「游魚獨自迷」という、柳田聖山先生の書が掛かっている。それは『臨済録《りんざいろく》』中の「海月澄無影、游魚獨自迷」（海月澄みて影無く、游魚独自《みず》から迷う）の一句からとられたものである。昭和庚戌《かのえいぬ》（一九七〇年）とあるから、四五年も前のことになる。

先生は「もっとも文学的香気にみちた一段」と評されているから、私への一句としてくださったのであろう。当時の私は文学青年でもなく、一介《いっかい》の教師にすぎなかったが。

臨済《りんざい》義玄《ぎげん》と対話しているのは鳳林《ほうりん》である。鳳林は詩人であるらしい。この詩人、単なる詩人ではなかった。一級の禅師と渡り合えたのである。[*1]

その同じ章に「路逢剣客須呈剣、不是詩人莫献詩」（路《みち》に剣客に逢えば須《すべか》らく剣を呈すべし、是れ詩人にあらずんば詩を献ずることなかれ）との一対の句があるが、これを私は逆さまにして「路に詩人に逢えば詩を呈すべし」としてみた。[*2]

題して、『路逢の詩人へ』である。呈するのは私である。

柳田先生、入矢義高先生は詩人でもあった。いまは泉下《せんか》から、私の詩集をどう評価してくださるか気にかかる。あわよくばせめて可がいただければと思っているが、まだまだという声が聴こえてきそうである。

＊1　柳田聖山訳『臨済録』２０８ページ（中公クラシック）
＊2　入矢義高訳注『臨済録』２０７ページ（岩波文庫）

# Ⅰ　神のものは神へ

# ハル爺さん

ハル爺さんはこのかた古里を離れたことはない
隣の家から嫁《とつ》いできた婆さんと二人きりの生活だ
わずかばかりの棚田と川と山が生活の凡《すべ》てだ

ハル爺さんは近ごろ体の衰えを感じるようになったが
まだ若者には負けない気はある
かといって熱《いき》ることはしない

収穫を間近にした田が猪《しし》に荒らされた
ハル爺さんは
やつらも生きていかにゃならんのだ
だけどもうちょっと行儀よく食ってくれんかのぉーと呟《つぶや》く
秋の落鮎のシーズンには村中で仕掛をする
ハル爺さんは川岸に立って

# 肉屋の店先で

小さな肉屋の店先で
みんなは磁石に引かれたように
そちらを見た
そこには
髯《ひげ》を神経質なまでに整えた
痩せぎすの　白皙《はくせき》の青年が立っていた
　おれは
あの人よりも前にレジを待っていたんだ！
というがはやいか
店内にある冷凍庫から
買わんがために手にしていた
冷凍の骨付きの肉を
ショーケースの上に叩きつけた
ガーン！

みんなは驚いて
　あの方を先にして上げてください　といった
もうそのときは白皙の青年は店を後にしていた

妻を亡くして
一人で忙《せわ》しなくしている店主は
どうして最近の人はいらいらしているんでしょうね
と落ち着いたものだ
　ぼくさっきから順番を待っているんですが
　といってくれればいいですのにね
最近の若い人は言葉が少ないですね
そして
　美男子なのにもったいない　と
なに食わぬ顔をして付け加えた

# 七夕竹

お隣の軒下に七夕の笹竹《ささだけ》がうち捨ててある
赤や黄や青とりどりの短冊がついている
お隣は小学校の先生
きっときのうは学校でも七夕祭をやったのだ
こどもたちが願いを書いたのだ
昔なら明くる日に笹竹を流して願いが叶《かな》えられるように祈った
川は銀漢《ぎんかん》に通じていた
環境問題もあって川は通じなくなったにちがいない
ぼくは先生が出勤したあと内緒《ないしょ》で短冊を見た
こどもの願いは昔もさして変わらない
　成績がよくなりますように
　字がきれいになりますように
　ピアノが上達しますように
　おこづかいがたくさんもらえますように

○○ちゃんと仲良くなれますように
携帯電話が買ってもらえますように
サッカー選手になりワールドカップに出場できますように
なかには
　宝くじが当たりますように
という可愛くないものもあった

そんななかに
一枚の気になるものがあった
　おとうさんとおかあさんが幸せになりますように
この子の家庭は幸せなのだろうか
この子の願いは切実なのだろうか
この子の力の及ばないところで何かが起ころうとしているのだろうか

この短冊をそっと笹竹から外して川に流した
この行為は窃盗にあたるだろうか
いや

わたくしは神のものを神にお返ししただけだ

# とんとんとん

にわかに
田に出てなにかを働く人の姿がある
風を切って自転車で走って行く人がある
家々には蒲団が乾され
日向のむず痒《かゆ》い匂いを放つ
どこかで人の笑う声がする
こぶしの蕾《つぼみ》はまだ小さいが
空に向かって銀色のにこ毛のような毛を
光らせている
温度計は一六度を指している

とんとんとん　とんとんとん
隣家から釘を打つ音がする
この家では今冬

爺さんが死んだ
もう忌《き》も明けて
爺さんの部屋でも改装しているのだろう

# シナイ山の船

すまし貌《がお》に
にっと現われる二本の前歯
身を低くして
ご主人様の命令を待つ姿は
どう見ても老けている

足にある四つの座り胼胝《たこ》
まるでセーターの肘当《ひじあて》
長い首を支える切り株もどきの胼胝
目を遠くへ投げかけ
前脚を高く前に踏み出す　すると
前脚に引っ張られるようにすり足の後足が出る
それでもときどきずるっと石の表を踏んで滑る
駱駝《らくだ》は臆病者《おくびょうもの》に違いない

足首はふわふわしていて
ショックアブソーバーつき

だれが教えたのか
「らくだはらくだ」と日本語でいう
けれど　二メートル近い背中に
ゆらりゆらりとゆられるのはゆかいでない
それでも
「メイヤ！　メイヤ！」[*1]と応えると
黒褐色の砂埃とも垢ともつかぬ顔に髭《ひげ》を蓄え
相思《そうし》鼠《ねず》のターバンを巻いた
ベドウィン[*2]の痩身《そうしん》の青年が親指を立てて
「そうだろう！」といわんばかりに気色ばむ

前の日は麓のプールつきのホテルに泊り
いまはこうして駱駝で登る
預言者よ

こんな異教徒の我を許したまえ
いくら私が逆立ち　しようとも
あなたのように一二〇歳までは
生きられぬ身であるからには

＊1「メイヤ、メイヤ」はアラビア語で「素晴らしい」の意。
＊2 アラビア半島を中心に、中東・北アフリカの砂漠に住む
アラブ系の遊牧民。駱駝や羊などを飼育する。

# さくら

さくら
さくら
さくら
が
あおざめている
ゴホンとしわぶいては
はなをこぼす

地下を
金属音を軋《きし》ませて
電車がはしる
疲れて不安顔の
頭から爪先まで

黒ずくめの
カバンも黒の
髪を整えた若者たちが
ものいうことも億劫《おっくう》そうに
降りていく
個性をなくし
存在を薄め
かくし絵のなかに
しばしのあいだ
安息の場を見いだす

さくら
さくら
さくらの樹のもとには
いまは
死体は埋まってはいない
リクルートスーツに身をくるんだ

顔をなくした若者たちが
ぶら下がっている

# 夏休みが手ぶらでやってきた

扉をあけると　そこに
あいさつもせずに
夏休みが手ぶらで立っていた

夏休みとは旧知の間柄
はじめて出会ったのはかれこれ五〇年前にもなろうか
だからといって挨拶もなく立っている法はないだろうと思ったが
座敷まで招じ入れた
夏休みは座敷の真中にどっかと腰を下ろすと大きく団扇を使った
一年ぶりに会ったせいか　どこかやつれて見えた
お互いに年をとったのかもしれない
団扇をばたつかせながらしきりと夏休みは暑い暑いといった

ぼくは　ははーん　なにかあるなと思った　そこで

（暑いのによく来てくれたな）といった
すると夏休みはやおら愚痴りはじめるのであった
（君は、はやいはなしが去年までは俺の来るのを心待ちにしてくれていた
ではないか。そう貌《かお》がいっていた。君の頭のなかは夢と白で信号が要る
ほどだった）
ぎくりとした　夏休みのことはさっぱり忘れていた
（君は卒業のとき、これで俺ともお別れだと思っていたのに教師になれて
俺と別れなくてすんだと、喜んでくれたではないか。それがどうだ、教
師を辞めたらすぐ俺を忘れてしまうなんて）
夏休みは　薄情だといわんばかり　いや薄情な奴だと責めているのだ
話がその通りなので寂しくなった

（いや正直にいおう。いまのぼくは君のことを必要としていないのだ。
君がいなくても、いまのぼくはまいにち君と会っているのも同然なのだ。
てめえ勝手な奴と思われるかもしれないが）
夏休みは（はっとして）ぼくの貌をみた　あきらかに混乱した眼で
意地悪くぼくは言葉を足した

（君が来ても、夢も白もぼくにはやってこなくなったのだ、暑いだけさ。
　信号機もブレーキもいらないんだ。らくなものさ）
夏休みはいきなり立つと
（俺は軽率だった。思慮不足だった。そうだったな。そうだったな）
と自分にいいきかせるふうであった

そのまま夏休みは手ぶらで帰っていった
ぼくは引き止めもしなかった　心にもないことをいうほどぼくは悪人では
なかったから

ウィークデーにはレジに並んだ
一円でも安いスーパー・マーケットを見付け
ワゴンを押してワイフに従う　開店時間の一〇時を待ち兼ね
きのうは真面目なサラリーマンであった胡麻塩頭の紳士
ネクタイと上着を羽織ればきのうはきょう
そんなのであふれている
ぼくはぞっとして　二度とワイフのお供はしないことにした

ある日　夏休みがやってきた
この前　忘れ物をしたのだという
なんだというと
（君に長く貸していた、あるものだ）といって
本箱の本の隙《すき》から　栞《しおり》という栞を全部抜き取って持っていった
いらいぼくは　本を読む気力もなくして　時間をもてあましている

# 暗号

「もしもし、お父さん、おれだけれど」

「うん、だれだ、暗号を言え！」

「え、暗号？　なに、それ」

ガチャンと電話を切る

夕方　息子から電話が入る
妻が応対している
「お父さん！　惚けちゃいないわよ。は、は、は。……。お父さん、昨日から暗号を使いだしたらしいわよ。……。そうよね。……。実はね、昨日、新聞の投書にあったのをつい話してしまったの。……。その人ははじめて身近におれおれ詐欺の現場を見たと驚いて投書したらしいの。……。知り合いが通帳を持って焦っていたんだって。どうしたのと聞くと、息子から電話が入り、これこれの理由ですぐお金を振込んで欲しいと言うのよ、と言って慌てて行こうとしてたんだって。そこで待ちなさいよって言ったわけ。息子さんに電話してみれば、損はしないから、と。そこでやっとその人、気を取り直して電話したわけ。すると元気な声で、もしもし、お母さん元気、なんか用、と言う声が入って振込まなくて助かったんだって。……。それを話したらお父さんすぐ乗っちゃって。……。暗号！　ゆうびんきょくとか言っていたわよ。……。どうしてあなたはいつもそんなにお金が入り用なのよ。……。すこしは節約しなさいよ。……。しょうがないわね、我慢して振込んであげるけど、なんだかおれおれ詐欺に遭ったみたいだわ」

一ヵ月後

「もしもし、あ、お父さん、ゆうびんきょく」

「あなたの電話には出ることができません」

「え！　ちょっと待って、ゆうびんきょく、ゆうびんきょく」

「暗号は本日変わりました」

置こうとした受話器が遠くで叫んでいた

「ちょ、ちょ、ちょっと待ってよ」

ガッチャン

# 女生徒

女生徒はわたしの顔を見ると
寂しそうな悲しそうな笑顔だという
わたしはぎくりとした
この生徒は女性の持つ鋭い感性を持ちはじめているにちがいない
わたしの心のどこかを感じとったにちがいない
狼狽《うろた》えたわたしは

「そうか！　だから女性にもてないんだ」と応えた
「え、先生独身なん？」
「そうなんだ」とつい嘘をいってしまった
「いいひともいないの？」
「まあ、ね」

下校時間の人のごったがえすなかで
「先生、はよいいひと探しよ」と声がかかる

女生徒たちのなかにあの子がいた
わたしは思わず
「ありがとう」という
女生徒は屈託なく笑っている
嘘からはじまったなんでもない
ちょっとしたいいおはなし

## ください——森本隼の世界

神と交信できる才能を賦与《ふよ》された数少ない人は
神に魅入《みい》られ　神を道連れにする
その人は決して神を離さない　後戻りしない
それが魅入られるということである
その人が神に憑《よ》りつくのである

神から遠く離れているわれわれにとって
彼の死は晴天の霹靂《へきれき》であった
彼と契約を結んだ神は
自分の世界を豊穣《ほうじょう》にした
彼を失ったわれわれは
現代詩の生まれようとする希望の一つを摘まれてしまった
この損失
彼は詩のなかで次のように詠う

言葉につまったら
息づかいを、

間を

ください

「息づかいを、」に句読点が打たれる
「息づかい」はとりもなおさず「間」である
「間を」は二行も開ける
二行の空白はなにを語るのか　あるいは語らないのか
「ください」が改行され
意味深に行頭から離され　宙にさ迷う
それでもまだ飽き足らないのか
「ください」に縦棒の線を入れる　それは

彼と神との交信
神に「ください」と哀願している相《すがた》そのものだ
切に　切に　という切羽詰《せっぱつ》まった形相《ぎょうそう》
その汚れない姿そのものが彼なのだ

＊もりもとじゅん。二九歳の誕生日（二〇一一年七月一八日）に自死。
この詩は「呼吸」の一節（森本直人編『サミシガリータ』より）。

# Ⅱ　革命家の散髪屋

# 蟹の泡

脳を病んだ子が
敬礼して
　本官は警察官であります
　どこかお探しでしょうか
という
「K病院はどこですか」
　残念ながら本官は存じ上げません
「サンタはどうしましたかね」
　サンタクロースはおととい町を出ました
　春をお探しですか

春がバケツの底を叩く
バタ　バタ　バタ　バタ
蘇る気もないくせに

園児たちがいろとりどりに
手をつなぎあって行く

モノクロのネガのなかに
蟹の泡が育つ
そだつ　そだつ　そだつ

＊蟹　cancer

# 夕日を送る

夕日を送る
なにもかも忘れてただおまえを送る
さようなら　さようなら
おまえは
わたくしが寝ている間も
駈けに駈けて　あした　また
あちらから顔を見せてくれるにちがいない

さようなら　さようなら
夏山に立ってただおまえを送る
おまえは
早くから遅くまで輝いてくれる
夜が短いから猛スピードで駈けねばならない
だから　おまえは熱くなるのにちがいない

そんなおまえだって
まもなく疲れるにきまっている
だんだんとスピードが落ちて
微睡《まどろ》み始める
たのむから
パンツのゴムが伸びきってしまうようにならないでくれ
さようなら　さようなら
なにもかも忘れてただおまえを送る

# 雪

地下の穴から出たら
大雪だった
大文字がくっきりと姿を現わす
長靴がない
だれかがつけた足跡に
おそるおそる革靴を置いて行く
いかん　いかん　遺憾

体の周りを
人工衛生が回り
息を吸って腹を膨らませる
「楽にして」
楽にする？
楽でないから来たんだ

小脇に
モノクロ写真を抱えて
出ると
懶《ものう》いメロディーが流れていて
憑《つ》かれる
懸想文売《けそうぶみうり》がたっていた
あ、あ、節分か！
一〇円玉を一個取出し
思いっきり投げた
賽銭《さいせん》箱の底から乾いた音がした
神官も聴いていた
いまだ！
柏《かしわ》手《で》をポンポンと打った

医者がしきりに覗く
モノクロ写真に

雪が降っている
いかん、いかん、遺憾、如何《いか》にせん

# 今日

きのうを
振り切ろうとすると
恨《うら》めしそうな貌《かお》をして
悪臭を紛々《ふんぷん》と撒《ま》き散らす奴

あすを
掴《つか》もうとして手を伸ばすと
そのはしから
つるりとこぼれ落ちる奴

きょう
こいつが問題だ
「さて？」なんて言ってちゃ駄目だ
目覚めたらともかくベッドから飛び出せ
こいつだけは信じられるから

# オンカロ――その意味するもの

オンカロを知っていますか
北緯61度14分06・54秒
東経21度28分55・39秒
フィンランドのオルキルオト島の
地下５００メートルに掘られた大都市

オンカロは隠し場所の意
未来の人類が決して近づいてはならない場所
20世紀に掘りはじめ
22世紀に掘りおえる
その後
10万年、近づいてはならない地下の都市

オンカロはなにを隠すのか

高レベル放射性廃棄物を　だ
高レベル放射能の廃棄物が安全になるには
10万年の年月がいる
10万年と一口にはいうが
10万年がどんな長さか考えたことありますか

10万年前といえば
ホモ・サピエンスが地球上に現われたとき
そんな長いときをこの地下都市は
未来の人類に触れられもせず
天災にも遭わず
静かに眠り続けねばならないのだ
おお、
そして
オンカロは自分自身をも
未来人に隠さねばならないのだ！

地上は不安定だという
天災がある　それに
戦争がある　だから
地下深く揺るぎない岩盤の上でなくてはならない
未来人にマーカーを立てメッセージを刻す
現在地球上で使われているあらゆる文字で
「ここにはあなたがたの役に立つものはない。
　危険な場所だから立ち去りなさい。
　この敷地は決して乱してはいけない」と
ツタンカーメンの墓も
秦《しん》の始皇帝の陵墓《りようぼ》だって
掘り返される
掘り返されないためのあらゆる手立てを尽くしたというのに
オンカロが未来人に掘り返されない保証はない

せんじつめれば
人間が人間を信頼できるか？　ということだ

近い将来
石油もウランもなくなる
人間はなにをエネルギーとして生きていくのだろうか？
これからは人類はゆっくりと
ホモ・サピエンス誕生の時代へと
負の発達を遂げるにちがいない
そのときに立ちいたって
未来人がオンカロを宝の地下宮殿として
掘り返さないという保証はあるだろうか

それなら
核廃棄物を
月へ持っていけ
太陽で燃やせ
たしかに
けれど
ロケットの打ち上げに失敗したら

どうする
人類だけでなく凡ての生命がいない星に
地球はなるだろう
くわばら　くわばら
どうしようもないもの
地球上に存在しないものを
人間は造ってしまったのだ
そして
人間が人間を信頼できないようにしてしまった
こうして
ホモ・サピエンスは自己完結して
カタストロフィを迎えるのだ
黙示録《もくしろく》だ、なんて
他人ごとのようにいうな！
もうわれわれは
その一里塚に立っているのだ

２０１０年国際環境映画祭グランプリ受賞作品

「地下深く永遠に――核廃棄物10万年の危険」

（Magic Hour Films　デンマーク、２０１０）

右記作品を観て東電の原発事故に思いを馳せて創る。

（２０１１・４・５）

# フンコロガシ――放射性廃棄物の話

福島で働いていたという
中国人はいいます
　日本は美しい
　トイレでご飯が食べられますから　と

ところが驚いたことには　いま
日本では
トイレのないマンションがあるのです　まいにち
日本では目くじらを立てて
トイレを探してウコサベンするものですから
あっちこっちで人と人がぶつかります
もうクチから出そうだと叫ぶ者もいます
辛抱しきれなくなって
おシリのアナに力を入れるものですから

みんな　のの字を書きながらツマサキ立って
こちょこちょとギコチナク歩いています
日本人の腸のなかは
食べ物のカスが詰まってフン詰まりを起こしています
もうすぐオイシイモノも食べられなくなるでしょう
慌ててももう遅いでしょう
トイレを造る場所すらないのです

お腹に重いカスとガスを抱えて
トイレはないか　トイレはないかと
世界中を探し回る
世界の人たちだって
よその国のフンニョウを預かるほど
お人好しではありません
日本は世界のフンハジキです
もう限界です
シリにへは代えられません

そこで
月へでも持っていこうか　と
だれかがいいます
（サンセイサンセイサン　セイサンという声がします）
そうしたら壮観でしょうね
腐敗しない無臭のフンニョウは
軽くなり漂いながら
キンイロのヒカリを
われわれの頭の上にフリソソグでしょう
（帽子を被れ、とどこかから声がします）
子孫にフンのフサイを遺さないと叫んでも
一〇万年はダメでしょう
ああ、もうフン詰まりです
詰まり詰まりつまりつまりツマリはツマッテ
タレルほかないか
　　覚悟はいいな！

# 幽霊

まだ
女というには早すぎる少女が
金に窮した男に殺された
夜の墓場で
その男と男に命令された少年たちに
撲殺された
警察の発表によると
少女は　最期まで
その男の名を呼び続けたという
　　ひいろ　ひいろ
　ひいろ　ひいろ（虫の息で）

少女よ
化けて幽霊になれ

たとえ茶髪であってもいい
胸の谷間が覗いていたとしてもいい
ルーズソックスだけは脱いでくれ
幼なすぎる幽霊など
ぼくの美学に反するから
闇がなくても
テレビの画面の隅に現われるとか
ＡＴＭの声紋となるとか
ときには福沢諭吉に代わり
そこに納まってみるのもいいかもしれない
　ひいろ　ひいろ
　ひいろ　ひいろ（虫の息で）

ああ
幽霊がいなくなってつまらない
女がつよくなったのか
幽霊を聞かなくなって淋しい

闇がなくなったのか
幽霊を見なくなって懐かしい
現代人は何を失ったのか
幽霊が見えなくなって恨《うら》めしい

からっきし
からっきし
　　ひいろ　ひいろ
　　ひいろ　ひいろ（虫の息で）

# 地下鉄の乳母車

芭蕉は
猿を聞人捨子に秋の風いかに
と詠《よ》めり

なんのために　なにをするために
奇跡に近い　偶然がかさなって
ひとは　生まれるというのに
ひとの　世の冷たさを　ちょっと
垣間《かいま》見るためだけに　生まれてきたなんて

地下鉄の踊り場に　一枚の
毛布につつまれて
乳母車のなかに放置され
冷たくなっていた

赤ちゃん
その目尻には　最期に泣いた涙が
一つぶ光っていた

なにを思って　泣いたの
だれを思って　泣いたの
自分を思って　泣いたの

花柄の毛布が恨めしい

# やばい

危ないもの
口
金
橋
空模様
足どり
狸の泥舟

ところが近ごろは
ぶらんこ
エレベーター
ロープウェイ
船
バンジージャンプ

ジェットコースター
飛行機
などが危ない

この三月
アメリカはメリーランド州
水上タクシーが転覆
五人も死んだ
昨年の一月同じアメリカ
民間航空機が墜落した
ともに
安全定員内だったのに
乗員乗客の体重オーバーが
原因だったという

よそごとではない
こういう

乗り物に乗るときは気を付けよう
やばい
やばい

地球だって乗り物だけれど

（2003・12）

# おだいじに

どうですか？
　先生　腰がいとうて
う～ん　薬をあんまり増やしたくないし
貼り薬でも出しとこうか
知ってるか？
鳥インフルエンザのにわとり
抗生物質を与えられて
育てられるんや　がりがりに痩せてな
それでみな一斉に
鳥インフルエンザに罹《かか》るんや
　へ～え
　（俺はにわとりと一緒か！）
動物は自然界では
摂理があって卵をたくさん産むんや

ねずみがそうやろ
（ねずみは卵産まんやろ　ま、意味はおんなじか）
鱈子は人間に喰われるから
なん百万と産むんや
（どうも眉唾《まゆつば》もんくさいな～）
それをにわとりはくる日もくる日も
せっせこらせっせこら
卵を産まされて、な～
　ほんとですね
ところで　なんの話でしたかね
薬はいままでの四種類にして
増やさんとこいうことや
　にわとりみたいになるからですね
（やっぱり俺はにわとりだ）
そうや
また話がもとへ戻るし
そこまでにしとこうか

貼り薬を一〇袋出しとくし
　そんなにたくさんですか?
腐らへんから……
そんなら　おだいじに

〇

　ちょっとお聞きしたいのですが
先生は机に向かって
ぼくのカルテにしきりに書き込んでいる
なにか?
　いえ　私のことじゃなくて息子のことなんですが
どうかしましたか?
　あのぉ　O型とO型とでは子供ができにくいのですか?
すると先生はカルテから目を離し　こちらを向くと
そういうこともたしかにいわれておる
しかし根拠はない　かといって否定もできん

Ａ型はＡというもんがある　Ｏ型にはなにもない
なにもないものには引き付けるものがない
だからできにくい　ともいえる
しかし根拠はない
　はあ　なるほど　分かったような
急に先生は声を潜めると
精子は六〇日で造られるが
卵子はもう若いころからすでに作られてるんや
にわとりを解体すると卵が連なっているの見たことあるか？
（にわとり？　にわとりの好きな先生やなー）
　はい　ありますが
あれと同じや　卵子はすでに作られてるんや
さらに先生は声を小さくすると
女の人が歳だと　卵がどんどん古くなるちゅうこっちゃ
そりゃだんだんできにくうなるわな
受け付けに中年に差しかかった看護師さんがいる
先生は気を遣っているのだ

それでなん歳や？
　息子は四〇になります　嫁は二八です
結婚してからなん年じゃ？
　二年ほどです
そらぁ　心配せんでもよい　五年できんかったら心配したらええ
　そうですか　安心しました　ありがとうございました
そんなら　おだいじに

# 革命家の散髪屋

流行で梳《くしけず》り
太陽にものせてちょきを出し
サングラスで世の中を暗くした
夢想の革命家
直面《ちょくめん》は憚《はばか》られる
意中を察して
おやじは鏡の奥へ
限りなく沈んでいく

散髪屋のおやじは帽子を離さない
他人の頭をさんざんなぶって
自分の頭には野球帽をのせる
餓鬼のように阿弥陀に被《かぶ》り
つばが上を向いている

そのもとに
少年のような眼が
いまも失われずにある
「へい、おまっとうさん！」
というときも
帽子をとらない

大層なことではない　おやじは
禿《はげ》頭
三〇年このかた
散髪をしたことはない
そのことがちょっと気に差す
ぞっこんの革命家なのだ

# ルンペン達治――萩原葉子『天上の花』より

乞われて　贈呈した詩集に署名をしていた　達治は
葉子をみとめると　「葉子ちゃんか」といい
いきなり見開きに
　　私をルンペンといいました
と書きはじめ
　いつもルンペンといいました　その後十年をへて
　私はルンペンになりました　何たる予言者ぞや
　何たる残念ぞや　しかしながら　それ人生　残念
　なからんや
と　結んだそうです

息苦しくて　ぼくは目を宙に游《あそ》ばせました
いつのまに降りだしたのか　白いものがしきりです
ぼくの眼にも　いさぎよく　白いものが舞いました

「その後十年をへて私はルンペンになりました」
いいな！　〃その後十年をへて〃か　〃へて〃がとて
　もじゃなくおかしい　大仰《おおぎよう》がおかしい
咄嗟《とつさ》にこんな言葉が吐《は》けるかしら
達治のなかで三番目ぐらいにいい詩
ぼくの好きな詩のトップにしよう

現代日本文学体系の『堀辰雄　三好達治集』の達治
　の写真を開く
最晩年といっても六三歳の絵
頑《かたく》なで少々しつこい、写真ぎらいの男の貌《かお》がこれ
長い顔の割りには耳がやや下方に　申し訳ほどに付
　いている
カメラなんぞてんと気にもかけない眼
左目の目蓋《まぶた》のうえのほくろがこうるさい
なにかに目をやっているのだが達治のそれはすでに
遊離して自分の闇に闖入《ちんにゆう》している　口と瞳

呼んでも　応答はない　さらに声を大にして呼べば
達治は驚いて　引き返し　一瞬ばつ悪そうな貌をするという
そんな貌

ルンペンの

# ある父の話

柿の木から落ちてびっこをひいた
お陰で赤紙は来なかった
父は
「お前みたいな奴は非国民だ」といって
卑下しどこかに穴があったら入りたいと
口癖のようにいいつつ穴を探して回った

隣には嫁入り前の娘がいた
彼と彼女は恋をした
父は
「お国の役に立たん奴が
なにを女といちゃついとるか。
少しはお国のことを思え。非国民めが！」
といった

# Ⅲ　落とされた橋

すると彼は
「おとうさん、国とは結婚できませんから」
と口答えした
父はうーんと唸ったが
平手で思いきり力まかせに叩いた

父は
穴を掘って
穴のなかで死んだ

# 竜の髭をつかむ

エイのような図体をして
サメのように泳ぎ回り
竜は天へ昇ろうとする
尻尾を跳ねあげた勢いに
ぱらぱらと
チベットの衣裳を身につけた
人形がこぼれ落ちる

鼻息荒く　あたりのものを吹き飛ばし
口からは生臭い息を放つ
この竜は
どこへ行こうとするのか
もう　その勢いを制御し
操れるものはいない

組織だって
一球一打に応援する
ジョージ・オーウェルの豚が
オーオーと拳を突き上げる

「シャット　アウト！」という叫びを
応援団に発する
ウィンブルドン選手権八強の
李娜《リナ》選手
彼女は
北京オリンピックで三位決定戦で破れたが
群れに呼応して拳を突き上げ
オーオーと叫ぶことはしなかった

彼女は竜の髭をつかんだのだ
竜の髭はアキレス腱になるかもしれない

# 忘勿石

遠く珊瑚礁《さんごしょう》に波を遊ばせ
エメラルドグリーンから
乳白色に色を変えつつ
象牙《ぞうげ》色の砂浜にいまも海は静かにかえす

そのむかし　フーキの島といわれた
西表島《いりおもてじま》の南風見田《はえみだ》海岸
そのリーフのはるか遠く
藍《あい》色に横たわる島　それが波照間《はてるま》島だ

この海が
青ければ青いほど
波照間島の悲劇はますます　わたしの
悲しみを誘う

砂岩に刻まれた
　忘勿石《わすれないし》　ハテルマ　シキナ
必死の勢いで彫られた鶴嘴《つるはし》の文字
その文字も波に洗われすでにかぼそい

軍の命令によって　この地に
強制的に疎開させられた一五九〇人
ハテルマの全島民が
この地におしこめられたのだ

衣食住は苛烈《かれつ》をきわめ　つぎつぎと
フーキと恐れられていた
マラリアに斃《たお》れていった人たち
古里の島影を目の前にしながら

ユクヤ頂　嶽《たき》や頂　登りて

生《あ》れ島ゆ　吾《あ》が島ゆ　見霽《みはる》かし
見んとして　涙あふれ　見えず
取らんとして　遠きゆえ　取れず*

どんなことがあっても
どんな時代にあっても
ハテルマの苦しみを忘勿《わすれるな》と
シキナ先生は刻みつける

戦争を忘れるな
平和を忘れるな
ハテルマの人々の無念を思うとき
この海の色はいよいよ深い

足もとには　静かに
波はただ返すのみであった
ハテルマへ　ハテルマへと

返すのみであった

＊西表島のユンタ「崎山ゆんた」の一部を訳した。

# フーキの島――西表島

ＫＨ氏のパジェロはひどいものだ
座高の高いステップに足を掛けて乗り込むと
ところどころに水が溜まっていたりする
もう二〇年も乗っているという
大丈夫ですかと訊くと
え、え、大丈夫ですという
塩で錆びの浮いたボディーを震わせながら
エンジンは唸りをあげる
老兵は去らずだ
やがて老兵は砂を噛みはじめる
ＫＨ氏が愛車を砂浜に乗り入れたのだ
珊瑚礁の象牙色の砂浜に降り立つと
あれ、あの遠く黒く霞んで見えるのが
日本最南端の島　波照間《はてるま》です　とＫＨ氏

この浜を南風見田《はえみだ》海岸といいます
海はゆるやかに湾曲し
湾を抱く一方の出っ張りは岩場
ここをノコギリ刃の浜といいます
足もとに気をつけて
南に波照間島をのぞむ岬の突端から眺める夕日には
ＫＨ氏ですら感動を覚えるという

この大きな平らな広い岩のここが
当時のこどもたちが学んだ青空教室
大きな岩陰に
海にやや傾げた砂岩がある
それは鬼の砥石《といし》か俎《まないた》のよう
その表に刻まれた一〇文字
　忘《わすれ》勿《な》石《いし》
　　ハテルマ
　　　シキナ

シキナという文字はかなり歪《ゆが》んでいる
波照間国民学校長だった識名信升氏が
鶴嘴で刻み付けたのだ
一九四五年四月　波照間島住民一五九〇人は
「俺の命令は天皇陛下の命令と思え」と
軍刀のもとにこの地に疎開させられたのである
波照間に飼われていた家畜類が
米軍のタンパク源になるというのがその理由であったとか
鰹節《かつぶし》工場でこれら家畜類は薫製にして
軍が持ち去ったという
ここはマラリアの有病地　フーキの島として知られていた
たちまち罹病《りびょう》する人々が続出
わずか六〇日あまりで八五名もの犠牲者
この惨劇にシキナ校長はハテルマへの帰島を嘆願し
やっと帰島許可となった
シキナ校長が悲憤の一〇文字を刻み付けたのは
七月三〇日夕刻のことであった

一九九二年に建立された忘勿石之碑には
亡くなった方　八四名の名が刻まれた
一人はお腹の中にいて刻まれることはなかった
その後帰島してからもマラリアは衰えをみせず
四七七人が亡くなった

忘勿石は戦争を忘れるなと
叫び続けているのです
いや、いまでは
平和を忘れるなといっているのかもしれません
とＫＨ氏はいう

老兵に引き返してからも
ＫＨ氏の口吻《こうふん》は納まらなかった
二人はどんどん熱くなり
額に汗が滲んだ
暑いですね　暑くないですか？

と　わたくし
ヒーターが壊れていて暖房が止まらんのです
道理で暑いはずだ
窓を開けようとしたが開かない
この老兵め！
わたくしは必死に耐えるしかなかった
ハテルマの人々の苦しみ
シキナ先生の無念
それを思ってわたくしは涙ぐんだ
いつか　それが
汗と混じり合って頬を伝いはじめていた

＊ＫＨ氏は西表島在住の忘勿石保存会会長、平田一雄氏である。

（２００５・１・26）

# ヒロインはいらない

一九歳の
創られたヒロイン
ジェシカ・リンチ
彼女は
幼稚園の先生になりたくて
人殺しの最前線に佇《た》った

「イラク戦争で死亡した最初の
アメリカ人女性兵士」と
死に替えて得た称号の持ち主
ロリ・ピエストゥワ
二人の幼子を持つシングルマザー
彼女は
マイノリティーと貧しさ故に

人殺しの最前線に佇った

徴兵制から志願制に
彼らの誇る彼らの最高の
民主主義とかいうものは
平等になるために生命を差し出す自由
（それって不平等じゃないの）
（いつも不平等を創り出しておかないと
　アメリカの軍隊はない、ということじゃないの）

女性たちよ
男女平等なればこそ
銃を持つことを拒否しなさい
人を殺《あや》めることを拒否しなさい
男と同じように人を殺して平等だとは
あまりに寂《さみ》しい奴隷根性

早い話

人を殺めて産めますか

（2003・6・11）

# ジェシカ・リンチ

ＧＨＱは言ったとさ
将棋は野蛮
チェスと違って女王の駒がないのは差別
捕獲した相手の駒を使って
かつての味方と戦わせるのは戦時捕虜の虐待＊1

あのとき誰が嗤《わら》えたか

彼らのトラウマは
相手の玉だけを捕ろうとして
ヒロイン、ジェシカ・リンチの誕生

兵士を壮行して
丙種合格でしかも貧乏な東京名所は

更に大きな声で
「あとは心配ないぞ！」
とは叫べない
もう二どと[*2]

いまでは男はぐうの音も出さない

＊1 『日本文化としての将棋』（三元社刊）43頁参照
＊2 太宰治『東京八景』の最後の部分を指している。

（2003・6・11）

# 落とされた橋

橋よ　橋よ
おまえがなければ
言葉を寄せつけない宇宙に
人は漂い　狂い
孤独死を待つしかなかったのだ

ボスニア・ヘルツェゴビナ
のモスタルのネレトバ川
に架かるスタリモスト橋
の袂《たもと》に　変哲《へんてつ》のない
御影石に黒々と
稚拙《ちせつ》な力強い文字で
　DON'T FORGET '93
と刻す
１９９３年11月９日

町の象徴
アーチ型の石橋は落とされ
人々は言葉を失い　漂い
殺しあった

民族浄化のお題目を並べ
セルビア人とムスリムの人
とが争った
ムスリムの人の家の壁
に　なにものかが印をつけ
それを的に
戦闘機がつぎつぎと
襲う

10メートルはある橋の高さ
落とされた橋の石を担ぎ上げて
１９９４年に再建された

# スタリモストの橋

忘れるな
崩す
造る
忘れるな
崩す
また造る
また　また　また
………
悪い遊びをだれが教えた

橋の袂の石の上で
土気色をした顔に
梳らない髪を束ね
ズボンを穿《は》いた
大柄のロマ*の女の売る

バラの縫い取りのある
ランチョン・マット

10ユーロを片手に
「5枚でどうか」と
ランチョン・マット5枚を抓《つま》む
女はノーノーと意志表示をする
4枚を手にし10ユーロを示す
女は応諾して微笑んだ
目の前に聳《そび》える
モスクの屋根は
まだ崩れたままだ

＊ロマ　ジプシーの異称。ジプシーは東欧を含めたヨーロッパ諸国から中東・インド（インド起源説もある）、北アフリカなど世界各地に広く分布している少数民族。いまも根強い差別を受けている。コソボ紛争では多くが難民となった。興味本位でなく正しく理解することが大切。
［参照、関口義人著『ジプシーを訪ねて』（岩波新書）］

# 民族の悲劇

雲は凍って動かない
樹々の積もった雪も動かない
鳥も狐も波も動かない
チーンと
肌を突き刺す空気のトゲ
悲しくなるほど続く雪原

民族のごった煮といわれた
ヘルツェゴビナ
荒れ狂った民族浄化の嵐
セルビア人とムスリムの人
との内紛
蜂の巣のようになった
レンガ造りの家の穴

ニンゲンらしい顔をした
眼光が
獲物を求めて潜む
ダダ　ダダダ　ダダダダ
ピュン　ピュピューン
パパーン　ダダ　ダダダダ
屋根も崩れ落ち
炎が壁を舐《な》める
破壊されるモスク　落とされる橋

きのうの隣人
血が混ざり合った隣人
いま
民族と宗教を違えたという
そのことだけで殺し合う
地獄
地獄は声高にいう

さあ、いらっしゃいと

徴兵されて
ミグ戦闘機乗りとなった
ある若者は
きのうまでの隣人を殺す地獄にたえられず
オーストリアやドイツに
戦闘機のまま逃げたという
積んだ爆弾を
川に投げ捨て
すっかり
くっきり
空っぽになって

ボスニア・ヘルツェゴビナにて（2010・12・11）

# 禁じられた遊び

黒のスーツにピンクのネクタイの
サラリーマン風の男が出勤してきて
パソコンの前に坐る
起動させると
アフガンのＸ街の日乾し煉瓦の家いえが映る
ぐーと画像を拡大していくと
歩く人や砂埃を巻き上げて走る車が
手に取るように見える
こどもが走り回り
中庭にはチャドルを纏《まと》った女が集う
怪しいと思われる影を見つけると
ズームアップしてフォーカスする
「怪しい！」
とっさにボタンを押す

爆弾の炸裂《さくれつ》
一丁あがり
すぐ画像はつぎの獲物を探す

スーツを着た軍人は定時になると
電源を落として家路につく
愛するこどもたちと妻に囲まれ
華やかな食卓の前で
おもむろに十字を切り
神に今日一日の平安を感謝し
肉にナイフを立て
フォークに刺して頬張る

これは地獄の話ではない
アメリカの
ある明るい家庭の
一日のお話である

# アメリア・シェルター

まず、1分間、目を閉じて、犠牲者たちの冥福を祈ってください。

1991年2月13日午前4時30分、米軍による1発目の爆弾がこの一般市民用防空ビルの鉄筋コンクリートの天井をほぼ垂直に破り、飛び込んできました。爆弾はこの厚い天井にドリルのように穴を開け、爆発しました。寝ていた人たちの体をずたずたに引き裂いたのがこの爆弾でした。

そして、4分後、2発目の爆弾が、この穴を通り、床を貫通し、地下で爆発しました。内部を焼き尽くすための爆弾でした。壁はほぼすべて真っ黒になっています。この時、内部は400度以上の高温になったと考えられます。1階には3段ベッドがずらりと並んでいて、多くの避難していた人たちは、ここで寝ていました。真っ黒こげの遺体が多いのは、この2発目の爆弾が人々の体を焼き尽くしたためです。ここの壁を見てください。400度以上の高温で、人々の姿が焼き付けられた跡が残っています。男性と思われる、この顔は大きな口を開けて叫んでいるようにも見えます。

耳を澄ませてください。子どもたちの泣き叫ぶ悲鳴が聞こえてきます。

戦争は一般市民である私たちにとってゲームではありません。あなたの国にもヒロシマ、ナガサキで、同じような当時のままの姿が残っているのを知っています。だから分かるでしょう。これが戦争なのです。

（アメリア・シェルターのガイドの説明から）

アメリア
そこはアメリカでなく　バグダッドのアメリア地区
人類にとって最も恥ずべき日に
このシェルターに身を隠した４２２人
４０８人が死に
52人は５歳以下のこどもたち
２６１人は女性たちだった

ハイテク兵器をピンポイントで打ち込み
地下の２メートルの天井をも貫き爆発
気化した人々
叫ぶ間も悲鳴をあげる間もなく　一瞬のうちに
１階の壁に
自分の顔を残した人
地下の壁に
長くて美しかった睫毛《まつげ》を張りつけて気化した人

アメリカ　アメリカ　アメリカ
おまえが世界に冠たろうとしたとき
おまえは人間の顔を失い
アメリアの壁に人の顔を焼きつけた
この愚劣な行為をまたもするだろう

おまえのその一部始終を見届けんとして
その顔その睫毛は
そこに在り続けるだろう
おまえが真実人間の顔を取り戻さないかぎり

＊『アメリア・シェルターのガイドの説明』は、２００３・３・17付け毎日新聞夕刊「見る写真　読む写真」の記事をそのまま転載した。また、記事中の写真も参考にした。

（２００３・３・28）

# サラエヴォの花

二〇〇六年
ベルリン国際映画祭で
グランプリを獲った
映画「サラエヴォの花[*1]」

美しい花々が咲き誇る
この世界が静けさを取り戻すとき
魂は目覚めうずき始める
私たちは遠い昔に離れ離れになった　[*2]

カメラは、さまざまの格好で横たわり、目を閉じた、たくさんの中年女性たちの顔を舐めていく。どの顔もやつれて、目が落ち窪《くぼ》んでいる。この女性たちは、トラウマから解放されるために、自らが受けた戦争の無残な爪痕《つめあと》を、集会のなかで、告白していく。

さきほどから、ひとりの女性が笑っている。よく聞くと、笑っていると思ったのは、泣いているのだ。人はどうすることも、諦観《ていかん》することすらできない、こころの悲鳴に出会ったとき、こんな泣き笑いをするのだろう。さめざめと笑うのだ。

そのバラの花は赤かった
目にしみる赤い花びら
深紅に萌えるバラ
私たちの血と涙がにじんでいる
いまにも死に絶えそうな　心のなかに
天国は私たちの頭上にある
ヴェールの奥に幻のように揺らめく
天国には七つの階段がある
＊2

一人の母が告白する。女性は中学生ぐらいの女の子と二人暮らし。夫はいない。クラス会を開こうとしても、四一人のうち残ったのは一一人、殺されあるいは離れ離れになったのだ。

母は、わが子とふざけていて、組み伏せられたとき、思わず、やめなさいと叱《しっ》責《せき》する。満員バスのなかで、横に立った男性の毛むくじゃらの胸を見たとき、吐《は》きそうになって、飛び降りる。なぜ？

女の子の修学旅行が近づいてくる。女の子は母から、父はセルビア武装組織チェトニクと闘った、殉教者《じゆんきようしや》シャヒードだと教えられてきた。女の子も信じて父を誇りとしてきた。

シャヒードの子供には、旅費の援助が出る。そのためにはシャヒードであったという、役所の証明書がいるのだ。女の子はなんども母に、証明書を取ってきてと頼む。しかし母は言葉を濁して、いまにいまにと煮えきらない。業《ごう》を煮やした女の子は、シャヒードの父を持つ友達からピストルを借りて、母に銃口を向ける。そして真実を迫《せま》る。

血相を変え鬼気迫る勢いで、母はいう、そんなに知りたいのか、お前は敵に強《ごう》姦《かん》されて生まれた子だ、と。

母も子も傷つき、地獄の釜の底に叩《たた》きこまれる。

女の子は狂い泣き、電気バリカンで頭をまるめてしまう。

母は、決してお前を離しはしない、とひしと抱き締《し》める。

母は、集まりで告白する。

娘を殺したかった。妊娠中に自分のお腹をげんこつで叩いたわ、流産するかと思って。力の限り叩いた。でも無駄だった。お腹はどんどん大きくなった。それでも犯され続けた。毎日数人ずつやってきて犯された。病院で出産したのち、私はいった。その子は見たくもない連れてってと。すると赤ん坊の泣き声が部屋中に響き渡った。その翌日、母乳が溢《あふ》れ出したわ。でも一回だけよ……。娘が連れてこられて、その子を腕に抱き上げると、弱々しく小さくて、とてもきれいな女の子だった。私はこの世にこんなに美しいものがあることを知らなかった……。

画面に
哀愁をおびた歌が
地を這《は》って
せつなく震える

　私たちの胸に熱い思いがこみあげる
　私たちの心に泉が湧き出る

そのとき私たちの涙も乾くだろう
砂漠にも花が咲く
それは私たちの
幻想の楽園
＊2

母は娘のために、戦争の爪痕にもめげず、働く。
修学旅行のバス、後部座席から娘の顔が覗《のぞ》く。
バスに突然沸《わ》き上がる歌、
　ともに育った　君と僕の町
青空の下で　みんな一つになろう
………
＊3

女の子は
窓にこすりつけていた手を
急に振り出す。
母も手を振る　笑顔で。
手の動きはだんだん大きくなる。
丸坊主の頭に

ヘアーバンドの空色も鮮やかに。

われわれは　なんかい
パンドラの箱の蓋を開けたことか。
開けるたびに　なんかい
希望が飛び出したかしれない。
それらは希望ではなかった。
幻想の楽園だった。
いま
サラエヴォの花という
希望が飛び出した。
この希望を掌にやさしく包んで
どこまでも持ち歩き
たまごっちの卵のように
どんどん大きくするのだ。
きっと希望の楽園は楽園になるだろう。
あの得体のしれない箱は

ずっと後ろに忘れ去られて
だれも見向きもしなくなるだろう。

＊1　サラエヴォやヴェールの表記は映画の字幕に従った。
＊2　映画のなかで歌われる歌の歌詞。翻訳者名は判らない。
＊3　バスの中の歌は流行歌的な歌だろう。

# Ⅳ　僕は方章子

# 老人の呟き

ヒィーヒィーヒィー
悲痛な声をあげながら
近寄る者を容《ゆる》すまいと
虎落《もがり》の笛が鳴る
柳の枝は狂った女の髪
駈ける雲は貪婪《どんらん》な魔女の舌
怒髪の男は湖を突き興し
波は咆哮《ほうこう》し暮れ急ごうとする
人の影はなく竈《かまど》炊く煙も見えない

点　点　点　点
北風に逆らってなにかが現れる
だんだんだんだんと迫ってくる
黒い大群　カラスだ！

なん一〇羽のカラスが
切り裂き村を乱し急旋回し
声なく一方向に取り乱して行く
夕方の五時からの三〇分間のひととき

八日の月が雲間を飛ぶ
ああ　雪が　そうだ
明日は大雪にちがいない
限界集落になにかを待つことはない
老人はひとり呟《つぶや》く
雪おろす太郎の家に太郎なく
雪おろす次郎の家に次郎なし
　　　　　　　　　　と

# ふるさとの死

幼いころから　いつも
わが子のようにして可愛がってくれた
村にあったただ一軒の
万屋《よろずや》のおばさん
一つしかない開け放たれた
小さな部屋に
横たえられて死んでいた
癌だったという
骨と皮だけのおばさん
大きな口を開けて死んでいた
その黒い穴を秋風が通っていた

家人はわたしが枕元に坐ると
（まあ、見てやっとくれ）といいながら

その開いた口を鎖《さ》そうとして
顎《あご》を持ち上げた
しかしその顎は
外れでもしているかのようにがばりと開いた
家人はあわてててまた鎖そうとする
そのたびにパカパカと虚ろな大きな音をあげた
家人は惚《ほう》けたように
その無意味な行為を繰り返した
泣きながら……

　ああ、悲しいかな
　ふるさとの黙《もだ》してあるは
（母もここに永眠《ねむ》っている）

畔道の草花を摘みながら
　墓へ参った
なんの変哲《へんてつ》のない

石が一こ置いてあった
なにも刻んでなかった
家人はその石をペタペタと叩《たた》きながら
（よう、参っておくれたのぉ）
と喜んだ
貧しさを笑うものはいなかった
逃げ出しもしなかった
愚直に生きた

ああ、悲しいかな
ふるさとの堪えてあることは
（母もここに永眠っている）

# ふるさととも

ふるさとの峡《かい》の小窓に待宵《まつよい》の月が上る
もう寝静まったのか　村の灯も消えた
友とわたしは
持ち帰った一〇〇円鮨をつまみながら
話しては焼酎をちびり　ちびりとやってはつまむ
酔いもやや廻ってきたころ　友は
どことなくいかがわしさの漂う尿療法とやらの
効能をしきりと説く
おのれの尿を飲めば早い話が癌もエイズも治るという
いよいよもって臭いとぼく
それでも懲りない友は
わしは一三〇歳まで生きるのだと豪語する
一三〇歳まで生きてどうするの？　とぼく
友はへ、へ、へと笑いつつ

もういちど青春を取り戻すんだという　ぼくも
へ、へ、へと笑いながら小便に立ち
そして尿を遺憾なく放った

ああ、友よ
君は貧しすぎた
魚の行商に歩いて　否《いや》　車で回って
その借金も返せぬまま
たばこやの権利も売った
酒屋の看板も下ろした
金がなければ辿《たど》る途《みち》はひとつ
不協和音を奏でながら

ああ、友よ
一三〇歳といえば
いまの歳の倍だ
いまから　君は再出発をして

人生を取り戻すという
それもまんざら捨てたもんじゃない

ああ、友よ
ぼくはこころから君のことを応援する
こころ直き　ひとを疑おうとしない
君に万感の思いを篭めて
便所の窓には　だれに見られることのない
自らの力で輝いたことのない
冷たくも清々《すがすが》しい
待宵月がこうこうとひとり輝いている

# なんでもないこと

大人になるのに
いくつもの壁があった

うーんと　うーんと
背伸びして
はじめて
男用の便器に
おしっこのできたときの
征服感

なにもなかったころ
甘いものに飢えていたころ
配給のあったころ
固いカンパンと杏《あんず》の砂糖漬が配られた

はじめて食べた杏の砂糖漬は忘れられない旨《うま》さだった
種を裏の畑に植えて
まいにち水遣りを欠かさなかった
冬になっていつか忘れてしまったが
あのころには夢があった

川で遊び疲れて
甲羅干《こうらぼ》しをしながら
パンツの中を覗《のぞ》く
臍《へそ》から下の部分がそれとなく黒い
友のも覗く　友も覗く
まだつるつるしたのもあれば
薄黒いものもある
言わなくても
いまになにが起ころうとしているのか
みんな　分かっていた
しかし　そのことが嫌だった

風呂のついで
剃刀《かみそり》でその薄黒いのを剃《そ》った
なんだかなにもかもが恥ずかしくて
風呂から上がると
母と兄に話した
兄も母も自分も大笑いした
黙っておけば　だれも
こちらの体の変化など気も止《と》めていないのに

友の姉さんは中学生だった
村のひとと出合うと
大人のことばで会話をした
変にくすぐったかった
真似《まね》ようとしても真似られなかった
そのうち　大人に出合うとことばを失った
友の姉さんはすぐ都会へ行ってしまった

# 兄よ

兄よ
あなたはいったいなにをしてくれたのだ
青い孟宗竹の藪に向かって
あなたは惚《ほう》けて石を投げる
石は竹にあたり
カンカンと湿った音をあげる
かぐや姫は目覚め
しずしずと降り立つ
誕生するものは
死あるのみと
姫を
月読男《つくよみおとこ》の使者は連れさっていった

五〇年経ったいまも

竹はその痕跡を残す
その竹に残った傷を舐《な》めて
癒されないあなたに
竹はいまになって
赤い血を流す

兄よ
見るがいい
竹に残った傷は
その竹が枯れないかぎり
消えようとしない
竹は六〇年して枯れるという
あと一〇年
すべてが枯れて
あなたも枯れて

兄よ

あなたはなにをしようというのか
辻褄《つじつま》の合わない詩が
風に飛ばされて
吹き溜まりに集まり八〇〇枚も集まる
そして　思い思いに
八〇〇もの勝手な痴話《ちわ》をはじめながら
ああ、死んでいくのだ
ぜんぶが
あなたも
竹も
八〇〇の詩も

兄は
兄の
竹藪に火を放つ
火事だ
火がついて

竹はポンポンと悲鳴をあげる
惚けた兄は
いっしゅん正気を取り戻し
姫の名を呼ぶ
竹はそのたびに
赤い油の苦汁《くじゅう》を流しつづける

# うら

うら
うらうらと
うらが立ち上がる
なんと淋しい響きか
空は狭く
雲はたれこめ
雨はしょぼつく
うら　うら　うら

これは霙《みぞれ》になるやろと
薄汚れた日本手拭で
ほおかぶりした
おなごが
冷えきった目をのぞかせ

煎餅布団のすきまができる
うら　うら　うら

うらうらと
朝日はこんなにおそく昇り
夕日はあんなにはやく沈む
山かいに忘れさられしものよ
意味なく忘れさられしものよ
雨の日は
やまのおもてから
まだ少年が見たことのない
機関車の笛の音がする
うら　うら　うら

地に汗して
山裾にとりつき
酸っぱい匂いをまき散らし

這《は》いつくばって
かあさんのうら
とうさんのうら
かあさんと
とうさんと
べつべつの墓に入った
とうさんはお坊さんだったから
とうさんの墓のうらには字があった
かあさんの墓のうらにはなかった
うらから生まれたものはぜーんぶうら
雨がしょぼつく
うら　うら　うら

うらといっても悲しまない
うらといっても涙もでない
ただ　うらうらと
うらぶれて

だれを恨むでもなく
うらがおもてで
おもてがうらで
それでいいとはなりません
うら　うら　うら
ああ
雨も霙になりました

○

西鶴はんはゆうちゃったげな
「うらといふ言葉つきもなほり」と

うら（己）はうら（心）思うんや
やまかげの
冬はうら枯れとって
うらぶれたとこどす

夜なべにたわら　編んどるんどす
電気もないさかい　いろりの火ぃを
明かりにするんどす
そうやのー
むかしのまんまのすぎわいどすわ
ご先祖さんまの裏撮《うらど》りどす

うらは裏だけのもんで真ではないんどす
裏街道いいまっしゃろ
うらにはこんなやりかたしかありしまへん

うらはもういわんとこ
田舎もん　ゆわれたかって
かまへんけど
とりたてて
うらがちゅうほどのことはないさかい
一つ家で

一緒に寝《ね》とる牛かって
「モー」ちゅうてなかはるけど
わしはもう
「うら」ちゅうのは
やめとこかいの

# 僕は方韋子

アイム　ソリー
ごめんなさい

僕は方韋子
かたいこ　名字はない
正倉院に遺る古代の戸籍には
名もなく　ただ女とある
僕はただ男

アイム　ソリー
僕宛てに郵便物が届く
方　韋子様
苦労の跡がにじんでいる
申しわけないと思う

アイム　ソリー
僕は僧侶の子
僧侶は娶《めと》らなかった　子もなかった
僕は　あるはずのないもの
僕は　あってはならないもの
僕は　罪としてあるもの
僕は　父の罪を背負ってあるもの
存在が存在を揺るがす
存在が父の罪をあばく

アイム　ソリー
僕は他の存在の
罪をあばき揺るがすもの
罪深きものよ
父はどういう目で僕を見たのか
どこかにできた悪性の腫瘍《しゅよう》と見たのだろうか

いつか僕は　父にいってやろう
生まれてきてよかったよ
　　　　　　と

アイム　ソリー
僕は　かたいのこ
道路のかたわらにいて
物乞いをするひとの子
あってはならないはず
　　　　　の僕

僕には
継ぐべき　氏もない
継ぐべき　財もない
　　　　　はず

古代の男より劣る方韋子が

その存在を無くしたとき
罪は　許され
血は　清められる
無くすることと
清められることとが
シノニムであるとき
僕は
はじめてその価値を付与され
許されるのだ

アイム　ソリー
ごめんなさい
もう　すぐそこです

# 橋を渡ろう

ぼくは
ぼくの
死体を尋《たず》ねて
この川にやってきた

ぼくの死体は
葦《あし》の生い茂る
木もれ日のわずかに差すところ
魚につつかれ　ぽっかりと
空をにらんだ眼窩《がんか》が二つ
すこしそっ歯の口が　ああ、と
声を洩《も》らす
凍りついた　ぼくは
ぼくの死体から眼が離せない

ぼくは
父の骸《むくろ》も母の骸も
この川に還《かえ》したのだ
いまごろは　日本海に
流れ着いているだろう

渡り鳥の群れが
いっせいに羽を転じて
方向を変える
ぼくは
ぼくの死体を斜視して
橋を渡ろう　あの橋を渡ろう
襤褸《らんる》を放擲《ほうてき》して
橋を渡ろう　あの長い橋を渡ろう
ああ　父が、母が、なんぞや
ぼくは
ぼくの橋を渡り切ろう

# あとがき

私の本名は岡田宜紀です。初めての方に「よしのり」と読まれたことはありません。「宜」という漢字ですら正しく書いてくれた人は少なく、先生ですら間違えました。だから、私は名前をあまりあてにはしていないし、信じてもいないのです。

名付けたのは父(僧侶)ですが、父は宜記《スベシ》年(よろしく記年すべし)という意味で付けたようです。

私は一九四一年(昭和一六年)、わが国がアメリカと無謀な戦を始めた年に生まれました。この前年、念願の普請《ふしん》が叶ったことと、ちょうどこのとき紀元(皇紀《こうき》ともいう。天皇は時をも支配する神であったから)二六〇〇年という年にもあたっていて、そのことで一年間かけて国を挙げての大奉祝行事が催されました。

いま、皇紀といっても誰も知らないでしょうが、明治政府が一八七二年にB.C.(西暦紀元前)六六〇年を紀元と定め、昭和一五年が皇紀二六〇〇年の節目にあたっていたのでした。その奉祝の一つとして「赤ちゃん大部隊」と称して、この年に生まれた赤ちゃんは隊を組んで神社にお参りさせられました。

父はこの二つを祝し「宜紀」と名付けたのです。

紀元前六六〇年といえば、今では中学生でも知っているとおり、まだ日本は弥生時代で国も生まれていませんでした。この皇紀は嘘八百の一つです。これまでして万世一系の天皇を戴く神国日本を強調し、国民には愛国心がしきりと求められるようになり、ブルーな時代になっていきました。父も政府のいうことを信じたのでしょう。

次の歌詞はそのときに唱われた歌の一部です。

金鵄《きんし》輝く日本の／栄えある光身に受けて／今こそ祝えこの朝／紀元二六〇〇年／ああ一億の胸は鳴る

よく「一億〇〇〇」というスローガンが掲げられます。それはこの時代に始まるようです。

国家がスローガンを掲げること自体、異常といわなければなりません。国家は国民にやらせるのではなく、自らが国民のためにやらないといけないのです。

「宜紀」はこの事実をこそ肝に銘じていきたいと思います。

この詩集を刊行するにあたり、左子真由美氏にはとてもお世話になりました。校正はじめいろいろなことで癒されたことがたびたびありました。記してお礼とします。

また、現代京都詩話会のみなさまにもお世話になりました。

家庭では全くのでくのぼうである私を支えてくれた妻にこの本を捧げます。

この拙い詩集が一人でも多くの方々に愛されることを願ってやみません。

二〇一五年一二月

方韋子

## 方韋子（かたいこ）

一九四一年京都府天田郡三和町（現福知山市）に、寺の次男として生まれる。いまは合併で市にはなったが、人より猿・猪などの密度の高い寒村である。人は朴訥にして人情は濃《こま》やか。

宗教や社会に疑問を感じ、府立高校の教員のかたわら、俳句や小説を作ってきた。詩は二〇〇二年にある事で止むに止まれず闇雲に書いたのがきっかけである。まだ始めたばかりで詩のなんたるかも分かっていない。

また、本名・岡田宜紀《よしのり》で小説等も発表している。

著書に『司馬遷の妻』『髭を剃ったヒトラー』『2015年終わりの始まり』がある。

関西詩人協会会員　現代京都詩話会会員
日本民主文学会会員　京都文華支部員

方韋子詩集　路《ろ》逢《ほう》の詩人へ

2016年1月20日　第1刷発行
著　者　方韋子
発行人　左子真由美
発行所　㈱ 竹林館
〒530-0044　大阪市北区東天満2-9-4　千代田ビル東館7階FG
Tel　06-4801-6111　Fax　06-4801-6112
郵便振替　00980-9-44593
URL http://www.chikurinkan.co.jp
印刷・製本　㈱ 国際印刷出版研究所
〒551-0002　大阪市大正区三軒家東3-11-34


ISBN978-4-86000-326-5　C0092

FORMAL

# 政治の数理分析入門

POLITICAL

浅古　泰史

Yasushi Asako

THEORY

木鐸社

To my parents who helped make my dream come true

# はしがき

本書の内容は，上智大学における講義「政治の経済分析」の講義ノートが下敷きとなっている．早稲田大学において担当した講義の内容も同時に一部含まれている．また，本書の一部は浅古(2011)の一部を大幅に加筆修正したものである．

本稿を作成するに当たって，小西秀樹，須賀晃一，野口晴子，松林哲也の各氏は有意義なコメントを下さった．また，上智大学における講義の受講生に多くのコメントをいただいた．特に，北村沢郎，田尻達也，中村蒼，西川駿介，藤田光明，水野美紀，山本奈々の各氏のコメントは大いに参考になった．私が一橋大学に在籍していた際には，伊藤秀史，北村行伸，小幡績の各氏に，ウィスコンシン大学に在籍していた際には，William Sandholm，Scott Gehlbach，Marzena Rostekの各氏に指導を仰いだ．論文の書き方や，政治経済学およびゲーム理論の考え方を教えて下さっただけではなく，指導教官各氏の研究に向かう姿勢には大きな影響を受けた．また，木鐸社の坂口節子氏には，本書執筆の機会をいただいた．この場を借りて，皆様に感謝の意を表したい．

同時に，家族や大学・日本銀行関係者など，多くの人に研究生活を支えていただいた．特に妻には，修士論文執筆中から現在に至るまで，常に傍で叱咤激励をし続けてくれた．妻への簡単には言い尽くせぬ感謝の言葉を述べるには，もう一冊の著書が必要になるだろう．本書は，私が研究者の道に進むことを快諾し，心の底から応援してくれた父・光信と母・喜代子に捧げたい．両親の支えがなければ，本書はもちろん，今の私もなかったと断言できる．大学院生時代，私から両親に何もできないでいる中で，「いつか本を出したら，まずは親に捧げるよ」と冗談半分で私が言ったことを聞き，父が涙していた姿が忘れられない．ようやく，冗談ではなく約束を守れる機会がくる前の2014年大晦日に父が他界したことは，ただただ悔しい．

浅古泰史

目次

はしがき…… 3
序章 …… 11

第1章　合理的個人の意思決定 …… 19
1.1　選好関係 …… 19
1.2　合理的個人 …… 23
1.3　効用 …… 26
1.3.1　効用関数 …… 26
1.3.2　期待効用 …… 27
練習問題…… 29

第2章　アローの不可能性定理 …… 31
2.1　選挙のサイクル …… 31
2.2　アローの不可能性定理 …… 34
2.2.1　アローの最低限の条件 …… 34
2.2.2　定理…… 40
2.2.3　意義と問題点 …… 41
2.2.4　社会厚生関数とアローの不可能性定理 …… 43
練習問題…… 45

第3章　選挙制度 …… 47
3.1　単純多数決制 …… 47
3.1.1　単純多数決制とアローの条件…… 47
3.1.2　単純多数決制の問題点 …… 48
3.2　比較順序をふまえた選挙制度 …… 52
3.2.1　決選投票つき多数決制 …… 52
3.2.2　コンドルセ方式 …… 55
3.2.3　ボルダ方式 …… 55
3.3　絶対評価をふまえた選挙制度 …… 57
3.3.1　承認投票 …… 58

3.3.2 範囲投票 …… 59

3.4 望ましい選挙制度とは …… 60

練習問題 …… 61

第4章 政治的競争I：基礎 …… 65

4.1 ブラックの中位投票者定理 …… 65

4.1.1 コンドルセ勝者が常に存在する条件 …… 65

4.1.2 定理：最強の選択肢 …… 68

4.1.3 ブラックの条件は厳しい条件か？ …… 71

4.2 ホテリング=ダウンズの中位投票者定理 …… 73

4.2.1 ホテリング=ダウンズ・モデル …… 73

4.2.2 定理：中位政策への収斂 …… 74

4.2.3 意義と限界 …… 76

4.3 中位政策は社会にとって望ましい政策か？ …… 79

練習問題 …… 80

第5章 政治的競争II：拡張 …… 83

5.1 多次元の政策空間 …… 83

5.2 多党間競争 …… 85

5.3 政策選好を有する政党 …… 87

5.4 中位政策に関する不確実性 …… 88

5.4.1 勝利することを目的とする政党 …… 89

5.4.2 政策選好を有する政党 …… 90

5.5 公約 …… 90

5.5.1 コミットメント機能としての公約 …… 91

5.5.2 シグナリング機能としての公約 …… 95

5.5.3 公約を信ずるべきか？ …… 99

5.6 政治的競争モデルのまとめ …… 100

練習問題 …… 100

第6章 有権者 …… 105

6.1 投票行動 …… 105

6.1.1 戦略的投票 …… 105
6.1.2 有権者が投票する理由 …… 110
6.1.3 有権者が投票しない理由 …… 111
6.2 立候補 …… 113
6.2.1 市民候補者モデル …… 113
6.2.2 立候補者が2人となる均衡 …… 114
6.2.3 女性議員 …… 118
練習問題 …… 120

第7章 アカウンタビリティ …… 125
7.1 エージェントとしての政治家 …… 126
7.2 選挙の規律効果と選択効果 …… 127
7.3 過剰アピール …… 133
7.4 応用 …… 136
7.4.1 政治家への報酬 …… 137
7.4.2 多選禁止制 …… 137
7.4.3 政治的景気循環 …… 139
練習問題 …… 140

第8章 議会 …… 143
8.1 議会内交渉 …… 143
8.1.1 最後通牒ゲーム …… 143
8.1.2 既得権益 …… 146
8.1.3 繰り返しゲーム …… 147
8.1.4 一票の格差 …… 148
8.2 両院制 …… 151
8.2.1 拒否権のモデル …… 152
8.2.2 半数を超える賛成 …… 154
8.2.3 両院制の是非 …… 156
練習問題 …… 157

第9章　利益団体 …… 161
9.1　ロビー活動 …… 161
9.1.1　非効率的ロビー活動 …… 162
9.1.2　情報提供機能としてのロビー活動 …… 164
9.2　政治献金 …… 166
9.2.1　政策の歪み …… 166
9.2.2　選挙広告のモデル …… 168
9.2.3　選挙広告の是非 …… 173
9.3　利益団体の功罪 …… 174
練習問題 …… 175

第10章　官僚 …… 179
10.1　官僚制 …… 179
10.1.1　官僚のモデル …… 179
10.1.2　官僚の統制：行政手続法 …… 182
10.1.3　日本における官僚統制 …… 184
10.2　最高裁判所 …… 185
練習問題 …… 188

おわりに …… 191
最終問題 …… 193

付録A 数理分析の基礎 …… 194
A.1　ゲーム理論とは何か …… 194
A.2　ナッシュ均衡 …… 195
A.2.1　安全保障のジレンマ …… 196
A.2.2　新党設立 …… 198
A.3　サブゲーム完全均衡 …… 199
A.4　情報の非対称性とゲーム理論 …… 203
A.5　一様分布 …… 204

付録B 確率的投票モデル……208
B.1 多次元の政策空間……208
B.1.1 確率的投票モデル……208
B.1.2 平均投票者定理……210
B.1.3 モデルの含意……211
B.2 多党間競争……214

参考文献……215

索引……227

政治の数理分析入門

# 序章

「僕ら研究者は何も生産していない，無責任さだけが取り柄だからね．
でも，百年，二百年先のことを考えられるのは僕らだけなんだよ．」
森博嗣『すべてがFになる』講談社，1996年

とかく，政治事象に関する議論は感情的になりがちである．例えば，汚職などの問題が起こった場合，メディアをはじめとする多くの人々は政治家が聖人君子ではないことを嘆き，政治家や官僚は公僕として国益や公益のために努めるべきだと議論する．しかし，政治家や官僚も１人の人間である．個人の生活もあり，そして私腹を肥やしたいインセンティブ(誘因)も存在するだろう．多くの企業や一般の人々が私的利益を追求するように，政治家や官僚も私的利益を追求する．単純に聖人君子であることを求めても，問題の根本的解決にはならない．問題の解決のためには，聖人君子ではないかもしれない政治家や官僚に対し，望ましい政策を選ぶインセンティブを与えるような方法を考察していくことが重要であり，同時にこの点が，政治の数理分析を行う際の最も大きな問題意識となる．

本書は政治の数理分析に関する入門書である．政治の数理分析とは，字義通り数理分析を用いて政治や政治制度を分析する手法となる．このような分析は，数理分析を主たる手法とする経済学からはじまったといってよい．従来の経済学において「政府」は，社会にとって望ましい政策を実行する主体として表現されることが多かった．すなわち，政治家の意思決定過程を捨象しているという意味で，政府をブラックボックスとして扱っていた．しかし，現実には，政府が望ましい政策を常に実行しているとは限らない．そこで，経済理論と実際のギャップを埋めるため，経済学と政治学を融合させた学際的研究が発展した．これらの研究分野は，政治学では

数理政治学[1]あるいは政治学方法論(methodology)，経済学では公共選択論(public choice)あるいは政治経済学(political economics)など様々な名称で呼ばれている．いずれの名称にせよ，個々の政治家や有権者などの意思決定を，経済学的手法(数理分析・データ分析)を用いて明示的に分析する研究分野である．よって，本書はこれらの科目の教科書・参考書として用いることを意識して書かれている．また，公共経済学関連，あるいは政治学関連科目の参考書として用いられる可能性も念頭に置いている．本書の読者としての対象は，(政治学・経済学を主に専攻する)学部生，あるいは数理分析の経験のない政治学専攻の大学院生となる．同時に，研究者の中で政治の数理分析で何が分析されているのかを概観したい場合にも用いることができる．**ゲーム理論**(game theory)をはじめとした数理分析の基礎を本格的に学ぶには一定の時間と労力がかかる．その労力を払う前に，政治の数理分析では何ができるのか把握することは重要であると考えている．本書は，数理分析を本格的に勉強する前に，その先にあるものを概観させることも同時に意識している．

数理分析を用いる場合，政治家，候補者，有権者などの個々人の行動から政治を分析することになる．政党や政府という個人の集団も，分析によっては１つの意思決定主体と考える．つまり個人の意思決定の集積から政治を議論していくという意味で，数理分析は**方法論的個人主義**(methodological individualism)の視点を有している．そこでは，各意思決定主体がそれぞれの目的を有し，一定のルールのもとで行動を決める．目的が変われば行動が変わるように，ルールが変われば意思決定主体の行動は変化するだろう．政策の決定過程において，そのルールとは政治制度と解釈できる．

例えば，年末から年始にかけて，新党結成や，政党の合併，議員の党籍移籍などが相次ぐことが多い．この現象は，毎年１月16日までに「国会議員５人以上」か「国会議員１人以上いて国政選挙の得票率２％以上」であれば政党助成金の受給資格を得ることができるという制度が存在するか

1　英語ではformal modelあるいはformal political theoryと呼ばれているが，日本語では数理政治学と呼ばれることが一般的である．

らだと指摘されている[2]．よって，政党助成金の制度が撤廃されれば，年末年始における新党結成や党籍移籍も極めて少なくなると考えられる．このように政治制度が変わり，政策の意思決定のためのルールが変われば，政治家や政府の行動や政策も異なってくる．従って，政治制度の改革により，政治家がより望ましい政策を実行してくれるように導くことができるかもしれない．それでは，政治家に望ましい政策を実行させるためには，どのような政治制度を構築していくべきか？　この問いに答えていくためには，個々の政治家や政党の意思決定から分析することが重要である．そこで，ゲームのルール(設定)が個人の選択に与える影響を分析できるゲーム理論が有用な手法となってくる．

政治事象に関して数理的手法を用いて分析していくことに対する違和感・反発は根強く存在する．しかし，数理分析には３つの大きな利点が存在する．

第１に，その論理性である．すべての数理モデルには仮定が存在し，その仮定から出発し，１つの帰結を得る．数学的手法を用いるため，仮定から帰結までの論理に矛盾は存在しない．一方で，言葉のみで叙述的に論理を形成した場合，論理的矛盾をはらんでしまう可能性を排除できない．前述したように，特に感情的になりやすい政治に関する議論において，冷静にかつ論理的に議論することができる数理分析の意義は大きい．また，数理分析は多くの仮定を設定しているという批判も存在する．しかし，叙述的に論理を形成し議論している場合も，当然ながら一定の仮定を設定し議論をする．しかし，その仮定が明示的に示されないことも多いため，議論が前提としている仮定が不明瞭となる，あるいは複数の仮定間で矛盾が生じる可能性がある．一方で，数理分析では，仮定が明示され，さらに仮定間で矛盾があれば，当然数理分析を適用できなくなる．議論をするうえで，前提となる仮定を伝えることは重要なことであり，数理分析はその点でも大きな利点を有する．

第２の利点として，その一般性がある．どのような数理モデルも，ゲーム理論などの数理分析の基礎を理解していれば，その論理関係を追うこと

2　規定上は１月１日時点でいずれかの要件を満たしている必要があるが，届け出の期限が１月16日であるため，年明けに要件を満たしていればよい．

ができる．個々の数理モデルが有している仮定は妥当なものであるのか，その後の帰結への論理は現実的なものであるか，世界中の（数理分析を理解している）人々が検討することができる．そして，不完全な部分があれば，仮定を緩め，あるいは新たな仮定を導入し，分析していくことができる．１人の研究者の手によってすべてが議論されるわけではなく，世界中の研究者が長期にわたり同じ課題を同じ手法を用いて議論していくことができるのである．例えば，第４章で紹介する選挙における政党間競争を描いた数理モデルは，半世紀以上にわたり数えきれないほどの多くの研究者の手によって拡張・分析され１つの体系として発展してきた．そして，今なお研究は続けられている．

第３に，その抽象性があげられる．数理分析を行うためには，まず複雑な現実を単純化していく必要がある．些末な事象を捨て，その本質を描き出す作業である．よって，例えば「民主党政権の是非を検討する」や「パレスチナとイスラエルの関係を分析する」などの個別事象に対する研究手法としては的確ではない[3]．一方で，「一票の格差はどのような帰結をもたらすか」や，「利益団体からの政治献金の是非」といった一般的問題の分析には，各国や各時代の要素を捨象し，各問題の本質をとらえて分析していく数理分析が有効といえる．政治制度や政策には，国や時代を問わない本質的利点と不利点が存在する．数理分析は，その利点と不利点の間のトレードオフを明確に示すことができる．

これらの論理性・一般性・抽象性という利点から，経済学だけではなく，政治学においても数理分析は重要な分析手法となっている．

数理分析の重要性に関し，もう１点付言しておく．現在，政治学においては統計学・計量経済学的手法を用いてデータ分析を行う実証研究も（数理分析よりもずっと）幅広く行われており，計量政治分析（quantitative political analysis）などと呼ばれている．

実証分析を行う場合，変数間の相関関係を示すだけでは不十分であり，因果関係まで推定する必要がある．２つの変数$X$と$Y$に相関があったとし

---

3　特定の事象の分析のために数理モデルを用いる研究も存在するが，数理モデル本来の目的とは異なった用いられ方をしていると考えるべきである．

ても，$X$が$Y$に影響を与えているのか，$Y$が$X$に影響を与えているのか，あるいは別の変数が両変数に影響を与えているのか，わからない．その因果関係まで推定しなければならない．例えば，各国政治制度の民主主義度と経済成長率を比較し正の相関を示しただけでは，「民主制は経済成長を高める」という因果関係を示したことにはならない．なぜなら「経済成長が高まると，より民主的な制度が導入される」という逆の因果関係が存在する可能性があるからだ．この因果関係まで推定することが現在は重要視されている．

しかし因果関係まで示したとしても，その因果関係が成立している理由を示さなければ，背景となるストーリーを一切考えずに推定していることになる．その因果関係の背景となるストーリーを示すためには，仮説を提示しなければならない．実証分析に向けての仮説を示す際に，数理モデルが最も有効な手段となる．因果関係の推定においては，変数間の関係を描いた数理モデルを推定する．数理モデルの導出過程を無視して実証分析が行われることも多いが，本来は仮定から出発し，推定される数理モデルが導出される過程を示してから実証分析を行うべきである．数理分析のない実証分析は，裏付けのない数理モデルを推定していることになるからだ．よって，数理分析は実証分析を行ううえで必要不可欠のものと言ってよい．当然ながら，実証分析の裏付けのない数理分析もまた，説得力に欠ける．数理分析を行う際に実証分析を強く意識しなければならないと同時に，実証分析を行う際にも数理分析を理解することが重要である．つまり，数理分析を用いて仮説を提示したうえで，その仮説を裏付ける証拠を，その数理モデルにもとづく実証分析を通して示すことで，1つの研究として帰結しうる．数理分析と実証分析が組み合わさってはじめて研究も説得的となるのである[4]．

---

4　経済学では数理分析と実証分析の専門家が分かれている場合が多い．しかし，お互いの分析を無視しているわけではない．また，近年では数理モデルの有するパラメータを厳密にデータから推定する構造推定（structural estimation）などの手法も主流となっており，経済学では数理分析と実証分析の距離は格段に小さくなっているといってよい．

本書では，政府が望ましい政策を実行しない理由として考えられる以下の２点の問題を中心に議論していく．第１に，社会を構成する個人が異なる意見を有するため，社会にとって最も望ましい政策を決めることができなくなる可能性が考えられる．では，多くの個人の異なる意見を正しく集約し，常に社会にとって望ましい政策を決めることができる方法は存在するのだろうか？　本書の第２・３章では，**社会選択論**(social choice theory)をもとに，この問いに関して議論していく．しかし，その議論は一筋縄ではいかず，導き出される答えは落胆するものであることがわかるだろう．

第２に，社会にとって最も望ましい政策が存在したとしても，政治家や官僚が異なる政策を好むことによって，その望ましい政策が実行されない可能性が考えられる．では，彼らにより望ましい政策を選ばせるためには何をすべきだろうか？　第４章以降では，ゲーム理論をもとに，政治家などの意思決定を分析していき，この問いに関して議論していく．

本書の具体的な構成は以下の通りである．まず第１章では，数理分析で用いられる個人の意思決定に関する分析の基礎として，選好関係および効用関数について概説する．また，数理分析では合理的個人を考えて分析を行うが，この合理性の仮定に対する批判は根強い．しかし，その大半が誤解にもとづくものである．よって，合理的個人の定義に関しても解説する．ミクロ経済学やゲーム理論をすでに習得しており，選好関係や効用関数に関して熟知している読者は読み飛ばして構わない．

第２章と第３章では，「社会にとって望ましい政策は決められるのか」という問題を検討する．第２章はその基礎となるアローの不可能性定理を紹介し，第３章では各種選挙制度に関して議論する．

第４～６章は政治的競争，つまり選挙を通じた政党間・候補者間の競争を描いたモデルを紹介する．第４章では，政党や候補者の政策選択を描いた基本的モデルであるホテリング＝ダウンズ・モデルを紹介する．第５章(および付録B)は，その拡張を示している．第４・５章は政党・候補者の政策(公約)選択を主に分析していることに対し，第６章では有権者の意思決定として，投票行動および選挙への出馬の意思決定を描いたモデルを紹介する．

第７章以降は民主的政治制度に関する分析となる．第７章では選挙に勝利した後の現職政治家が決定する政策選択に対し将来の選挙の存在が与える影響を考える．次の選挙においても勝利しなければならない場合，現職政治家は過去の選挙に勝利しているとはいえ好き勝手なことはできない．選挙は現職政治家に対する規律付けとして機能し，かつ望ましい性質を有した政治家を選択する機能も有することを示す．第８章は議会に関するモデルとして，議会内における議員の交渉，および両院制を描いたモデルを紹介する．最後に政党や政治家以外に政策に影響を与える主体として，第９章は利益団体を分析したモデルを，第10章は官僚制を分析したモデルを紹介する．

また基本的モデルを紹介することに加え，現在議論されることが多い政治問題として，公約のあり方(第５章)，女性議員(第６章)，政治家への報酬と多選禁止制(第７章)，一票の格差と両院制の是非(第８章)，ロビー活動，政治献金と選挙広告(第９章)，および日本における官僚と司法の役割(第10章)を数理分析の視点から考察する．

本書で用いられる手法はゲーム理論をはじめとした数理分析である．本書を理解するために最低限必要なゲーム理論の基礎に関しては付録Aを用いて説明している．しかし，経済学部入門レベルのゲーム理論を理解している場合は，付録Aを読まなくとも内容は理解できる．また，数理分析に不慣れな読者のために，できる限り個々のモデルを単純化して議論する．しかし本書をもって，数理分析は単純化しすぎていると思うべきではない．本書の目的はあくまで，政治の数理分析に関して，その可能性を知ってもらうことである．より深く理解し，実際に分析を行っていくためには，学部上級以上のゲーム理論の知識を得たうえで，それらの教科書を手にするか，個々のモデルの原典となる論文を読んでもらうより他にない．よって本書の最後に，今後の勉強のための読書案内を記した．同時に，より一層の理解のために，各章末に３～５問の練習問題をつけている．一部の問題は難易度を高めに設定しているが，数学的に高等であるという意味ではなく，本書の内容を理解したうえで新たな思考をもとめる問題であることを意味する．

ただし，本書は以下のことを議論していない．数理分析は，戦争や同盟関係などを分析する国際関係論に幅広く応用されているが，ここでは議論しない．同時に，民主制と独裁・寡頭制を比較するような比較政治学にも応用されているが，比較政治体制に関する数理分析もここでは議論しない．また，経済学で行われている財政政策，金融政策，貿易政策などの政策に政治的要因が与える影響に関しても多くは議論しない．あくまで本書は，民主主義国家内における政策決定過程の数理分析に特化して紹介している．

数理分析は机上の空論であると批判を受けることが多い．当然，数理分析は机上で行われるものである．また，本書で提示する問題やその解決策は一朝一夕で実行し解決することは難しく，非現実的に見えるものが多いだろう．そのことから考えると，確かに空論であるかもしれない．しかし，その机上の空論である数理分析を通して現実の政治を見ることでしか得られない知見や視点は，明日の政治の改革には役に立たなくとも，遠くない未来の政治の改革には役立つ可能性はある．何より，そのような視点を身に着けておくことは，一有権者として重要なことだと信じている．本書を通し，政治の数理分析を行う意義を少しでも感じ，新たな政治を見る視点を得てもらえれば本望である．

# 第 1 章　合理的個人の意思決定

私たちは誤りを犯しやすく，混乱しやすく，賢くはなく，非合理的だ．

私たちはスーパーマンではなく，むしろシンプソンズ一家のようなものなのだ．

ダン・アリエリのブログ(http://danariely.com/)より(筆者訳)

社会には多数の個人が存在する．そして，各個人は政策に対し，それぞれ異なる好みをもっている．異なった好みを有する個人の意見を集約し，国・社会として，いずれかの政策を決定しなくてはならない．それでは，どのように個人の意見を集約し，社会として意思決定を行うべきだろうか．その社会の意思決定の分析を行う前に，まずは個人の意思決定に関して理解をしておく必要がある．また，第 4 章以降で議論するゲーム理論を用いた分析においても，政党や政治家を 1 人の意思決定主体と考えたうえで分析を行う．よって，個人の意思決定に関する分析手法を理解しておくことは重要である．

本章では，個人の意思決定に関する数理分析の基礎である選好関係と効用関数について概説するとともに，数理分析で用いられる合理的個人という仮定に関しても検討する．

## 1.1　選好関係

ある個人が有限個の選択肢をもっているとしよう．その選択肢の間で個人が有する好みは**選好関係**(preference relation)として表現される．個人の好みは，主に以下の 2 種類の選好関係で描くことができる[5]．

5　厳密には，弱い選好関係(weak preference relation: $a \succcurlyeq_i b$ )のみを用いれば個人の好みを描くことはできる．これは，$a$は$b$より好ましい，あるいは同等である(つまり，$b$が$a$より好ましくなることはない)という関係である．「$a \succcurlyeq_i b$ かつ $b \succcurlyeq_i a$」であれば$a \sim_i b$を意味し，「$a \succcurlyeq_i b$であるが$b \succcurlyeq_i a$ではない」なら $a \succ_i b$を意味する．

1．強い選好関係(strict preference relation)：$a \succ_i b$

*個人$i$は$a$を$b$より強く選好する．つまり，個人$i$にとって$a$の方が$b$より好ましい．*

2．無差別関係(indifference relation)：$a \sim_i b$

*個人$i$にとって$a$と$b$は無差別である．つまり，個人$i$にとって２つの選択肢は同等に好ましい．*

数を比較する際には等号(=)や不等号(>)を用いるが，ここでは選択肢を比較しているため等号・不等号とは異なった記号を用いなければならない．強い選好関係の意味は明らかと思う．一方で，無差別関係は個人にとって２つの選択肢が同価値であると断定できる際に用いられる関係であり，「どちらがよいかわからない」という意味ではない．例えば，私はペットボトルの緑茶はメーカーによらず，すべて同じ味に感じる．よって，すべてのメーカーのペットボトルの緑茶は(価格と量が同じ限り)同価値であり，どのメーカーの緑茶でも構わない．このとき「私にとってすべてのペットボトルの緑茶は無差別である」と言える．

複数の選択肢の中から意思決定を行うためには，個人にとって好ましい選択肢の順序を決めることが重要である．選択肢を好ましい順に並べたものを，**選好順序**(preference order)と呼ぶ．１つの選択肢のみを選ぶ場合は，最も好ましい選択肢がわからなければならない．また複数の選択肢を選択しなければならない場合は，２番目に好ましい選択肢や，３番目に好ましい選択肢までわからなければならない．個人の意思決定を分析するためには，個人にとって最も好ましい選択肢から，最も好ましくない選択肢まで並べることができる必要がある．このような選好順序が存在するために，個人の選好関係は以下の２つの条件を満たしていなければならない[6]．

6　同時に，反射性(reflexivity)も重要な条件として加えられる．反射性とは，同一の選択肢は無差別であることを意味する．厳密には，任意の１つの選択肢$a$に対し，$a \sim_i a$が成立していることである．しかし，完備性を満たす選好関係は，同時に反射性も満たすことが知られている．そのため，ここでは反射性の議論はしない．

1．完備性(completeness)

*個人が，他の選択肢と比較する意思がない，あるいは比較することができない選択肢は存在しない．厳密には，任意の2つの選択肢$a$と$b$の間で，$a \succ_i b$，$b \succ_i a$，あるいは$a \sim_i b$のいずれかの関係が成立している．*

完備性が満たされず選好関係を決められない選択肢が存在する場合，その選択肢の好ましさの順序を決めることはできない．よって，選好順序をもとめることができなくなる．完備性が満たされない例として，以下の問題を考えてみよう．

*あなたが乗船していた船が転覆した．海に放り出されたあなたは，目の前に一枚の板が浮かんでいることに気付く．その板につかまれば，海に沈まず救助を待つことができる．しかし，その板は2人以上の人がつかまると沈んでしまう(確実に沈むと仮定しよう)．しかし，その板にはすでに1人の人がつかまっている．その人を落とせばあなたは助かるが，つかまっていた人は死ぬ．しかし，落とさなければあなたが死んでしまう．他に助かる方法はなく，あなたはその人を確実に落とせるだけの力はあるとしよう．あなたなら「他人を犠牲にして助かる」だろうか？　それとも「諦めて死ぬ」だろうか？*

中には即答できる人もいるだろう．しかし，「死ぬ」か「殺す」かの選択は難しく，選好関係がわからない人も多いと思う．前述したように，選好関係がわからないということは無差別を意味しない．無差別であるということは「死ぬ」と「殺す」という2つの選択肢が同価値であると断言できる場合に限られる．この問題は，古代ギリシャの哲学者カルネアデスが提示したカルネアデスの板という問題であり，その後も舞台や内容を変えつつ哲学・倫理学・法学の分野で議論されてきている[7]．このような哲学

7　多くの場合，議論される問題は「相手を落として助かった男がいたとして，その男の罪を問えるのか」という問題である．ちなみに，日本を含む多くの国でこのような行為は緊急避難とされ罪には問われない．しかし，道義的・倫理的な罪の有無に関しては難しい問題ではないだろうか．

的・倫理学的な難問の多くは，選択肢の間の比較ができず選好関係が決まらないことが多い．よって選好順序をもとめることはできない．

人生の厳しい選択の場合も完備性は満たされない可能性がある．例えば，テレビドラマなどで男性が恋人に「私と仕事どっちが大切なの！」と詰め寄られるシーンがある．これも即答できる場合はあるだろうが，ドラマでは通常男性は答えに詰まる．仕事と恋愛は同じ天秤に乗せにくく，また乗せたくもない人が多いだろう．この時，選択肢を比較する意思がないため，完備性は満たされない．

２．推移性（transitivity）

*選好関係が循環することはない．厳密には，任意の３つの選択肢a，b，cの間で，$a \succ_i b$ かつ $b \succ_i c$ であれば $a \succ_i c$ となる．同様に，$a \sim_i b$ かつ $b \sim_i c$ であれば $a \sim_i c$ となり，$a \succ_i b$ かつ $b \sim_i c$（あるいは $a \sim_i b$ かつ $b \succ_i c$）であれば $a \succ_i c$ となる．*

「推移性が満たされない」とは，例えば $a \succ_i b$ かつ $b \succ_i c$ であるにもかかわらず，$c \succ_i a$ となることを意味する．この場合，$a \succ_i b \succ_i c \succ_i a \succ_i b \succ_i c \succ_i a$ …と，選好関係に循環が生じてしまい，最も好ましい選択肢は何か，２番目は何か，などがわからなくなる．よって，選好順序をもとめることはできない．例えば，以下のような例を考えてみよう．

*男性が昼食を食べにレストランに入った．メニューには「焼魚定食」，「男の山盛りラーメン」，「ヘルシーサラダ」の三種類がある．ダイエット中の男性は，焼魚定食の方がラーメンより良いと思った．一方で，空腹であるために，ラーメンの方がサラダより良い．しかし，健康診断で肥満体質と言われた彼は白米の食べ過ぎも控えている．そのため，サラダの方が定食より良いと感じた．サラダよりラーメンがよく，ラーメンより定食がよく，定食よりサラダがよい…．彼は頭を抱えながら，ずっとメニューを見つめていた…．*

このような優柔不断な男性の選好関係は，

$$定食 \succ_i ラーメン \succ_i サラダ \succ_i 定食$$

という循環が生じているため推移性を満たさない．

以上の完備性と推移性の2つの条件さえ満たせば，最も好ましい選択肢から，最も好ましくない選択肢まで，選好順序を決めることができる．哲学的難題や人生の究極の選択などを除けば，個人の意思決定において2つの条件が満たされないケースは限定的であることがわかるだろう．

選好順序さえわかれば，後はその選好順序にもとづいた意思決定を考えればよい．選好順序にもとづく意思決定方法に関し，数理分析は合理的個人を仮定している．

## 1.2　合理的個人

合理的個人の意味を整理しておこう．合理的個人とは**合理的選択**(rational choice)を行う個人のことである．特に政治に関して数理分析を用いて分析する場合，この合理性の仮定に疑問を持たれることが多い．しかし，その疑問の多くが誤解にもとづくものである．

「合理的」という言葉は文脈によって幅広い意味を有する．例えば広辞苑(第四版)は合理的の意味を以下のように示している．

ごうりてき【合理的】

1．道理や理屈にかなっているさま．

2．物事の進め方に無駄がなく能率的であるさま．

道理も理屈も理解し，能率的に無駄なく行動している個人を考えるのであるならば，スーパーマンのように完璧な人間を想像するかもしれない．また，企業経営においては，(感情を排し)費用と便益をしっかりと計算したうえで行う経営方針が合理的であるとされることもある．この場合は，冷徹に計算しながら物事を決める人を想像するのではないだろうか．以上の意味にもとづくならば，確かに(ほとんどの)人間は合理的ではないだろう．

しかし，数理分析で考えられている合理性とは，かなり狭義の意味で用いられる．個人の意思決定に関する数理分析においては，「選好関係が，完備性と推移性を満たしたうえで，自身にとって最も好ましい選択肢から選択すること」が合理的選択である．広辞苑の語彙の中では，最も好ましい選択肢から選ぶという最も理にかなった行動であることから，「理屈にかなっている」という部分のみがかろうじて当てはまる．数理分析における合理的選択とは，これ以外のことを除外していない．特に以下の３点に関しては留意されたい．

第１に，合理的個人は「自身の金銭的・物質的利益を最大化するような利己的な個人」を意味しない[8]．例えば，震災の後，被災地に対し寄付をした人は多いだろう．寄付行為は自身の金銭的利益を減ずる行為であるため利他的な行為といえる．しかし，寄付をした人が「寄付をする $\succ_i$ 寄付をしない」という選好関係を有したうえで寄付をしたのならば，それは利他的ではあるが，合理的選択である．

第２に，合理的個人は「常に正しい選択をする個人」を意味しない[9]．例えば，遊ぶ金ほしさに罪を犯す人がいる．これは，当然ながら(社会的に)正しい選択とは言えない．かつ，その結果逮捕され，将来遊ぶ金はおろか，生活のための収入も十分に得られなくなる可能性が高いことをふまえれば，愚かとしか言いようのない選択である．しかし，「遊ぶ金欲しさに罪を犯す $\succ_i$ 働く」という選好関係を有しており，そのうえで罪を犯せば，愚かではあるが合理的選択である．

第３に，合理的個人は「将来起こる事象のすべてを知っている全知全能な個人」を意味しない．例えば，宝くじを購入した人の多くが当選することなく損失を被る．一部の人は，購入したことを後悔するだろう．しかし，購入する前の時点では高額を得る小さな確率に望みを託し「宝くじを

8　特に，この利己性を合理性と混同する場合が多い．これは経済学において，例えば消費者は自身の消費財の量のみに依存する効用を最大化するなど，利己性を仮定することが多いためである．しかし，利己性と合理性は別個の仮定である．

9　よって，数理分析は「すべての個人が合理的に選択したうえで生じた結果は，社会にとって望ましい結果になる」と主張するものでは断じてない．むしろ，望ましくない結果となる可能性が高いことを主張している(付録A.2.1で解説する安全保障のジレンマなど)．また，その望ましくない結果を，ゲームのルール(制度)を変えていくことで，どのようにより望ましい結果に導いていくかという問題をゲーム理論では議論している．

買う $\succ_i$ 買わない」という選好を有していれば，宝くじを買うことは，事後的に後悔したとしても，購入する前の段階では合理的選択である．このように不確実性をもっており，すべてを知っていることはなくとも，その不確実性のもとで最も好ましい選択肢を選んでいれば合理的と言える．また数理分析には，1.3.2節で概説するように，不確実性下の意思決定を分析する手法が存在する．

つまり，合理性とは，最も好ましい選択肢が存在し，個人がそれを知っているとき，その最も好ましい選択肢を選択するということを意味するだけである．例えば，私はピーマンが大嫌いであり，(ピーマンの入っていない)中華丼が大好きである．そして，ピーマン嫌いを克服する気はまったくない．食堂に入り，「中華丼(ピーマン抜き)」と「ピーマンの肉詰め定食」があれば，私は強く前者を選好し，そしてそれを知っている．このとき，それでもピーマンの肉詰め定食を食べれば「私は合理的ではない」ことになる．数理分析で仮定している合理性とは，これ以上のことを意味するものではない[10]．

ただし，このような合理性の定義は，あくまでゲーム理論などの数理分析に限られて用いられている．また，経済学者の間でも(利己性を合理性に含めるなど)合理性の定義に違いがある場合が多い．しかし，上記の狭義の意味の合理的選択を仮定するのみで，他の仮定を含まずとも数理分析は可能である．

本書では，すべての個人の選好関係は，完備性と推移性を満たすと考え，合理的個人で構成された社会を考えていく．

10　もちろん，常に合理性が満たされると主張するわけではない．例えば前述のように，完備性と推移性を満たさないような難しい選択や心理的な影響があった場合，最も好ましい選択肢がわからないため，合理的選択はできない．また，心理的要因から，最も好ましい選択肢を勘違いして選ばない人もいるだろう．以上のような状況を合理的選択を用いて分析することはできない．ただ，自身の政治生命や国民の生活に影響のある選択において，政治家や政党が非合理的な選択をあえてする場合は限られてくるだろう．

## 1.3　効用

### 1.3.1　効用関数

数理分析では，個人の意思決定を分析する際に**効用関数**(utility function)を用いる必要がある．それでは，効用関数とは何か．多くの意思決定において，選択肢はモノである．どの政党に投票するかという選択を数理的に分析するためには，選択肢である政党を数値に還元しなくてはならない．効用関数は，このようなモノとしての選択肢を数値に還元する関数である．

ここでは，効用関数を関数$u()$として表現する．そして，選択肢$x$を選んだ場合の効用を，$u(x)$と表現する．ここで効用関数が満たすべき条件は，より好ましい選択肢には，より大きな実数を与えることである．この効用関数によって選択肢に与えられた実数を効用(utility)と呼ぶ．個人$i$が，$a \succ_i b$という選好関係を有する場合は，$u(a) > u(b)$とならなければならない．また，$a \sim_i b$であれば，$u(a) = u(b)$となる．この際に，効用の値に意味はない．例えば，$a \succ_i b$であれば，$u(a) = 10 > u(b) = 2$でも，$u(a) = 1000 > u(b) = 0.02$でも，$u(a) = -200 > u(b) = -201$であっても構わない．$u(a) > u(b)$という順序さえ満たせばよい．このような特徴を持つ効用関数を**序数的効用関数**(ordinal utility function)と呼ぶ．以降の章で，特定の実数を効用として選択肢に与えている場合があるが，序数的効用関数の性質上，その数値の値に意味はなく，効用の数値の順序にのみ意味がある．どんなに大きな値でも，あるいは負の値であっても，選択肢間の順序さえ満たしていれば，その意味に差異はない．効用が負であることは，好ましくない選択肢や不幸を意味するわけではない．また，効用が正の大きな値であることが，非常に好ましい選択肢で大いに幸せであることを意味するわけではない．

しかし，完備性と推移性が満たされず選好順序がわからない場合，分析に適した効用関数が存在しなくなる．よって，効用関数は選好順序が決まる場合のみ用いることができる．まず，個人の選好関係が完備性を満たさないとしよう．ある選択肢$a$と$b$の間での選好関係が決まらないということは，その選好関係を表現できる効用(実数)も決められない．よって，完備性を満たさない選好関係を表現する効用関数は存在しない．次に，推移性を満たさない選好関係を考えよう．$a \succ_i b$であれば，効用関数は$u(a) > u(b)$を満たさねばならず，また$b \succ_i c$であれば，効用関数は$u(b) > u(c)$を満たさねばならない．効用は実数であるため，この場合は必ず$u(a) > u(c)$となる．しかし，個人が推移性を満たさない選好関係である$c \succ_i a$を有するならば，その選好関係を表現する効用関数は$u(c) > u(a)$とならなければならず，このような効用（実数）は存在しない．効用関数が選択肢に与える実数は完備性と推移性を満たしているため，選好関係も２つの条件を満たす必要が生じる．また，個人の選好関係が完備性と推移性を満たすのであれば，必ずその選好関係を表現する効用関数は存在する．

個人が合理的であるとは，選好関係が完備性と推移性を満たし，かつ「最も好ましい選択肢から選ぶこと」であった．効用関数では，より好ましい選択肢ほど高い効用が与えられている．よって，合理的であるとは「個人が効用を最大化するような選択を行うこと」を意味する．

### 1.3.2　期待効用

合理性は「すべてを知っている」ことを意味しないと指摘したが，当然ながら多くの意思決定はリスクや不確実性を伴う[11]．そのような意思決定には，**期待効用**（expected utility）を用いて分析することが一般的である．ここで，$a$という結果が50％の確率で生じ，$b$という結果が50％の確率で生じるという選択肢を考えよう．結果$x$から得られる効用を$u(x)$とした場合，この選択肢からの期待効用は$(1/2)u(a) + (1/2)u(b)$として表現できる．つまり，結果から得られる効用の期待値である．より一般的に，選択肢$p$を選んだ場合，$x$という結果が生じる確率を$p(x)$としよう．起こりうる結果は，$x = \{a, b, c, \dots\}$と複数あり，$\sum_x p(x) = 1$の時，期待効用は以下になる．

11　厳密には，個人がそれぞれの結果が起こる確率を知っている場合はリスク（risk），知らずに主体的確率（つまり確率の推測値）のみを有する場合は不確実（uncertainty）と呼び区別されている．

$$\sum_x p(x)u(x) = p(a)u(a) + p(b)u(b) + p(c)u(c) + \cdots$$

このとき，２つの選択肢$p$と$q$が存在した場合，個人$i$が$p \succ_i q$という選好を有しているとしよう．また，選択肢$q$を選んだ場合，$x$という結果が生じる確率を$q(x)$としよう．この時，以下の条件が満たされれば，期待効用を用いて選好関係を表現することができる．

$$\sum_x p(x)u(x) > \sum_x q(x)u(x)$$

また，$p \sim_i q$であるならば上記の条件式は等号となる．このような期待効用が存在するならば，より好ましい選択肢は，より高い期待効用を有する．よって，不確実性下での合理的選択とは，「個人が期待効用を最大化するような選択をする」ことを意味する．

期待効用に用いられる効用関数$u(x)$は，選択肢ではなく，起こりうる結果からの効用を表現している．この効用関数は序数的効用関数とは異なり，順序だけではなく，その数値も重要となってくる[12]．そのため，選好関係を表現できる期待効用が存在する条件は，完備性と推移性以外にも必要であり，その条件を満たさない例も多く指摘されている．同時に，期待効用の計算のためには，個人は確率を正しく認識しなければならない．この「正しく認識する」とは，確率論にもとづき確率を誤りなく計算できることを意味する．不確実性下における合理的選択は，期待効用の最大化以外に，個人が確率を正しく計算できることも意味している．しかし，常に正しく確率を計算することは多くの人にとって難しい．

上記の期待効用を用いた分析に対する批判は，主に**行動経済学**(behavioral economics)で分析されている．重要な批判ではあるが，本書の範疇を超えるためここでは議論しない．興味がある者は，Gilboa (2010, 2011)を参照されたい．問題はあるかもしれないが，現在においても期待効用を用いて分析を行うことが標準的な手法である．また，期待効用に変わりうる分析手法も十分には発展していない[13]．よって，以降の章では，

---

12　期待効用に用いられる効用関数は(フォン・ノイマン=モルゲンシュタインの)期待効用関数と呼ばれる．

13　プロスペクト理論など代替的な分析手法は存在するが，別個の問題を抱えている．行動経済学の問題点に関しては，Levine (2012)を参照のこと．

不確実性が存在する場合は期待効用を用いて分析していく．

## 練習問題

### 問題1.1：大学での不正行為

大学において優秀な成績をおさめてきた太郎君は「政治の数理分析」の講義を履修していた．試験前に，数人の友人が太郎君の解答を見せてくれと頼んできた．友人関係が崩れることを恐れた太郎君は頼みを聞き入れ，試験中のカンニングを許した．しかし，このカンニング行為は教授に発見され，太郎君は当該学期に履修していたすべての講義の成績が不合格となり，しかも停学処分となった．教授は太郎君の行為が極めて非合理的であると嘆いた．この教授の意見は正しいか[14]？　理由を説明せよ．

### 問題1.2：個人の選好関係と完備性・推移性

4つの選択肢$a$，$b$，$c$，$d$を考えよ．この4つの選択肢に対する以下の個人の選好関係は，完備性および推移性を満たしているか？　説明せよ．満たす場合は，選好順序も示せ．

(a) $b \succ_i a$，$c \succ_i a$，$a \succ_i d$，$b \succ_i c$，$b \succ_i d$，$c \succ_i d$

(b) $b \succ_i a$，$c \succ_i a$，$a \succ_i d$，$c \succ_i b$，$b \succ_i d$，$d \succ_i c$

(c) $a \succ_i b$，$c \succ_i a$，$d \succ_i a$，$b \succ_i c$，$d \succ_i b$，$d \succ_i c$

(d) $a \sim_i b$，$c \succ_i a$，$d \succ_i a$，$c \succ_i b$，$d \succ_i b$，$c \sim_i d$

### 問題1.3：序数的効用関数

3つの選択肢$x$，$y$，$z$に対し，次郎君は$x \succ_i y \succ_i z$という選好順序を有しているとする．この時，$u(x) = 10 > u(y) = 5 > u(z) = 1$という効用関数は，次郎君の選好順序を表現できている．ここで，上記の効用関数に以下のような変換を行った後でも，次郎君の選好順序は表現できているだろうか？　理由も説明せよ．

14　もちろん，太郎君が受けた厳罰は正しいとする．カンニング行為は解答を見せた側も罰せられるべきである．問題は，太郎君の行為が非合理的であるという教授の意見の是非を問うている．

(a) 上記の効用関数に10を掛ける.
(b) 上記の効用関数を10で割る.
(c) 上記の効用関数に−2を掛ける.
(d) 上記の効用関数に0を掛ける.
(e) 上記の効用関数から100を引く.

### 問題1.4：金銭的利益と期待効用

効用関数を理解するうえで注意すべきこととして，金銭的利益が(特に期待効用を用いる際に)必ずしも効用と等しくなるわけではない点があげられる.「50%の確率で100万円を得ることができ，残りの50%の確率で何も得ることができない」という選択肢Aと，「必ず50万円を得ることができる」という選択肢Bの2つの選択肢があるとしよう.

(a) 両選択肢の金銭上の期待値を求めよ．多くの個人が，選択肢Bを選択肢Aより好む．このような選好関係を，金銭上の期待値は表現できているか？
(b) 100万円を得ることからの効用を$u(100)$，50万円を得ることからの効用を$u(50)$，何も得ることができなかった場合の効用を$u(0)$と考えよう.「選択肢Bを選択肢Aより好む」という選好関係を表現できる効用の値を示せ.

# 第2章　アローの不可能性定理

「かけっこおわり！」ドードー鳥がいきなり叫びました.
するとみんなドードー鳥のまわりに群がって，
息を切らしながら聞きました.
「でも，だれが勝ったの？」
ルイス・キャロル『不思議の国のアリス』(筆者訳)

社会を構成する個人全員の最も好ましい政策が同一であるならば，社会としての意思決定も簡単である．しかし通常は，個人はそれぞれ異なった意見を有しており，その意見を集約したうえで，社会としての意思決定をしなくてはならない．つまり，社会を構成する個人の選好関係をふまえ，社会の選好関係を決める必要がある．個人の選好関係から，社会の選好関係を決定する方法を，ここでは**意思集約方法**(preference aggregation rule)と呼ぼう．

それでは，様々な意思集約方法の中で，最も望ましい方法とは何であろうか？　それ以前に，個人の選好関係を正しく集約し，社会にとって望ましい選択肢を示すことが常にできる意思集約方法は存在するのだろうか？つまり，深刻な問題を抱えることのない意思集約方法は存在するのか，という問題である．本章では，まず深刻な問題の１つとなりうる選挙のサイクルという現象を解説する．そのうえで，「すべての意思集約方法は深刻な問題を抱えている」という悲劇的ともいえる結果を示したアローの不可能性定理を概説しよう．

## 2.1　選挙のサイクル

社会の最小単位とも言えるものの１つが家族である．ここで，ある家族を考えよう．家族を構成しているのは，父親($f$)，母親($m$)，子供($c$)の３人とする．３人は夏休みに行く旅行先を決めようとしている．候補に挙がっているのは「ハワイ」,「ロンドン」，および「沖縄」である．３人の選好順序は例2-1(a)の列に示されている通りとする．３人の選好関係は，完備性と推移性は満たしている．

例2-1

| | (a) | (b) |
|---|---|---|
| 父親 | 沖縄 $\succ_f$ ロンドン $\succ_f$ ハワイ | 沖縄 $\succ_f$ ロンドン $\succ_f$ ハワイ |
| 母親 | ロンドン $\succ_m$ ハワイ $\succ_m$ 沖縄 | ロンドン $\succ_m$ ハワイ $\succ_m$ 沖縄 |
| 子供 | ハワイ $\succ_c$ ロンドン $\succ_c$ 沖縄 | ハワイ $\succ_c$ 沖縄 $\succ_c$ ロンドン |

それぞれ最も行きたい場所が異なる．そこで，スポーツ好きの家族は意思集約方法として，リーグ戦で行われることが多い総当たり戦を用いることにした．つまり，選択肢の中から２つの選択肢を取り出し選挙を行い，その結果を各組に対する社会の選好関係とする方法である．社会の選好関係を決めるためには，当然すべての組み合わせに対し選挙を行わなければならない．

まず，ロンドンとハワイを考えてみよう．父親と母親はロンドンの方を好み，息子はハワイを好んでいる．よって，２票を獲得したロンドンの勝利となる(ロンドン $\succ$ ハワイ)．ハワイと沖縄の間で選挙を行えば，母親と息子に支持されるハワイが２票を獲得し勝利する(ハワイ $\succ$ 沖縄)．そして，ロンドンと沖縄の間で選挙を行えば，ロンドンが同じく母親と息子に支持されて勝利する(ロンドン $\succ$ 沖縄)．よって，総当たり戦を用いた場合，この家族の選好順序は「ロンドン $\succ$ ハワイ $\succ$ 沖縄」となる．

このような総当たり戦は，**コンドルセ方式**(Condorcet Rule)と呼ばれることが多い[15]．厳密には，以下の方法となる．

*任意の２つの選択肢 $a$ と $b$ に対し，$a$ を $b$ より好む個人が，$b$ を $a$ より好*

---

15　この用語は，フランスの哲学者，数学者，政治学者であったマリー・ジャン・アントワーヌ・ニコラ・ド・カリタ・コンドルセに由来する．1785年の著作において，彼は，すべての候補者に1対1の総当り戦をさせ，他の候補者すべてを打ち破った候補者を真の勝者とする投票方式を提案した．

*む個人より多ければ社会の選好関係を$a \succ b$とする．同数であれば，$a \sim b$とする．*

この家族の例では，ロンドンが他のどの選択肢にも勝利している．このような選択肢を**コンドルセ勝者**(Condorcet Winner)と呼ぶ．コンドルセ勝者の定義は以下の通りである．

**定義2.1 コンドルセ勝者**

*必ずどの選択肢にも勝てる，もしくは引き分けることができる選択肢をコンドルセ勝者と呼ぶ．*

このようなコンドルセ勝者が存在する場合，常に過半数以上に支持されるコンドルセ勝者を社会にとって一番好ましい選択肢と考えることもできる．しかし，コンドルセ勝者が常に存在するとは限らない．例えば，どうしても沖縄に行きたい父親が子供に沖縄の素晴らしさを説いたとする．その結果，子供の選好順序が「ハワイ $\succ_c$ 沖縄 $\succ_c$ ロンドン」と変わったとしよう．父親と母親の選好順序は変わっていない場合，３人の選好順序は例2-1(b)の通りとなる．

例2-1(b)に対してコンドルセ方式を用いると，ロンドンはハワイに勝ち，ハワイは沖縄に勝ち，沖縄はロンドンに勝つ．よって，ここにコンドルセ勝者は存在せず，社会の選好関係に循環が生じてしまっている．つまり，コンドルセ方式を用いてもとめられた社会の選好関係は，推移性を満たしていないのである．この例では，各個人の選好関係は完備性と推移性を満たしているにもかかわらず，社会の選好関係は推移性を満たしていない．このような現象を，**選挙のサイクル**(electoral cycle)という[16]．このようなサイクルが生じる限り，社会にとって最も好ましい選択肢を見つけられない．

長年にわたって，推移性を満たし，かつその他の問題を有さないという意味で望ましい意思集約方法を探る研究が積み重ねられてきた．そして，

---

16　政治的サイクル(political cycle)，コンドルセのパラドックス(Condorcet paradox)，投票の逆理，あるいは単にサイクルとも呼ばれる．

その解答はケネス・アローによって示された(Arrow [1951, 1963, 2012])[17]．アローの提示した解答は単純明快で，かつ悲観的なものである．それは「問題を有さない意思集約方法は存在しない」というものであった．

## 2.2　アローの不可能性定理

### 2.2.1　アローの最低限の条件

アローはまず，意思集約方法が満たすべき５つの最低限の条件を提示した．そのうえで，その５つの条件を同時に満たす意思集約方法は存在しないことを示した[18]．まずは，その最低限の条件を見ていこう．

１．社会の選好関係の推移性

*意思集約方法を用いてもとめられた社会の選好関係は常に推移性を満たしていなければならない．*

前節において議論したように，社会を構成するすべての個人が完備性と推移性を満たす選好関係を有していたとしても，意思集約方法を通して示された社会の選好関係が推移性を満たしているとは限らない．推移性を満たさない可能性のある意思集約方法は，この条件により排除される．この条件は，「社会にとって最も好ましい選択肢がわからない」という状況が，万が一でも生じてはならないことを要求している．推移性を満たさない代表例として，前節で議論したコンドルセ方式がある．

２．普遍性(universal domain)

---

17　Arrow(1951)は第１版であり，Arrow(1963)は第2版である．Arrow(2012)は序文以外第２版との違いはない．本書では難易度を考慮し，アローの不可能性定理の証明までは踏み込まない．しかし，証明を知るために，このアローの原典を読むことは，(本格的に社会選択論の研究者を目指さない限り)あまりお勧めできない．この原典よりも，より単純で明快な証明がいくつも存在し，多くの文献に収められているからである(日本語では，鈴村[2012]などがある)．

18　厳密には条件ではなく公理(axiom)と呼ばれる．しかし，本書ではわかりやすさ優先のために条件と呼ぶこととする．

*意思集約方法は，個人の選好関係に対し，完備性と推移性を満たしていること以外の制約を課してはならない.*

つまり，各個人の選好関係が完備性と推移性を満たしている限り，意思集約方法は社会の選好関係を示すことができなければならない．意思集約方法は，いかなる個人の選好関係にも機能しなくてはならないということだ.

例えば，「選挙のサイクルが起こらない場合のみを考える」という制約が課された場合，例2-1(a)は含まれるが，例2-1(b)は考えられないことになる．例2-1(b)では個人の選好関係は完備性と推移性を満たしているにもかかわらず，この制約によって排除されてしまっている.

また，「任意の２つの選択肢$a$と$b$に対し，少なくとも１人の個人が$a$を$b$より強く選好$(a \succ_i b)$し，残りのすべての個人が$a$と$b$の間で無差別である$(a \sim_i b)$ならば，社会の選好順序は$a \succ b$とする」という原始的な全会一致制(unanimity rule)を考えてみる．ここでは，「全員の意見が一致したときのみを考える」という制約が課されている．このとき「任意の２つの選択肢$a$と$b$に対し，数人が$a$を$b$より強く選好$(a \succ_i b)$し，残りの個人が$b$を$a$より強く選好$(b \succ_i a)$する」という意見の対立が存在する場合は(個人の選好関係が完備性と推移性を満たしていたとしても)排除されてしまう.

以上のように個人の選好関係に，新たな制約が課された場合は普遍性を満たさない．排除することができる個人の選好関係は，完備性と推移性を満たしていない非合理的選好関係のみである.

３．パレート最適性(Pareto optimality)[19]

*社会を構成するすべての個人が$a$を$b$より強く選好する$(a \succ_i b)$ならば，社会の選好順序は$a \succ b$でなければならない.*

この条件は，実際の個人の選好関係から作られるべき社会の選好関係を，

19　経済学では「誰かの効用を下げることなく他の誰かの効用を高めることができない状態」をパレート最適と呼ぶため，ここでも同様の名前が用いられている.

具体的に要求している唯一の条件となる．すべての個人が同一の選好関係を有するならば，社会の選好関係も当然それと同一になるべきだろう．

しかし，社会のすべての個人が同一の選好関係を有する状況は極めて限られているため，この条件は最小限のものといえる．例えば，１億人の社会において，99,999,999人の個人が$a$を$b$より強く選好していたとしても，たった１人の個人が$b$を$a$より強く選好しているならば，社会の選好関係は$b \succ a$であってもパレート最適性に反してはいない．そもそも全員の意見が一致しているわけではないからだ．

パレート最適性を満たさない例として，無作為に社会の選好順序を決定する方法がある．例えば，$n$個の選択肢がある場合，社会にとって最も好ましい選択肢を抽選で選ぶ．すべての選択肢が同確率$(1/n)$で選ばれるとする．そして，２番目に好ましい選択肢も抽選で決め，それを最下位が選ばれるまで続けるとしよう．このとき，すべての個人が$a$を$b$より強く選好$(a \succ_i b)$していても，抽選の結果$b$の方が$a$より上位となってしまう$(b \succ a)$可能性がある．よって，無作為な決定方法はパレート最適性を満たさない．

４．非独裁制(non-dictatorship)

*社会の選好関係と常に同一の選好関係を有するような特定の個人は存在しない．*

例えば「社会の選好関係は個人$i$の選好関係と同一である」というような，社会と特定の個人の選好関係が常に一致する意思集約方法は排除される．つまり「独裁者は存在しない」ということである．

ただし，これも最小限の条件であり，特定の個人が一定の影響力を持つことは許容される．例えば，３つ以上の複数の選択肢$a$，$b$，$c$…の選好順序の決定に関し，$a$と$b$のどちらが好ましいかに関しては個人$i$が決定できるが，それ以外の組み合わせに関してはコンドルセ方式を用いて決定するとしよう．このとき，$a$と$b$の間での選好関係は個人$i$のみで決定できるが，その他の選好関係に関しては個人$i$のみでは決定できない．よって，このような意思集約方法は非独裁制を満たしている．また，３人以上の個人がいる社会で，その中の２人のみの選好が反映されるような意思集約方法で社会の選好関係を決める二頭政治も非独裁制は満たしている．特定の１人の個人が決定しているわけではないからだ．当然ながら，特定の個人と社会の選好関係が，一部の場合に限り偶然に一致することも許容する[20]．各個人がどのような選好関係を有していようとも，特定の個人の選好関係と社会の選好関係が常に同一となる方法のみが排除される．

５．無関係な選択肢からの独立性(independence of irrelevant alternatives)[21]

*任意の２つの選択肢$a$と$b$に対する社会の選好関係($a \succ b$，$b \succ a$ あるいは $a \sim b$)は，社会を構成する各個人の$a$と$b$に関する選好関係($a \succ_i b$，$b \succ_i a$ あるいは $a \sim_i b$)にのみ依存する．その他の選択肢に対する各個人の選好からは一切影響を受けない．*

無関係な選択肢からの独立性の条件を説明する前に，以下の個人の意思決定の例を考えてみよう[22]．

*ある紳士がレストランに入る．そこには２つのメニュー，ハンバーグ定食ときのこパスタがあった．紳士は，ハンバーグ定食を注文した．しかし，店主が「実は今日だけ特別メニューのシーフードカレーがあります．精魂込めて作りましたよ」と言った．そこで紳士は注文をし直した．「それでは，きのこパスタをいただこう．」*

当初はハンバーグとパスタしかなく，紳士はハンバーグを選んだ．つまり，ハンバーグはパスタより好ましいはずである．そこに新たな選択肢であるカレーが加わった．この時，カレーがハンバーグより好ましければ，紳士はカレーを注文するはずである．また，ハンバーグがカレーより好ま

---

20　例2-1(a)では，家族の選好関係は母親の選好関係と同一である．しかし，これは偶然であり，コンドルセ方式は非独裁制を満たしている．例2-1(b)では同一とはならないからだ．

21　情報効率性(鈴村[2012])や，二項独立性(坂井[2013]，Saari [2001])など他の呼ばれ方をされる場合もある．

22　この例は，Poundstone (2008)に紹介されている，ある哲学者の話しをもとにしている．

しければ，ハンバーグが注文されるはずだ．しかし，紳士はパスタを注文した．カレーの登場により，パスタの方がハンバーグより好ましくなったのである．このように，まったく関係のない第三の選択肢(カレー)の存在が，ハンバーグとパスタの選好関係を入れ替えてしまうことは奇異に見える．最後の条件，無関係な選択肢からの独立性は，このような事態を排除するものとなる．

例えば，当初の個人の選好順序に対し，ある意思集約方法が，社会の選好関係を$a \succ b$であると決めたとしよう．その後，数人の個人の気が変わり，選好順序を変えたとする．しかし，$a$と$b$の間の関係に変化はなく，その他の選択肢($c$や$d$)の順序のみが変わったとする．このとき，無関係な選択肢からの独立性を満たすためには，社会の選好関係は$a \succ b$とならなければならない．

例えば，４つの選択肢($a, b, c, d$)と４人で構成される例2-2(a)を考えよう．

**例2-2(a)**

個人１：$a \succ_1 c \succ_1 b \succ_1 d$

個人２：$a \succ_2 b \succ_2 c \succ_2 d$

個人３：$b \succ_3 c \succ_3 a \succ_3 d$

個人４：$b \succ_4 d \succ_4 a \succ_4 c$

上記の各個人の選好順序をもとに，何らかの意思集約方法を用いて決定された社会の選好順序は$a \succ b$であるとしよう．ここで，この意思集約方法が無関係な選択肢からの独立性を満たすためには，以下の２つの例2-2(b)および(c)においても，この意思集約方法でもとめられる$a$と$b$の間の

**例2-2(b)(c)**

| | (b) | (c) |
|---|---|---|
| 個人１ | $a \succ_1 b \succ_1 d \succ_1 c$ | $c \succ_1 d \succ_1 a \succ_1 b$ |
| 個人２ | $c \succ_2 a \succ_2 b \succ_2 d$ | $c \succ_2 a \succ_2 d \succ_2 b$ |
| 個人３ | $b \succ_3 a \succ_3 c \succ_3 d$ | $d \succ_3 c \succ_3 b \succ_3 a$ |
| 個人４ | $b \succ_4 d \succ_4 c \succ_4 a$ | $d \succ_4 b \succ_4 c \succ_4 a$ |

社会の選好関係は $a \succ b$ とならなければならない．

無関係な選択肢からの独立性を満たすためには，２つの選択肢 $a$ と $b$ に対する社会の選好関係が，社会を構成する各個人の $a$ と $b$ に対する選好関係にのみ依存しなくてはならない．つまり，無関係な $c$ や $d$ などの選好順序が影響を与えてはならないのである．例2-2において，無関係な選択肢である $c$ や $d$ を無視し，$a$ と $b$ の選好関係にのみ着目しよう．すると，(a)，(b)，(c)のすべての場合において個人の選好関係は共通している．つまり，個人１と２は $a \succ_i b$ という選好関係を有し，個人３と４は $b \succ_i a$ という選好関係を有している．この $a$ と $b$ の間の個人の選好関係にのみ依存して，$a$ と $b$ の間の社会の選好関係は決定されなければならない．よって，個人の選好関係が同一である限り，社会の選好関係も変わってはならない．ここで，例2-2(a)では社会の選好関係は $a \succ b$ であるにもかかわらず，例2-2(b)や(c)で社会の選好関係を $b \succ a$ としてしまうような意思集約方法は無関係な選択肢からの独立性に反しているのである．

無関係な選択肢からの独立性に反する意思集約方法として，**単純多数決制**(simple plurality rule)がある．単純多数決制とは以下の方法である．

*任意の２つの選択肢 $a$ と $b$ に対し，$a$ がすべての選択肢の中で最も好ましい選択肢である個人が，$b$ がすべての選択肢の中で最も好ましい選択肢である個人より多ければ社会の選好関係を $a \succ b$ とする．同数であれば，$a \sim b$ とする．*

つまり，各個人は最も好ましい選択肢にのみ投票し，票数がより多い選択肢が，社会的により好ましい選択肢とされる．現実の選挙において用いられることが最も多い方法である．３人の投票者がいる社会で，３つの選

例2-3

| | (a) | (b) |
|---|---|---|
| 個人１ | $a \succ_1 b \succ_1 c$ | $b \succ_1 a \succ_1 c$ |
| 個人２ | $a \succ_2 b \succ_2 c$ | $b \succ_2 a \succ_2 c$ |
| 個人３ | $c \succ_3 b \succ_3 a$ | $c \succ_3 b \succ_3 a$ |

択肢がある前ページの例2-3を考えてみよう．

例2-3(a)においては，$a$は２票，$b$は０票，$c$は１票であるため，社会の選好順序は$a \succ c \succ b$となる．一方で，個人１と個人２の$b$に対する評価が，例2-3(b)の選好関係に変わったとしよう．その結果，$a$は０票，$b$は２票，$c$は１票であるため，社会の選好順序は$b \succ c \succ a$となる．ここで，$a$と$c$の選好関係にのみ着目しよう．すると，例2-3(a)と(b)の両方において個人の選好関係は共通している．個人１と個人２は$a$を好み，個人３は$c$を好んでいる．しかし，$a$と$c$の間の社会の選好関係は，(a)では$a \succ c$であるのに対し，(b)では$c \succ a$となっている．つまり，無関係な選択肢である$b$の順序が変わることで，$a$と$c$の社会の選好関係が変わってしまった．よって，単純多数決制は無関係な選択肢からの独立性を満たしていない．

### 2.2.2　定理

以上の５つの条件すべてを満たすような意思集約方法は存在しないことをアローは示した．つまり，どのような意思集約方法であっても，上記の条件すべてを満たすことは不可能である．

**定理2.1　アローの不可能性定理**

*２人以上の個人で構成される社会で，３つ以上の選択肢が存在すると考える．このとき，普遍性，パレート最適性，非独裁制，無関係な選択肢からの独立性のすべてを満たし，かつ社会の選好関係が推移性を満たす意思集約方法は存在しない．*

この定理は，以下のように言い換えられることもある[23]．

**定理2.2　アローの不可能性定理：言い換え**

*２人以上の個人で構成される社会で，３つ以上の選択肢が存在するとする．このとき，普遍性，パレート最適性，無関係な選択肢からの独立性を満たす意思集約方法の中で，社会の選好関係が推移性を満たす方法は独裁*

23　このように言い換えた方が証明を端的に示すことができるという理由が大きい．

*制のみである．*

ただし，これは独裁制が優れていることを示しているわけではない．以下の例を考えよう．

**例 2-4**

独裁者(D)：逆らう者は死刑 $\succ_D$ 逆らう者は無視 $\succ_D$ 逆らう者の意見を聞く
それ以外(O)：逆らう者の意見を聞く $\succ_O$ 逆らう者は無視 $\succ_O$ 逆らう者は死刑

独裁制では当然，「独裁者」個人の選好関係で社会の選好関係が決まるため，社会の選好関係の推移性および無関係な選択肢からの独立性は満たされる．独裁者以外は「逆らう者は死刑」が最悪の選択肢だったとしても，独裁者のみが「逆らう者は死刑」を最も好んでいる限り，パレート最適性も満たされる．また，独裁者の選好関係が完備性と推移性を満たしていれば機能しうるので，普遍性も満たす．しかし明らかに，独裁制が優れているとは言えないことはわかるだろう．当然，アローも独裁制が優れていると主張しているわけではない．

### 2.2.3　意義と問題点

アローの不可能性定理は，民主的政治制度に関して最低限の条件しか課していないとされている．当然，望ましい制度と呼べるためには，もっと別の条件(例えば公平性に関する条件や，貧困を減らすという条件)を付け加えるべきだと考える人もいるだろう．しかし，それらの付加的な条件は，ここでは本質的ではない．アローは最低限の条件すら満たすことができないことを示したのである．

「望ましい選挙制度は何か」という問題に関し，悲劇的とも言える結論を示したアローの不可能性定理は衝撃的であった[24]．一定の批判は加えら

24　非独裁制は当然すぎる条件であり，パレート最適性を満たさない意思集約方法は，前述の無作為な決定方法など極めて限られている．よって，アローの功績は，社会の選好関係の推移性と無関係な選択肢からの独立性との間のトレードオフを示した点にあるとも言える．つまり，(特殊な方法を排除すれば)推移性を満たしているような方法は無関係な選択肢からの独立性に反してお

れているものの，社会選択論において最も重要な定理であるという地位はいまだに揺るがないでいる．また，ケネス・アローは1972年に史上最年少(51歳)でノーベル経済学賞を受賞している[25]．

最後にアローの不可能性定理に対する批判のうち，次章の議論にも関係する重要な批判を２点のみ紹介する．第１に，アローの不可能性定理は，選好の比較順序のみを考慮した意思集約方法を考えており，選択肢に対する各個人の絶対評価は考えていない．つまり，個人の選好の比較順序から，社会の選好の比較順序を決定する意思集約方法のみを考慮しているのである．普遍性では，個人の選好関係に完備性と推移性を満たすことを要求しているのみで，絶対評価の在り方には踏み込んでいない．パレート最適性も，すべての個人の２つの選択肢に対する相対評価が一致した場合を考えており，絶対評価に関しては何も述べていない．社会の選好関係の推移性も，あくまで選択肢の比較順序に関する条件である．無関係な選択肢からの独立性は，２つの選択肢に対する社会の選好関係は，その２つの選択肢に対する個人の相対評価に依存することを要求しており，強く相対評価を意識した条件である．

しかし，個人の選択肢に対する絶対評価は無視してよいのであろうか？例えば，ある個人$i$が$a \succ_i b \succ_i c$という選好を持っていたとしよう．個人$i$にとって$c$は最悪の選択肢である．このとき，個人$i$が少数民族に属しており，選択肢$c$が「少数民族を迫害する」という選択肢だったとしよう．この選択肢$c$が選ばれることは，個人$i$にとっては生死を左右することになるため，極めて重大な悲劇をもたらしうる最悪の選択肢だろう．一方で，あなたが属するゼミやサークルの飲み会の場所を決めようとしているとしよう．ここで，選択肢$c$は「中華料理屋」であり，あなたは(今日の昼食も中華だったからという程度の理由で)イタリアン(選択肢$a$)や和食(選択肢$b$)の方がよいと感じている．しかし，中華料理屋に決まったからといって飲み会に行かないというわけではない．この場合は，別に選ばれても構わないけど少し気分が乗らない程度の最悪の選択肢となる．このよ

り，無関係な選択肢からの独立性を満たしているような方法は推移性を満たしていないというトレードオフである．

25　また，アローの不可能性定理を最初に示したArrow (1951)は彼の博士論文である．

うな個人$i$の$c$に対する絶対評価は，社会における意思決定において考慮する価値はあるかもしれない.

第2に,「無関係な選択肢からの独立性は，最低限の条件というほど弱い条件ではない」という指摘がある．前述のレストランの例のように，個人の意思決定において，この条件が満たされないことは奇妙であるかもしれない．しかし，1つの選択肢は他の選択肢とはまったく関係のないものだと常に言えるのだろうか？　例えば,「消費税を課す」と「課さない」という選択肢があるとする．その一方で，一部の必需品には消費税を課さない軽減税率という方法もある．つまり,「軽減税率つきで消費税を課す」という選択肢だ．しかし，アローの基準では「消費税を課す」と「課さない」という2つの選択肢を比較する場合は,「軽減税率つきで消費税を課す」という選択肢は無関係な選択肢であり,「消費税を課す」と「課さない」の間の社会の選好関係に一切影響を与えてはならないことになる．しかし,「軽減税率つきで消費税を課す」という選択肢が，他の2つの選択肢と一切無関係であると断言することは難しいだろう．もし無関係とは言い切れないのであるならば,「軽減税率つきで消費税を課す」という選択肢の存在が「消費税を課す」と「課さない」の間の社会の選好関係に絶対に影響を与えてはならないと言えるだろうか？

さらに，例えば社会の選好関係が推移性を満たさない場合は，社会としての意思決定ができないという明らかに深刻な事態に陥る可能性がある．非独裁制とパレート最適性は当然満たされるべき条件だと多くの人が感じるだろう．それでは，無関係な選択肢からの独立性が満たされないことは，本当にそこまで深刻な事態を招くことなのだろうか？　無関係な選択肢からの独立性を満たさないという理由だけで，その意思集約方法を否定してよいのだろうか？

### 2.2.4　社会厚生関数とアローの不可能性定理

次章の議論に移る前に2点の重要な点を捕捉する．第1に，アローの不可能性定理における意思集約方法は，経済学で用いられる**社会厚生関数**(social welfare function)の一種である．社会厚生関数とは，各個人の選択肢に対する選好関係や効用から社会厚生を導く関数である．社会厚生とは各選択肢の社会に対する有益度(望ましさの度合い)を示す指数となる．各個人の効用を単純に足し合わせた関数(功利主義的社会厚生関数)など様々な種類の社会厚生関数が存在するが，アローが提示した社会厚生関数は，各個人の比較選好順序から，社会の比較選好順序を導出する関数となる[26].本書では，社会の選好順序が推移性を満たすという条件をアローが提示した条件の１つとして示したが，推移性を条件には含めずに，アローの不可能性定理を「普遍性，パレート最適性，非独裁制，無関係な選択肢からの独立性のすべてを満たすような社会厚生関数は存在しない」と表現する場合がある．社会厚生関数が関数として機能するためには，関数から導き出される社会厚生(有益度や社会の選好順序)が完備性と推移性を満たしていなければならない．そのため,「社会厚生関数は存在しない」という表現は,「推移性を満たす意思集約方法は存在しない」という表現と同じ意味である.

第２に，アローの不可能性定理で考えている意思集約方法とは社会厚生関数のことであり，実際の選挙で用いられる選挙制度とは厳密には異なる．次章ではアローの不可能性定理をもとにして，各種選挙制度に関して議論していく．しかし，実際の選挙においては，各投票者は自身の選好関係をふまえたうえで投票先を決定する．その際に，自身の選好関係と同一の投票行動を選択する保証はない[27]．また，間接民主主義においては政策ではなく政党や候補者に投票をする．つまり，上記で議論したような選択肢としての政策に投票するわけではなく，選挙に勝利した政党や候補者が政策決定に関与することになる．よって，アローの不可能性定理を実際の選挙に当てはめて考察することは厳密には適切ではない.

それでは，本定理は実際の選挙制度の分析には無意味な，数理分析に限られた机上の空論ということになるのであろうか．言うまでもなく，過去の研究者は実際の選挙制度も念頭に置いて分析をしてきた．数理分析の性

---

26　功利主義的社会厚生関数は，すべての個人の効用関数を足し合わせるという意味で，序数的効用関数を考えていない．個人間の効用も比較可能であると考える基数的効用関数(cardinal utility function)を前提としている．一方で，アローの社会厚生関数は序数的効用関数をふまえた社会厚生関数である．アローの不可能性定理は，このような序数的効用関数を前提とした社会厚生関数の困難性を示したとも言える.

27　投票行動に関しては第6章で改めて議論する.

質上，厳密性は担保しなければならないが，実際の選挙制度の問題点を完全に無視した分析ではない．また，アローの不可能性定理をもとに現実の選挙制度を分析していくことが，それぞれの選挙制度の問題点を理解することに役立つ．次章は，アローの不可能性定理をヒントに，選挙制度を分析していく．

## 練習問題

### 問題2.1：コンドルセ方式と選挙のサイクル

以下の例において，コンドルセ方式を用いて社会の選好関係を示せ．選挙のサイクルは生じているか？　理由を説明せよ．ただし，票数が同数であった場合には社会の選好関係は無差別であるとする．

(a) ３人の個人１，２，３，および４つの選択肢 $a, b, c, d$ があり，各個人が以下の選好関係を有する場合．

$$個人１：a \succ_1 b \succ_1 c \succ_1 d$$

$$個人２：b \succ_2 c \succ_2 d \succ_2 a$$

$$個人３：c \succ_3 d \succ_3 a \succ_3 b$$

(b) ２人の個人１，２，および３つの選択肢 $a, b, c$ があり，各個人が以下の選好関係を有する場合．

$$個人１：a \succ_1 c \succ_1 b$$

$$個人２：c \succ_2 b \succ_2 a$$

### 問題2.2：選挙のサイクルを作ってみよう

３人の個人，および５つの選択肢を考えよう．このとき，コンドルセ方式を用いた場合，選挙のサイクルが生じてしまう個人の選好関係の例を示せ．ただし，個人の選好関係は完備性と推移性を満たしていなければならない．

### 問題2.3：世紀の大発見

20XX年，浅古博士は遂に最も望ましい意思集約方法を発見したと宇宙政治学会において発表を行った．そこで実験的に，その意思集約方法を，３人の個人（１，２，３）および，３つの選択肢（$x$，$y$，$z$）で構成される２つの例（$A$ と $B$）に対して用いてみることにした．２つの例の間では，個人の選好順序のみ異なる．

各例における個人の選好順序と，この意思集約方法を用いて決められた社会の選好関係は，以下の通りである．

| | 例$A$ | 例$B$ |
|---|---|---|
| 個人 1 | $x \succ_1 y \succ_1 z$ | $z \succ_1 x \succ_1 y$ |
| 個人 2 | $y \succ_2 x \succ_2 z$ | $y \succ_2 z \succ_2 x$ |
| 個人 3 | $x \succ_3 z \succ_3 y$ | $x \succ_3 y \succ_3 z$ |
| 社会の選好関係 | $x \succ y$，$z \succ x$，$z \succ y$ | $y \succ x$，$x \succ z$，$z \succ y$ |

(a) この意思集約方法は，非独裁制を満たすか？　理由を説明せよ．

(b) この意思集約方法によって決められた社会の選好関係は，推移性を満たすか？　理由を説明せよ．

(c) この意思集約方法は，パレート最適性を満たすか？　理由を説明せよ．

(d) この意思集約方法は，無関係な選択肢からの独立性を満たすか？　理由を説明せよ．

# 第3章　選挙制度

民主主義は最悪の政治制度である．
これまでに試されたすべての制度を別にすれば．
ウィンストン・チャーチル

自由民主党(自民党)にとって，2005年および2012年の衆議院選挙は大勝の選挙であったと言える．2005年は小泉純一郎を総裁とし296議席を，2012年は安倍晋三を総裁とし294議席を獲得した．しかし，その内実は異なっている．2005年の総選挙における自民党の得票率は，小選挙区で47.8%，比例代表で38.2%であった．一方で，2012年の総選挙においては，小選挙区で43%，比例代表で27.6%であった．このように，2005年に比べ自民党の得票率は，特に比例代表で大きく減少している．現に，2005年には77であった比例代表による当選議員数は，2012年には57と大幅に減らしている．しかし，小選挙区の当選議員数は2005年から2012年に，219から237に増加している．得票率は47.8%から43%に下がっているにもかかわらず，議席数が増えているのはなぜか．その答えを端的に述べれば「単純多数決制を採用しているから」である．本章は，アローの不可能性定理をヒントに，主要な選挙制度に関して考察をしていく．

## 3.1　単純多数決制

単純多数決制は，2.2.1節で解説したように，各個人が自身にとって最も好ましい選択肢に投票をし，この票数がより多い選択肢を社会的により好ましい選択肢とする方法である．多くの国の選挙で採用されている最も一般的な選挙制度である．

### 3.1.1　単純多数決制とアローの条件

前章で議論したとおり，単純多数決制は無関係な選択肢からの独立性を満たさない．一方で単純多数決制が，普遍性と非独裁制を満たすことは言うまでもない．また，単純多数決制によって決められた社会の選好関係は推移性も満たす．まず，大小に意味をもつ実数は常に完備性と推移性を満たす．単純多数決制では，社会の選好順序を票数が決定し，その票数は実数である．よって，推移性は満たされるのである．

一方で，すべての個人が $a \succ_i b$ という選好関係を有しているならば，$b$ は一票も得ない．これより，単純多数決制はパレート最適性も満たしているように見える．しかし，すべての人が $a$ を $b$ よりも強く好んでいたとしても，$a$ を最も好む個人が存在しなければ $a$ の得票数もゼロとなるため，$a$ と $b$ の社会における選好関係は無差別となる．よって，単純多数決制はパレート最適性を満たしていない．

### 3.1.2　単純多数決制の問題点

単純多数決制の問題点として，多数者の意見が優先されてしまう点が指摘されることは多い．その一方で，他にも多くの問題を内包しており，そのほとんどの問題が無関係な選択肢からの独立性を深刻なほどに満たしていないことに起因している．単純多数決制の問題点を検討していこう．

1．票割れ　　2012年の衆議院選挙では，それまで政権政党であった民主党への失望感から，民主党に代わる政権政党を選択する選挙でもあった．有力候補は自民党・公明党の連立政権ではあったが，自公連立政権への不信感も存在したと言ってよいだろう．そのため，多くの新党が現れた．その中でも日本維新の会とみんなの党は，当時においては有力な新党であった．選挙前に両党は選挙協力を試みたものの，交渉は決裂し選挙協力は行われなかった．その結果生じた典型的な選挙区の１つが，東京都第５選挙区であった．以下が，主な政党候補者の得票数である．

| | |
|---|---|
| 自民党：85,400 | みんなの党　：46,629 |
| 民主党：65,778 | 日本維新の会：45,518 |

よって，この選挙区での勝者は自民党候補者となった．しかし，この選挙区の投票者の過半数が自民党候補者には投票をしていない．また，みん

なの党と日本維新の会の候補者の票を合わせると，92,147票となり，自民党候補者の得票数を上回る．みんなの党と日本維新の会が選挙協力をしたとしても，両党の支持を得た候補者が92,147票すべてを得られるとは限らない．しかし，自民党候補者に大差をつけられていた結果から，少なくとも接戦となることができた可能性はある．このように，似たような選択肢の間で票が分かれてしまう現象を**票割れ**(vote splitting)という．2012年の衆議院選挙では，「既存政党以外を選びたい」という投票者の票を，日本維新の会とみんなの党の間で分け合うという票割れが生じたため，自民党は得票率が少なくても多くの小選挙区で勝利できたと言える．

票割れが生じる理由は，単純多数決制が無関係な選択肢からの独立性を満たさないことにある．７人の投票者がおり，３人の候補者($a, b, c$)がいる例3-1を考えてみよう．複数人が同一の選好関係を有しており，投票者は３つのタイプに分けられていることに注意されたい．

例3-1(a)に対し単純多数決制を用いた場合，$a$は４票，$b$は０票，$c$は３票であるため，社会の選好順序は $a \succ c \succ b$ となる．一方で，タイプ２の$b$に対する評価が変わり，例3-1(b)の選好関係に変わったとしよう．その結果，$a$は２票，$b$は２票，$c$は３票であるため，社会の選好順序は $c \succ a \sim b$ となる．例3-1(b)では，$a$と$b$の間で票割れが起こってしまっている．過半数を占めるタイプ１と２は，$c$よりも$a$と$b$の方が好ましいにもかかわらず，タイプ間で異なる選択肢($a$と$b$)を選んでしまっているため，最終的には$c$が勝つことになる．

ここで，$a$と$c$の選好関係にのみ着目しよう．例3-1(a)と(b)の両方において個人の選好関係は共通している．タイプ１と２は$a$を好み，タイプ３は$c$を好んでいる．しかし，$a$と$c$の間の社会の選好関係は，(a)では $a \succ c$ であるのに対し，(b)では $c \succ a$ となっている．つまり，無関係な選択肢で

例3-1

| | (a) | (b) |
|---|---|---|
| ２人の投票者(タイプ１) | $a \succ_1 b \succ_1 c$ | $a \succ_1 b \succ_1 c$ |
| ２人の投票者(タイプ２) | $a \succ_2 b \succ_2 c$ | $b \succ_2 a \succ_2 c$ |
| ３人の投票者(タイプ３) | $c \succ_3 a \succ_3 b$ | $c \succ_3 a \succ_3 b$ |

ある$b$に対するタイプ２の選好順序が変わることで，$a$と$c$の社会の選好関係が変わってしまった．本例も，無関係な選択肢からの独立性を満たさない例となる．

２．スポイラー効果　2000年に行われたアメリカ大統領選は，多くのアメリカ人にとって衝撃的なものであった．アメリカの選挙は二大政党である民主党と共和党に支配されている．特に，大統領選挙では民主党あるいは共和党に承認されていない候補者が勝利することは不可能である．2000年の大統領選挙も，民主党候補者のアル・ゴア(Al Gore)と，共和党候補者のジョージ・W・ブッシュ（George W. Bush)の実質上の一騎打ちであった．その結果，ゴアの得票率は48.4%であり，ブッシュの得票率は47.9%であった．そして，ブッシュが当選したのである．

得票率が低いにもかかわらずブッシュが勝利した最大の原因として，アメリカ大統領選で採用されている選挙人制度がある．この制度では，各州に連邦上下両院の合計議席と同数の選挙人(elector)が割り当てられており，若干の例外は存在するものの，州ごとに勝者が決められ，その州の選挙人の数だけの票が各州の勝者に割り当てられる[28]．選挙の勝者は，投票者からの得票数ではなく選挙人票の数で決まる．選挙人からの票数としては，ブッシュが271票，ゴアが266票であり，僅差でブッシュが勝利したのだ．この選挙人制度も問題視されることがあるが，本書で議論すべき問題の所在は別にある．

この選挙において鍵を握っていたのは当時25の選挙人票を有していたフロリダ州であった．このフロリダ州の25票がゴアに移って入れば，ゴアが大統領となっていた．フロリダ州が鍵と言われる理由は，その選挙結果が接戦であったからだ．フロリダ州での得票数は，以下の通りであった．

ジョージ・W・ブッシュ：2,912,790

アル・ゴア：2,912,253

---

28　メイン州とネブラスカ州では，上院議員議席分の２票を州の勝利者に与え，下院議員議席分の票は下院議員選挙における選挙区ごとの勝者に与えている．

ラルフ・ネーダー：97,488

この僅か537票の差で，ブッシュは大統領となったのである．フロリダ州では，第3の候補者ラルフ・ネーダー（Ralph Nader）も一定数の票を得ている．ラルフ・ネーダーは緑の党(Green Party)という第三政党から出馬した，いわゆる泡沫候補である．彼の政治的立場は，民主党のアル・ゴアよりもリベラル(左)派であるため，ネーダーの支持者が保守(右)派であるブッシュに投票する可能性は低い．もし，フロリダ州における97,488人のネーダー支持者のうち，わずか538人がゴアを支持していれば，ゴアが大統領となっていたのだ．

ネーダーは当選する可能性はゼロといってよい泡沫候補であった．そのネーダーがゴアの票を奪うことで，選挙結果を大きく変えることになる．このような選挙結果を変えうる泡沫候補を**スポイラー**（spoiler）と呼ぶ．他の候補者の票を略奪(spoil)するためである．スポイラーが選挙に大きな影響を与える一因も，単純多数決制が無関係な選択肢からの独立性を満たさないためである．5人の投票者がおり，3人の候補者($G, B, N$)がいる例3-2を考えてみよう．例3-2(a)に対し単純多数決制を用いた場合，$G$は3票，$B$は2票，$N$は0票であるため，社会の選好順序は$G \succ B \succ N$となり，$G$（ゴア）の勝利となる．一方で，個人1の$N$に対する評価が変わり，例3-2(b)の選好関係に変わったとしよう．その結果，$G$は2票，$B$は2票，$N$は1票であるため，社会の選好順序は$G \sim B \succ N$となり，$G$（ゴア）と$B$（ブッシュ）の(2000年大統領選のような)接戦に変わる．どちらの例にお

**例3-2**

| | (a) | (b) |
|---|---|---|
| 個人1 | $G \succ_1 B \succ_1 N$ | $N \succ_1 G \succ_1 B$ |
| 個人2 | $G \succ_2 B \succ_2 N$ | $G \succ_2 B \succ_2 N$ |
| 個人3 | $G \succ_3 B \succ_3 N$ | $G \succ_3 B \succ_3 N$ |
| 個人4 | $B \succ_4 G \succ_4 N$ | $B \succ_4 G \succ_4 N$ |
| 個人5 | $B \succ_5 G \succ_5 N$ | $B \succ_5 G \succ_5 N$ |

いても，$G$と$B$に対する個人の選好関係に変わりはない．しかし，個人１の$N$に対する選好順序が変わることにより，社会の選好関係は$G \succ B$から$G \sim B$に変わってしまった．本例も，無関係な選択肢からの独立性を満たさない例となる．

３．コンドルセ敗者の勝利　一騎打ちとなった場合，必ずどの選択肢にも勝てる，もしくは引き分けることができる選択肢は，コンドルセ勝者と呼ばれることは定義2.1（33ページ）において解説した．その逆に，**コンドルセ敗者**（Condorcet loser）も存在しうる．つまり，コンドルセ方式を用いた場合に，必ずどの選択肢にも負ける選択肢のことである．このようなコンドルセ敗者が単純多数決制の場合には勝利してしまう可能性がある．

ここで例3-1(b)を考えてみよう．コンドルセ方式を用いれば，$a$（５票）は$b$（２票）に勝ち，$b$（４票）は$c$（３票）に勝ち，$a$（４票）は$c$（３票）にも勝つことがわかる．よって，コンドルセ勝者は$a$であり，$a$と$b$の両方に負ける$c$はコンドルセ敗者となる．しかし，単純多数決制を用いると，コンドルセ敗者である$c$が勝利する．

以上のように，単純多数決制では票割れが起こりやすく，スポイラーが生じ，コンドルセ敗者が勝利する．また以上から，単純多数決制が必ずしも常に多数者の意見を優先する方法ではないこともわかっただろう．

以上の問題が生じる最大の理由は，単純多数決制では各個人の最も好ましい選択肢のみに依拠して社会の選好順序を決めていることにある．各個人の２番目以下の比較順序は一切考慮されないということだ．そのため，個人の選好関係の第１位が少し変化するだけで，社会の選好順序が大きく変わる可能性がある．よって，無関係な選択肢からの独立性に反する例も頻出する．それでは，第２位以下の選好順序をふまえた選挙制度としては，どのようなものが存在するのだろうか．

## 3.2　比較順序をふまえた選挙制度

### 3.2.1　決選投票つき多数決制

単純多数決制を少し変えるだけで，個人の選好順序の第１位だけではなく，第２位もある程度ふまえて社会の選好関係を求める方法がある．政党の党首選挙で用いられることの多い，**決選投票つき多数決制**(plurality runoff rule)である．

*１回目の単純多数決制を用いた投票で，過半数の個人が最も好ましいとした選択肢が存在した場合には，その結果を社会の選好順序とする．もしそのような選択肢が存在しない場合は，最も好ましいとした個人が多い上位２つの選択肢の間で単純多数決制を用いて，その２つの選択肢間の社会の選好関係を決定する．(このような選択肢が３つ以上ある場合には，同位の選択肢から同確率で無作為に選ぶとする.)*

要は，１回目の投票で１人の候補者が過半数を得た場合には，その候補者を勝者とするが，もし誰も過半数を取れない場合には，上位２名で決選投票を行うという方法である．この制度では，コンドルセ敗者は当選しない．コンドルセ敗者は過半数の支持を集めて当選することはないため，１回目の投票で過半数を得ることはない[29]．そして，決選投票に進むことができたとしても，決選投票は他の候補者との一騎打ちであるため，コンドルセ敗者は当選しない．

また，スポイラー効果や票割れが起こる場合も，単純多数決制より限られてくる．例えば，例3-1(a)では，１回目の投票で$a$が過半数を得て勝利する．例3-1(b)では，１回目の投票で誰も過半数を得ないため，$c$の他に$a$か$b$が無作為に選ばれて決選投票に進む．決選投票では$a$か$b$のどちらかが勝利する．よって少なくとも$c$の勝利は生じ得ず，票割れの問題は起きていない．また例3-2(a)では，$G$が１回目の投票で過半数を得て勝利する．例3-2(b)では，$G$と$B$が決選投票に進み，$G$が勝利する．よって，$N$はスポイラーにはならない．

しかし，この制度は以下のような大逆転を演出しうる．３人の候補者，および110人の投票者がいる例3-3を考えてみよう．110人の投票者は４つのタイプに分けられるとする．

29　１回目の投票で過半数を得る選択肢はコンドルセ勝者である．

例3-3

| | (a) | (b) |
|---|---|---|
| 40人の投票者(タイプ１) | $a \succ_1 b \succ_1 c$ | $a \succ_1 b \succ_1 c$ |
| ４人の投票者(タイプ２) | $b \succ_2 a \succ_2 c$ | $a \succ_2 b \succ_2 c$ |
| 32人の投票者(タイプ３) | $b \succ_3 c \succ_3 a$ | $b \succ_3 c \succ_3 a$ |
| 34人の投票者(タイプ４) | $c \succ_4 a \succ_4 b$ | $c \succ_4 a \succ_4 b$ |

例3-3(a)における１回目の投票では，$a$は40票，$b$は36票，$c$は34票であるが，どの候補者も過半数には満たない票を得ている．よって，２回目の投票に上位の$a$と$b$が残る． ２回目の投票では，$a$は(タイプ１とタイプ４に支持され）74票，$b$は36票となり，$a$が勝利する．

ここで，選挙前に候補者$a$の陣営が，より多くの支持を得るため，４人のタイプ２の投票者をターゲットに選挙戦を繰り広げたとする．その結果，タイプ２の投票者の選好が例3-3(b)のように，$a \succ_2 b \succ_2 c$に変化したとしよう．その他のタイプの選好関係には変化がないとする．１回目の投票では，$a$は44票，$b$は32票，$c$は38票となり，２回目の投票に上位の$a$と$c$が残る． ２回目の投票では，$a$は44票，$c$は66票となり，$c$が勝利する．候補者$a$は，タイプ２の投票者から支持を得たはずである．しかし，その支持が原因で決選投票において負けることになってしまった．

ここで，$b$と$c$にのみ着目してみよう．例3-3では(a)と(b)ともに，タイプ１，２，３は$b$を$c$より好み，タイプ４のみ$c$を好んでいる．よって，$b$と$c$に対する個人の選好関係は同一である．しかし，１回目の投票において(a)では$b \succ c$であるのに対し，(b)では$c \succ b$となっている．つまり，(a)と(b)の間で決選投票に進む選択肢が異なっている理由は，無関係な選択肢からの独立性に反していることに起因している．決選投票付きとは言え，用いている方法は多数決制である．よって，単純多数決制を改善した決選投票付き多数決制も無関係な選択肢からの独立性に反している．また，決選投票付き多数決制も，単純多数決制ほどではないが，各個人の最も好ましい選択肢に強く依拠して勝者を決定している．

### 3.2.2　コンドルセ方式

コンドルセ方式が，非独裁制と普遍性を満たすことは言うまでもない．また，すべての個人が$a \succ_i b$という選好関係を有していれば，必ず$a$は$b$に勝利する．よってパレート最適性も満たしている．さらにコンドルセ方式は無関係な選択肢からの独立性も満たしている．コンドルセ方式においては，２つの選択肢$a$と$b$に対する社会の選好関係は，各個人の$a$と$b$に対する選好関係のみによって決まる．よって，他の選択肢が影響を与える余地は一切ない．

無関係な選択肢からの独立性を満たすということは，それに起因して発生しうる票割れ，スポイラー，あるいはコンドルセ敗者の勝利などの問題は起こりえないことを意味する．コンドルセ方式においては，コンドルセ勝者が(存在した場合は)必ず勝利し，コンドルセ敗者が勝利することはない．例3-1では(a)においても(b)においても，$a$と$c$の間の社会の選好関係は，$a$と$c$に対する個人の選好関係のみで決まるため，社会の選好関係は(a)と(b)ともに$a \succ c$となる．また，例3-2でも(a)と(b)ともに社会の選好関係は$G \succ B$となる．

しかし，コンドルセ方式では，社会の選好関係が推移性を満たさず，選挙のサイクルが生じる可能性があることは議論してきた通りである．

### 3.2.3　ボルダ方式

**ボルダ方式**(Borda count)は，個人の選好順序に従って選択肢に点数を与え，高い点数を獲得した選択肢ほど社会の選好順序が上位になるという方法である[30]．

*各投票者の選好順序の中で，上位の選択肢により高い点数を与える．順序間の点数差は均等とする．すべての投票者が与えた点数を集計した総得点が高い候補者ほど，社会の選好順序は高いとする．*

点数差は均等としなければいけないため，例えば候補者が３人の場合

30　この方式はコンドルセと同時期を生きた学者ジャン＝シャルル・ド・ボルダによって提起された投票方式である．

は，１位は２点，２位は１点，３位は０点とする．１位は14点，２位は７点，３位は０点などでもかまわない[31]．これに類似する投票方式は，キリバス，ナウル，スロヴェニアなどの一部の選挙で用いられている[32]．

ボルダ方式が非独裁制，普遍性を満たすことは言うまでもない．また，すべての個人が $a \succ_i b$ という選好関係を有していれば，必ず $a$ は $b$ より高い点数を得る．よってパレート最適性も満たしている．さらに，社会の選好関係は実数である点数によって決められるため，単純多数決制の時と同様の理由で必ず推移性を満たしている．

よって，アローの不可能性定理に従えば，ボルダ方式は無関係な選択肢からの独立性に反していることになる．例3-1(a)を考えてみよう．$a$ はタイプ１とタイプ２の４人からそれぞれ２点をもらう．また，タイプ３の３人からもそれぞれ１点をもらう．よって，総計11点を得る．次に，$b$ はタイプ１とタイプ２の４人からそれぞれ１点をもらう．しかし，タイプ３の３人からは点数をもらえない．よって，総計４点を得る．最後に，$c$ はタイプ１とタイプ２の４人からは点数をもらえず，タイプ３の３人からそれぞれ２点をもらう．よって，総計６点を得る．その結果，ボルダ方式にもとづく社会の選好関係は，$a \succ c \succ b$ となる．一方で，例3-1(b)では，$a$ は総計９点，$b$ は総計６点，$c$ も総計６点を得る．その結果，ボルダ方式にもとづく社会の選好関係は，$a \succ b \sim c$ となる．$b$ と $c$ の選好関係にのみ着目しよう．すると，例3-1(a)と(b)の両方において個人の選好関係は共通している．タイプ１と２は $b$ を好み，タイプ３は $c$ を好んでいる．しかし，$b$ と $c$ の間の社会の選好関係は，(a)では $c \succ b$ であるのに対し，(b)では $b \sim c$ となっている．つまり，無関係な選択肢である $a$ の影響で，$b$ と $c$ の社会の選好関係が変わっている．

しかし，ボルダ方式では単純多数決制に比して票割れやスポイラーの問

---

31　ボルダ方式は各個人の選好順序に従って点数を与えたうえで，各選択肢が得た総得点で社会の選好順序を決めるスコア方式(scoring rule)の一種である．つまり，点数差を均等にするスコア方式がボルダ方式となる．3.1節で議論した単純多数決制も，「選好順序１位にのみ一定の点数を与える」という意味でスコア方式の一種となる．よって，3.1節で紹介した選挙制度をスコア方式の一種とし，コンドルセ方式を「単純多数決制」と呼ぶ場合もある．

32　ただし，点数差は均等ではない．

題が生じにくい．例3-1では，(a)と(b)ともに$a$が勝利している．例3-2 (a)では，$G$は総計８点，$B$は総計７点，$N$は総計０点を得る．一方で，例3-2 (b)では，$G$は総計７点，$B$は総計６点，$N$は総計２点を得る．いずれにせよ，社会の選好関係は$G \succ B \succ N$である．さらに，例3-1(b)では，コンドルセ敗者である$c$は勝利していない．ボルダ方式を用いれば，コンドルセ敗者は勝利することはないことが知られている[33]．このように，無関係な選択肢からの独立性を満たしていないとは言え，単純多数決制に比して問題が少ないと言える．これは，個人の第１位以外の選好順序も考慮に入れているためである．

第２章において，アローの不可能性定理が最低限の条件の１つである無関係な選択肢からの独立性が，本当に最低限と言える条件なのかという疑問が投げかけられていることを紹介した．それではボルダ方式が抱える問題は，極めて深刻な問題だろうか？　例3-1において，無関係な選択肢からの独立性に反していることは，社会にとって深刻な事態をもたらしうるだろうか？

## 3.3　絶対評価をふまえた選挙制度

アローの不可能性定理は，各個人の相対評価のみをふまえており，絶対評価は考慮していないことは2.2.3節で議論した．今まで議論した選挙制度も，相対評価をふまえた方法である．単純多数決制や決選投票つき多数決制では，個人の選択肢に対する比較順序の第１位あるいは第２位までをふまえた方法である．ボルダ方式は比較順序に従って点数を与える方法である．よって，個人の選好順序における最悪の選択肢が，深刻なほど最悪の結果をもたらす選択肢であっても，あるいは他の選択肢から些末な差の

33　同時に，個人の選好関係に従って点数を与えるスコア方式の中で，(順序間の点数差を均等とすることを要求している)ボルダ方式のみが，コンドルセ敗者が勝利することのない方法である．しかし，これらの事実を示すことはそれほど単純ではない．以上の議論はボルダ自身が主張していたことだが，この証明を最初に試みた研究はFishburn and Gehrlein (1976)である．さらに，その不備を指摘し，証明が完成するまでOkamoto and Sakai (2013)を待たなければならなかった．単純なケースでの証明は坂井(2013)を参照のこと．

みを有する選択肢であっても，点数はゼロ(あるいは一定の最低点)となる．コンドルセ方式は，個人の2つの選択肢に対する相対評価を強く意識した方法だ．

それでは，絶対評価をふまえた選挙制度としてはどのようなものがあるのだろうか．以下では，絶対評価をふまえている承認投票と範囲投票を紹介しつつ，アローの不可能性定理もできうる限り適用させて議論していく．しかし，前章で議論したように，これらの絶対評価をふまえた方法に相対評価のみを考えているアローの不可能性定理を適用することは本来適切ではないことに留意されたい．

### 3.3.1　承認投票[34]

**承認投票**(approval voting)では，投票者が承認できる選択肢のすべてに票を投じる．より得票数の大きい選択肢ほど，社会的な選好順序は高くなる．政治的選挙において用いられる例は，私が知る限り存在しないが，アメリカ数学会(Mathematical Association of America)，社会選択論学会(Social Choice and Welfare Socirty)など，一部の学会では意思決定に用いられている．

承認投票において各個人が選択することは，各選択肢に関して承認するか否かという絶対評価のみである．そのため，アローの不可能性定理の条件を満たすか否かを議論することは適切ではない．しかし，承認投票は非独裁制を満たすことはわかるだろう．また，票数という実数にもとづいて順序を決定するため，社会の選好関係の推移性も満たすと言える．そして，すべての人が承認しないような選択肢は選ばれないという意味では，パレート最適性に近い条件は満たしうる．最後に，無関係な選択肢からの独立性であるが，もし他の選択肢への絶対評価が変化したとしても，2つの選択肢に対する絶対評価が変化しないのであれば，満たしうる．例3-1において，個人1と2の$b$に対する評価が変化したとしても，$a$と$c$に対する承認か否かの判断が変わらないのであれば，$a$と$c$の社会の選好順序に変わりはない．

34　Approval votingに対する定訳は存在しない．二分型投票，是認投票，認定投票などとも訳される．

この特徴は，票割れやスポイラー効果が起きにくいことも意味する．例えば，新党を既存政党より好む投票者は，みんなの党と日本維新の会を承認し，自民党と民主党を承認しないという選択ができた．従って，みんなの党と日本維新の会での票割れは起きにくい．また，ネーダーの支持者の一部は，同時にゴアも承認したかもしれない．ここでも，ゴアとネーダーの間の票割れは起きにくくなる．

### 3.3.2　範囲投票[35]

しかし，承認投票は，承認するか否かのみの投票である．絶対評価とは言え，承認された選択肢の中での評価の違いや，承認されなかった選択肢の中での評価の違いはふまえない．絶対評価をより考慮した選挙制度として**範囲投票**(range voting)がある．

範囲投票では，投票者は各選択肢を0点から10点などの一定の範囲で評価する[36]．より高い点数となった選択肢ほど，社会の選好順序は高いとする．ボルダ方式では，各選好順序に与えられる点数はすべての個人で同一とされていた．一方で範囲投票では，各個人が自身で点数を決めることができる．範囲投票は，フィギュアスケートやスキージャンプの審査などで用いられている．また，インターネットにおいてレストランや著作の評価を5つ星で行い，より多くの星を得たレストランや著作を「おすすめ」するサイトは範囲投票を用いていると言える．

範囲投票は，個人の絶対評価を考慮している．よって，アローの不可能性定理は，ここでも応用できない．しかし，非独裁制と(実数である点数を用いた評価であることから)社会の選好関係の推移性を満たすことは明らかである．そして，すべての人が$a$に$b$より高い評価を与えている場合には，$b$が$a$と同等，あるいはより高い点数をとることはありえない．よって，パレート最適性に近い条件も満たすと言える．また，もし他の選択肢への絶対評価が変化したとしても，2つの選択肢に対する絶対評価が変化

35　Range votingも定訳は存在しない．私が知る限り，範囲投票と訳したものは唯一の既存の訳である．

36　最高点が10点ではなくとも，また最低点が0点ではなくとも，一定の範囲をもっていればよい．もし，1点か0点のみしか選べない場合は，承認投票と同一である．

しないのであれば，無関係な選択肢からの独立性を満たしうる．よって，承認投票と同様に，票割れやスポイラー効果は起こりにくい．

また，極めて深刻なほどに忌避する選択肢ならば最低点を与えられ，一方で些末な差異のみが存在する場合には，それほど低い点数を与えなければよい．よって，各個人の選択肢の絶対評価を最も反映することができる選挙制度と言える．ただし，絶対評価の基準は個人によって異なってくる．例えば４点を選択肢$a$に与えた投票者２人がいるとする．しかし，１人の個人は$a$が「かろうじて承認できる選択肢」という意味で４点を与え，残りの個人は「$a$はできれば選んでほしくない選択肢」という意味で４点を与えているかもしれない．このような，評価基準の違いが不公平性を生み出す可能性はある．

## 3.4　望ましい選挙制度とは

アローの不可能性定理をふまえつつ，いくつかの選挙制度を概観してきた． 当然ながら，「最も望ましい選挙制度とは何か」という問題に対する答えはいまだに(そしておそらく今後も)存在しない．むしろ，選挙制度を考える際に重要な点は「何を諦めるか」である．第１に，無関係な選択肢からの独立性を満たすことを諦めるか，あるいは社会の選好関係が推移性を満たすことを諦めるかという点があげられる．例えば，単純多数決制やボルダ方式は常に推移性を満たす社会の選好関係を提示してくれる代わりに，無関係な選択肢からの独立性は満たさない．一方で，コンドルセ方式は無関係な選択肢からの独立性を満たす代わりに，推移性を満たさない社会の選好関係を提示する可能性がある．無関係な選択肢からの独立性にこだわりコンドルセ方式に行きつくか，あるいは無関係な選択肢からの独立性を諦め，単純多数決制やボルダ方式を用いるのか，という問題になる．

第２に，無関係な選択肢からの独立性を諦める場合，そこで引き起こされる問題をどの程度許容するか考えなくてはならない．ボルダ方式は単純多数決制に比して問題は少ない．しかし，明らかに単純多数決制より複雑な方法である．ボルダ方式では，投票者はすべての選択肢に対する順序を考えなくてはならず，また票の集計も時間のかかるものとなるかもしれない．(コンピュータさえ用いれば，あっという間だが.)単純さを求めれば，問題が生じる例は増えてくる．一方で，問題を最小限にしようとすれば複雑になってくる．

最後に，絶対評価を無視してよいのかという問題もある．絶対評価をふまえた方法が，相対評価のみをふまえた方法より優れているか否かも議論されるべき点だろう．

しかし少なくとも，一般に用いられることが多い単純多数決制が「最も民主的で優れた方法」とは言えないことは明らかだろう．本章で紹介した方法以外にも多種多様な方法が提案されている．興味がある読者は調べてみたうえで，アローの不可能性定理などをヒントに検討をしてみるとよい．今すぐに，国政選挙の制度を変えていくことは難しい．しかし，そろそろ実験的にでも一部の選挙で，異なる選挙制度の導入を考える時期に来ているのではないだろうか．

## 練習問題

### 問題3.1：改訂版全会一致制

第２章において，(原始的)全会一致制は普遍性を満たさないことを説明した．そこで，以下のように改訂された全会一致制を考えてみよ．

*任意の２つの選択肢$a$と$b$に対し，すべての個人が$a$を$b$より強く選好するならば，社会の選好順序は $a \succ b$ とする．それ以外の場合には，社会の選好順序は $a \sim b$ とする．*

(a) この方法は，普遍性を満たすか？
(b) この方法は，非独裁制を満たすか？　理由を説明せよ．
(c) この方法は，パレート最適性を満たすか？　理由を説明せよ．
(d) この方法は，無関係な選択肢からの独立性を満たすか？　理由を説明せよ．
(e) この方法によって決められた社会の選好関係は，推移性を満たすか？　理由を説明せよ．

### 問題3.2：50音順ルール

非常に単純な意思集約方法を考えよう．個人の選好関係に関係なく，社会の選好順序を50音順で決めるとする．例えば，社会の選好関係は「あお ≻あか」や，「あか ≻きいろ」となり，また「あお ≻あおいろ」，「あおいろ ≻あか」，「きん ≻ぎん」などとなるとする．つまり，広辞苑などの辞書に載った場合の順序である．ただし，同音異義語は無差別とする(橋(はし) ~ 箸(はし))．

(a) この方法は，非独裁制を満たすか？　理由を説明せよ．

(b) この方法は，パレート最適性を満たすか？　理由を説明せよ．

(c) この方法は，無関係な選択肢からの独立性を満たすか？　理由を説明せよ．

(d) この方法によって決められた社会の選好関係は，推移性を満たすか？　理由を説明せよ．

**問題3.3：逆独裁制**

逆独裁制(inverse dictatorship)という以下の意思集約方法を考えよう．

*社会の選好関係は特定の個人iの選好関係の逆であるとする.*

例えば，個人$i$が，$a \succ_i b$ という選好関係を有していれば，社会の選好関係は $b \succ a$ とする．ただし，個人$i$の選好関係が無差別の場合は，社会の選好関係も無差別とする．逆独裁制は，アローの不可能性定理の提示する条件のうち１つを満たさない．反している条件は何か？　理由も説明せよ．

**問題3.4：異なる勝者**

選挙制度に関する１つの問題として，選挙制度によって勝者が大きく変わる点があげられる．７人の投票者がおり，５人の候補者がいる以下の例を考えてみよ．ただし，７人の投票者は４つのタイプのいずれかの選好順序をもつ．また，各タイプの最後の(　)内は承認投票が採用された場合の投票行動である．

３人の投票者(タイプ１)：$a \succ_1 c \succ_1 b \succ_1 d \succ_1 e$　($a, c, b, d$を承認する)
２人の投票者(タイプ２)：$b \succ_2 c \succ_2 e \succ_2 d \succ_2 a$　($b, c, e, d$を承認する)
１人の投票者(タイプ３)：$c \succ_3 d \succ_3 b \succ_3 a \succ_3 e$　($c, d$を承認する)
１人の投票者(タイプ４)：$d \succ_4 c \succ_4 e \succ_4 b \succ_4 a$　($d$のみ承認する)

(a) 単純多数決制を採用した場合の勝者は誰か？

(b)決選投票つき多数決制を採用した場合の勝者は誰か？
(c)コンドルセ方式を採用した場合の勝者は誰か？
(d)ボルダ方式を採用した場合の勝者は誰か？
(e)承認投票を採用した場合の勝者は誰か？

# 第4章　政治的競争I：基礎

（米国大統領を決める者は）
オハイオ州デイトンに住む機械工の47歳になる妻である．
リチャード・スキャモンとベン・ワッテンバーグ
（Poundstone［2008］より，著者訳）

本章以降は，主に政党，政治家，あるいは候補者の意思決定に焦点をあてる．ここでも選挙が分析の中心となる．投票者にとって選挙は政治に影響を与える主たる手段であるとともに，政治家にとっても選挙は政治的影響力を得るための主たる手段だからだ．本章では，選挙競争における政党の意思決定を描いたモデルの出発点であり，次章以降で紹介する多くのモデルの基礎となる2つの**中位投票者定理**（median voter theorem）を紹介する．ただし，本章以降を理解するためにはゲーム理論の基礎を知る必要がある．最低限必要な知識に関しては付録Aで議論しているので参照されたい．

## 4.1　ブラックの中位投票者定理

第2章において，コンドルセ方式など選挙制度によっては選挙のサイクルが生じる可能性があることを議論した．しかし，2つの条件さえ満たせば選挙のサイクルが生じないことが知られている．選挙のサイクルが存在しない場合に限定すれば，政党間の選挙競争などの分析を簡単に行うことができる．この点はダンカン・ブラック（Black［1948, 1958］）によって最初に示されたことから，ブラックの中位投票者定理と呼ばれる．

### 4.1.1　コンドルセ勝者が常に存在する条件

ブラックによって示された2つの条件は以下の通りである．

1．一次元の政策空間(one-dimensional policy space)　本条件は，選択肢が存在する空間を一次元，つまり一直線で表せることを意味する．端的に言えば，すべての選択肢を一直線上に並べることができるということである．選択肢を政策と考えた場合，選択肢が分布している区間を政策空間と呼ぶ．

決めなければならない政策課題が１つであり，かつ数値で表現できる場合，政策空間は一次元となる．消費税率のみを議論している場合，税率は数値であるため一直線上に並べることができる．また，社会保障政策など特定の政策に投入する予算額も数値であるため一直線上に並べることができる．

また，政策課題が１つであるならば，数値ではない選択肢も一直線上に並べることができる．例えば，2.1節で考えた夏休みの旅行先の例を思い出してほしい(32ページ)．家族を構成している，父親，母親，子供の３人が，夏休みに行く旅行先を「ハワイ」,「ロンドン」，および「沖縄」の中から選ぼうとしている．各個人の選好順序は例2-1に示されている．このとき図4-1のように，沖縄を左端に，ロンドンを中央に，そしてハワイを右端におけば一直線上に並べることができる．このことから，例えば選挙において政策課題が多岐にわたっていたとしても,「自民党」,「民進党」,「共産党」などの政党を一直線上に並べることはできる．よって，政党さえ考えれば一次元の政策空間に描くことができる．

さらに，政策課題が２つ以上であっても，選択肢を一直線上に並べることも不可能ではない．例えば，消費税と財政再建という２つの政策課題が存在すると考えよう．本格的財政再建のためには消費税増税が必要であり，消費税増税を行わなければ財政再建はできないと考える．このとき，左に行くほど消費税率は低いが財政再建は不十分になるように，また右に行くほど消費税率は高くなるが財政再建も積極的に行われるように選択肢を一次元の政策空間に並べることができる．しかし，消費税率を高めずに財政再建を実行する「増税なき財政再建」という選択肢が存在する場合，一直線上に並べることは不可能になる．また，様々な政策課題をまとめて，左に行くほど左派(リベラル)，右に行くほど右派(保守的)，など左右対立を描くこともできる．

2．投票者の単峰型選好(single-peaked preference)　単峰型選好とは，各個人が最も好ましい選択肢を有し，一直線上でその最も好ましい選択肢に近い選択肢ほど，より好ましい選択肢となることを意味する．厳密には，個人$i$の最も好ましい選択肢を$x_i$とし，$x'' < x' < x_i$，あるいは$x_i > x' > x''$であるとき，$x' \succ_i x''$となれば単峰性は満たされる．選択肢$x'$は，$x''$よりも，最も好ましい選択肢である$x_i$に近い．単峰型選好となるためには，$i$にとって$x'$は$x''$より好ましい選択肢でなければならない．

図4-1は例2-1に示された夏休みの旅行先に関する選好順序を示したものである．縦軸には，上から選好順序1位，2位，3位の順に並べてお

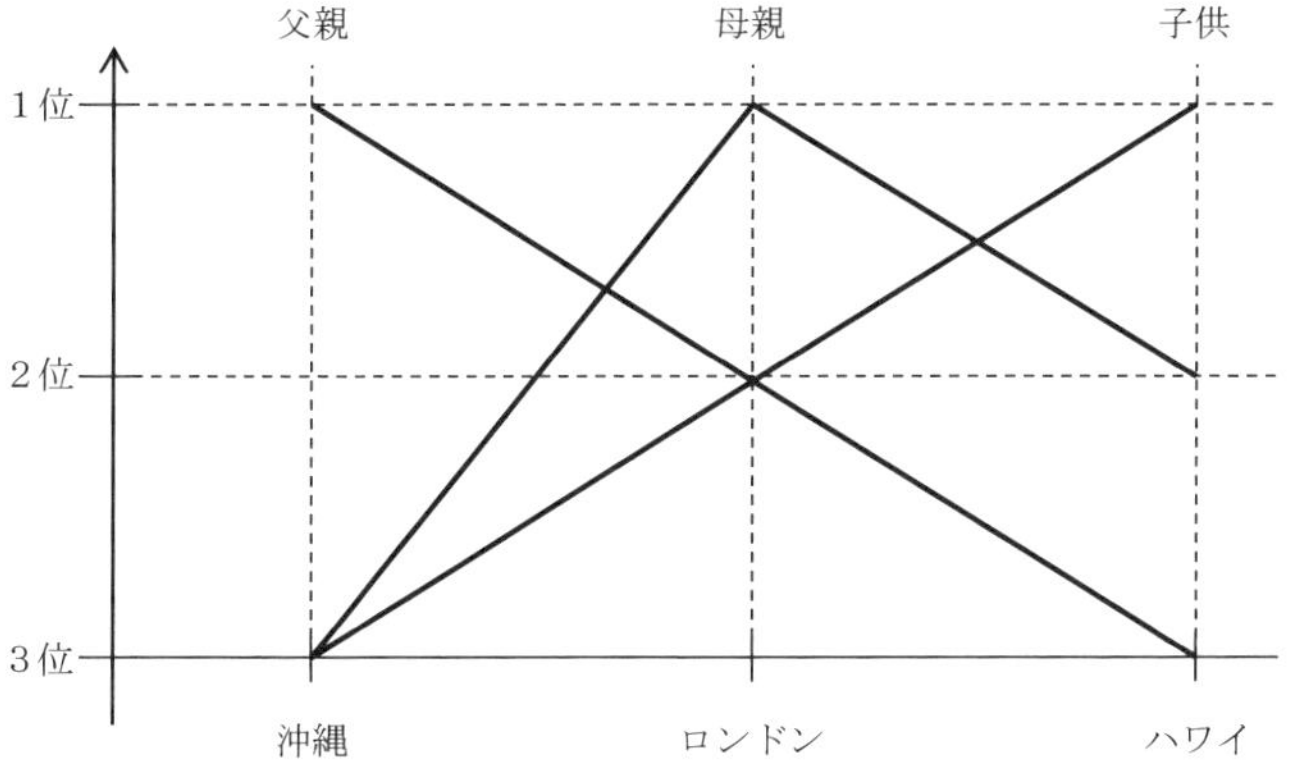

(a)　例2-1 (a)

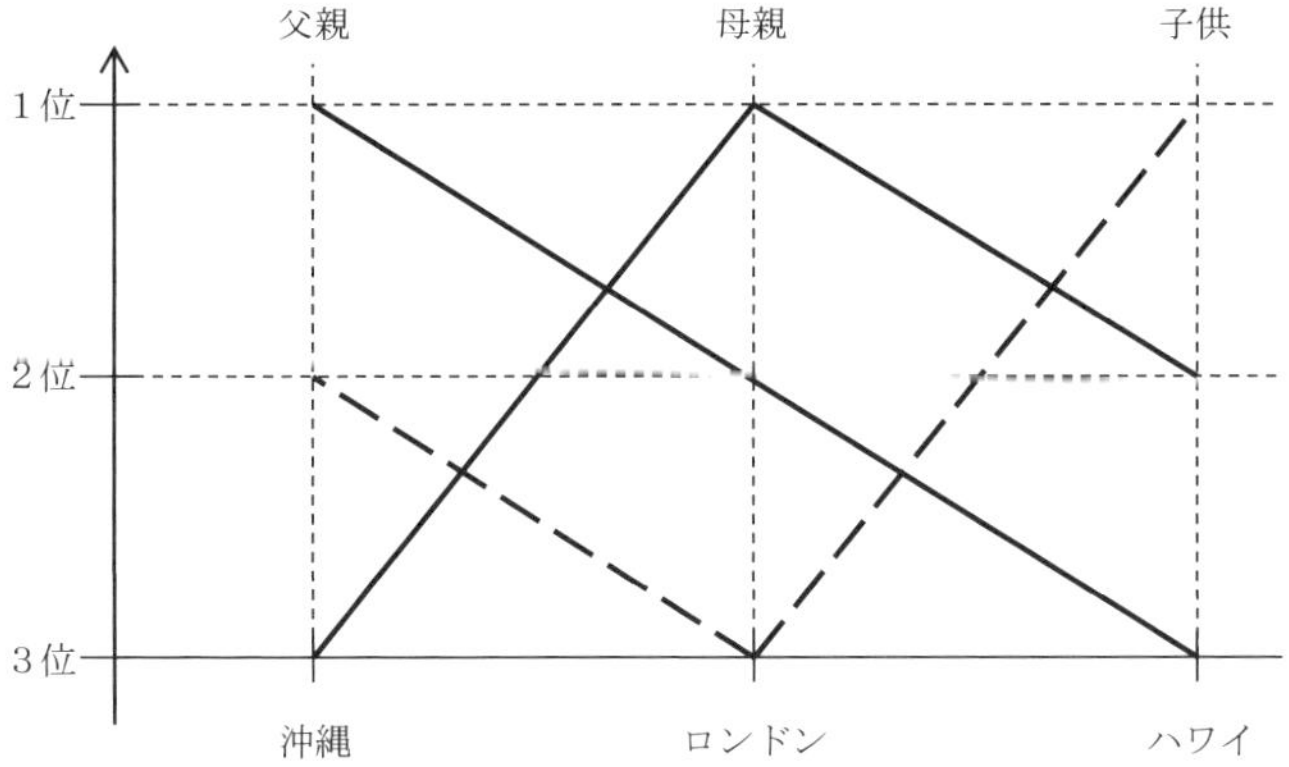

(b)　例2-1 (b)

図4-1　夏休みの旅行先

り，父親，母親，子供の選好順序を示している．効用関数の一種と解釈してもかまわない．図4-1 (a)は例2-1 (a)を示したものだ．

母親の選好関係は「ロンドン $\succ_m$ ハワイ $\succ_m$ 沖縄」であるため，図の通り山形(単峰型)になっており単峰性は満たしている．父親の選好関係は「沖縄 $\succ_f$ ロンドン $\succ_f$ ハワイ」であるので，これも沖縄を頂点に，そこから離れるほど順位は下がるため単峰性を満たしている．子供の選好関係「ハワイ $\succ_c$ ロンドン $\succ_c$ 沖縄」も，ハワイを頂点に単峰性を満たしている．よって，例2-1(a)では，すべての個人が単峰型選好を有するため，本条件を満たしている例となる．

一方で，図4-1(b)は例2-1(b)を示したものである．例2-1(b)では父親と母親は単峰型選好を有しているものの，点線で示した子供の選好関係(ハワイ $\succ_c$ 沖縄 $\succ_c$ ロンドン)は谷型になっている．子供にとっては，沖縄よりロンドンの方が，最も好ましい選択肢であるハワイに近いにもかかわらず，沖縄の方がロンドンより好ましい．よって，子供は単峰型選好を有しておらず，本条件を満たしていない[37]．

本条件は個人の選好関係に単峰型という制約を課している．例2-1(b)は，すべての個人の選好関係が完備性と推移性を満たしているにもかかわらず，この条件で排除される．つまり，本条件を課すということは，アローの不可能性定理の普遍性の条件を諦めていることを意味する．

### 4.1.2　定理：最強の選択肢

上記の２つの条件下では，一直線上に各投票者の最も好ましい政策を並べることができる．よって，ある位置を挟んでそれ以上とそれ以下に最も好ましい政策を有する投票者の数がちょうど同数になるような位置(中位数・中央値)となる政策が存在する．このような点を**中位政策**(median policy)と呼ぶ．また，この政策を最も好む投票者達[38]を**中位投票者**(median

37　厳密には３つの選択肢を一直線上に並べる方法は全部で６通り考えられる．この６通りのうち１つでも，すべての個人が単峰型選好を有している例が存在すれば本条件は満たされている．一方で，例2-1(b)では，どんな並べ方をしたとしても誰かの選好が単峰型ではなくなる．読者には是非確認してほしい．

38　中位政策を最も好む投票者は1人ではなく，複数いる可能性を許容していることに注意せよ．

voter）と呼ぶ．図4-1では，ロンドンをはさんで左側に２人（父親と母親），右側に２人（母親と子供）の最も好ましい政策が位置付けられる．よって，ロンドンが中位政策であり，母親が中位投票者となる．

ブラックは，上記２つの条件下では必ずコンドルセ勝者が存在し，中位政策がコンドルセ勝者となることを示した．コンドルセ勝者は選択肢の中の１つであり，選挙に勝利した政党や候補者のことではないことに注意されたい．

**定理4.1 ブラックの中位投票者定理**

*一次元の政策空間，および投票者の単峰型選好が満たされるとき，コンドルセ勝者が存在し，それは中位政策である．*

例えば図4-1(a)（例2-1(a)）を考えてみよう．ロンドンと沖縄の間では，ロンドンの右側に最も好ましい選択肢を有する母親と子供がロンドンを支持し，ロンドンが勝利する．ロンドンとハワイの間では，ロンドンの左側に最も好ましい選択肢を有する母親と父親がロンドンを支持し，ロンドンが勝利する．よって，中位政策であるロンドンがコンドルセ勝者となる．一方で，2.1節において図4-1(b)（例2-1(b)）では，コンドルセ勝者が存在せず，選挙のサイクルが生じることを示した．本例は単峰型選好の条件を満たしていないため，コンドルセ勝者の存在が保証されず，選挙のサイクルが生じることになる．

次に，より一般的な場合を考えて証明を示そう．「より一般的な場合」とは，無限の選択肢が存在する場合を指す．無限の例で成立する定理は，基本的に有限の例でも成立するため，有限の選択肢の例は特殊例として理解される．

選択肢が，ある一定区間の間に連続分布していると考えよう．例えば，０と１の間に分布していると考える場合，０と１の間のいかなる数値も選択することができる．よって，選択肢の数は無限となる．この政策空間上に単峰型選好を有する投票者の最も好ましい選択肢が分布していると考える．

このような設定下でも，図4-2(a)が示しているように，ある位置をはさんでそれ以上に50％の投票者の最も好ましい政策が位置し，それ以下にも50％の投票者の最も好ましい政策が位置するような中位政策が存在する．ここでは単純に中位政策が１つのみ存在するとしよう[39]．例えば，政策空間が０と１の間であり，そこに投票者の最も好ましい政策が(連続)一様分布している場合，中位政策は1/2となる．（一様分布に関しては，付録A.5を参照されたい．）

上記設定下では中位政策がコンドルセ勝者となることを示そう．図4-2(b)にあるように，中位政策以外の選択肢$a$は，中位政策に勝つことはできない．個人の選好は単峰性を満たすため，図4-2(b)では，選択肢$a$より左側に最も好ましい選択肢を有する個人は，選択肢$a$が中位政策より自身の最も好ましい選択肢に近いため選択肢$a$を選択する．同時に，中位政策より右側に最も好ましい選択肢を有する個人は中位政策を選択する．この時点で，中位政策は半数の個人の支持を得ている．さらに，選択肢$a$と中位政策の間に最も好ましい選択肢を有する個人の一部は中位政策を支持するため，中位政策は過半数の支持を得て勝利する．選択肢$a$が中位政策の右側に位置していても結果は変わらない．

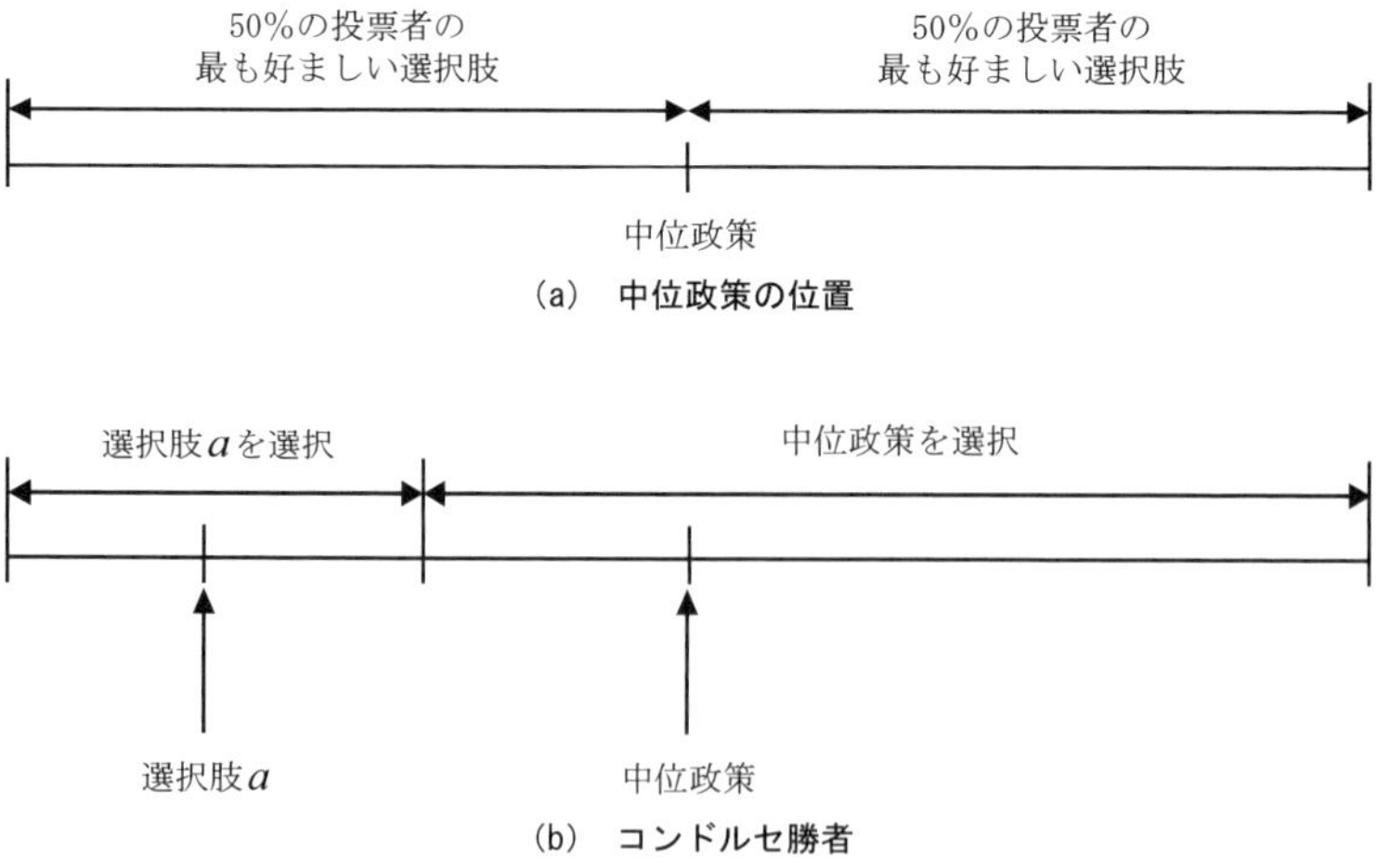


図4-2　ブラックの中位投票者定理

39　厳密には，投票者の最も好ましい政策が政策空間上に確率分布し，その確率分布関数が連続でかつ強い増加関数であれば，中位政策が１つのみ存在する．

このように，中位政策は必ずどの選択肢にも勝てる(もしくは引き分ける)ことができるため，中位政策がコンドルセ勝者となる．また，中位政策以外の選択肢は，中位政策に常に敗北するため，コンドルセ勝者とはならない．端的に言えば，コンドルセ勝者としての中位政策が，最強の選択肢となるのである．

しかし，２つの仮定のいずれかが満たされなければ，選挙のサイクルが起こる可能性が生じる．第１に，政策空間が一次元ではない場合，一直線上に選択肢を並べることはできないため中位数としての中位政策が定義できない．第２に図4-1(b)のように単峰型選好を満たさない投票者(子供)が存在する場合を考えよう．ロンドンと沖縄の間において選挙を行った場合，子供の最も好ましい選択肢であるハワイはロンドンの右側に位置づけているが，子供はロンドンより沖縄を好んでしまっている．よって上記の証明が適用できない．つまり図4-2(b)において，単峰型選好を有さない投票者が存在する場合，中位政策の右側に最も好ましい政策が位置する投票者が，中位政策を政策$a$より好むことが保証されなくなる．

### 4.1.3　ブラックの条件は厳しい条件か？

ブラックの中位投票者定理が課す２つの条件は一見厳しいようにも思える．当然ながら，政策は一次元の政策空間に並べることができなければならないため，数多くの争点が存在する場合には一次元の政策空間の条件は満たさない．よって，ブラックの条件を満たすためには，争点は１つに絞らなくてはならない．

争点が１つに絞られ一直線上に並べられたとしても，単峰性を満たさない場合は多い．例えばイラク戦争を考えてみよう．2003年３月，アメリカを主体とする有志連合国は，国際社会の信任を得ないままイラクへの攻撃を開始した．このイラク戦争は同年５月に終焉したと宣言されるものの，治安の悪化が問題となり，イラク国内での戦闘は長期化の様相を呈した．2004年アメリカ大統領選でもイラク戦争は１つの争点となる．単純化して議論するならば，そこでの選択肢は主に３つあった．第１にイラクからの撤退，第２に現状維持，第３にイラクへの派兵増大である．よって，議論されている政策課題が１つしかないため，３つの選択肢を一直線上に並べることは可能である．例えば，「イラクからの撤退」を左端に，「現状維持」を真ん中に，「イラクへの派兵増大」を右端に置くことにより，一直線上に描ける．

一部のリベラルな国民は，撤退を強く望み，派兵増大は最悪の選択肢であると考えていた．一部の保守的な国民は，派兵増大を強く望み，撤退は最悪の選択肢であると考えていた．また，現状維持を最も支持している国民も存在した．しかしその一方で，イラクにおける戦闘長期化の要因は，アメリカが十分な派兵をイラクに対して行っていなかったからだという指摘もされていた．よって，一部の国民は戦闘の長期化をもたらした現状の政策を維持することは最悪な選択肢であり，現状の打破のためには，撤退か派兵増大をするべきだと考えていた．この現状維持を最悪の選択肢と考える国民の選好関係は，撤退と派兵増大のどちらを好むかにかかわらず，単峰性を満たさない．よって，単峰型選好の条件は満たされず，コンドルセ勝者の存在は保証されない．現状維持を最も嫌う選好関係を有する投票者が現れ，コンドルセ勝者が存在しなくなる可能性が出てくることは，ベトナム戦争(Verba et.al. [1967])やイラク戦争など長期化した紛争において多く見られる．戦争が長期化すると政府の意思決定が困難になる一因と考えられる．ちなみに，2004年のアメリカ大統領選において再選されたジョージ・W・ブッシュは派兵増大を選択した．

しかし，List et.al. (2013)は投票者間で政策に関する議論を重ねる熟議を通すことにより，投票者は単峰型選好を有するようになる可能性を示している．例えば原子力発電所の是非を考えてみよう．その是非をめぐっては，原子力発電所の安全性の問題，環境負荷の問題，電気料金への影響の問題など多くの要素を考えなくてはならない．また，単純に「是非」とは言っても，発電所の新設をするべきか否か，現在停止している原子力発電所を再稼働するべきか否か，あるいは現在稼働している原子力発電所を停止するべきか否かなど議論すべき問題も多岐にわたる．しかし，当初は多くの論点があるように見えても，熟議を重ねていくことで論点を明確にできるかもしれない．例えば，原子力発電所には安全性の問題がある一方で，導入をすすめれば電気料金も安くなり，かつ環境負荷も小さくなるというトレードオフが存在する．そのトレードオフを一直線として示すことができるならば，発電所を新設し原子力への依存度を高めることを好む意見を右側の方に，既存の発電所を停止し依存度を低めることを好む意見を左側に置くことができ，その中で各個人が自身の最も好ましい政策の位置づけを認識でき，かつトレードオフをふまえれば自身の選好が単峰型であることも認識することができるかもしれない．

注意すべきは，熟議を通して投票者が同一の意見(選好)を有するようにはならないことである．原子力発電所反対派の個人が賛成派に転じることは考えにくい．しかし，意見の隔たりは変わらないものの，熟議は政策の論点を明確化し，かつ自分の意見・立ち位置がどこにあるのか投票者に認識させるようになる．その結果，選挙のサイクルは生じず，コンドルセ勝者を常に決めることができる可能性が示されている．

ただし，すべての政策で熟議が有効なわけではない．原子力発電の是非や保守とリベラルのように，もともと論点が左右軸で表現しやすい政策課題であれば有効であるが，複雑になるほど熟議を通しても単峰性は満たさない可能性が高いことが指摘されている．

## 4.2　ホテリング=ダウンズの中位投票者定理

### 4.2.1　ホテリング=ダウンズ・モデル

次に，選挙における政党(候補者)の政策選択を，ブラックの中位投票者定理の枠組みに導入したモデルを紹介しよう．まずハロルド・ホテリング(Hotelling［1929］)が，政党が異なっても，提言される政策が似通ってくる現象を理論的に示した．その後，アンソニー・ダウンズ(Downs［1957］)が，ホテリングの議論をまとめ，選挙における政党間の競争を描くモデルとして有益であることを周知した．よって，このモデルは**ホテリング=ダウンズ・モデル**(Hotelling=Downs model)と呼ばれ，体系的に発展し続けている[40]．

このモデルでは以下の仮定を設けている．まず，一次元の政策空間と単峰型選好を有する投票者を考える．この２つの仮定は，ブラックの中位投

40　以下のモデルをダウンズが最初に示したとし，ダウンズ・モデルと呼ぶことがあるが，実際にはホテリングがモデルを最初に提示した．よって，ここではホテリング=ダウンズ・モデルと呼ぶ．

票者定理で採用していた条件である．ただし，投票者は自分の最も好む政策に最も近い政策を提示した政党を選び，必ず投票すると考える．また，投票者にとって両党が提示した政策が無差別な場合は，その投票者はどちらかの政党に確率1/2ずつで無作為に投票するとしよう[41]．

さらにホテリング=ダウンズ・モデルでは以下の政党[42]に関する仮定を導入する．２つの政党$A$，$B$が，選挙前に同時に政策(公約)を発表する．発表した政策は選挙に勝利した場合，必ず実現される．よって，公約は破られることはない．各政党の効用は，政策の内容に依存せず，勝敗のみに依存する．従って，各政党の効用関数は自身の勝利確率で表され，各政党は勝利確率を最大化するように政策を選ぶ．各政党は中位政策の位置を知っており，不確実性は存在しない．また，政党は必ず候補者を擁立すると仮定し，出馬辞退は考えない．選挙は単純多数決制で行われるとする．よって，過半数を超える支持を得た政党の勝利確率は１となる．半数未満から支持されている場合，勝利確率はゼロとなる．一方で，両党が同じ割合の投票者から支持された場合には，勝利確率は1/2である．

主要な仮定をまとめると，以下の通りとなる．

仮定１：政策空間は一次元である．
仮定２：投票者は単峰型選好を有し，自身にとってより好ましい政策を選択した政党に必ず投票する．
仮定３：政党は２つのみ存在する．
仮定４：政党は勝利確率の最大化が目的である．
仮定５：不確実性は存在せず，中位政策の位置は既知である．
仮定６：政党は必ず公約を実行する．
仮定７：両党は必ず選挙に出馬する．

### 4.2.2　定理：中位政策への収斂

ホテリング=ダウンズ・モデルは，両党の選択がコンドルセ勝者である中位政策に収斂することを示す．中位政策は，他のどの政策にも勝利する

41　このような投票者が投票を棄権すると仮定しても，結果は変わらない．
42　「政党」としているが，「候補者」と考えてもよい．

コンドルセ勝者であった．よって，選挙に勝つことを目的とするならば，政党は「最強の選択肢」であるコンドルセ勝者を選ぶことになる．これをここでは，ホテリング＝ダウンズの中位投票者定理と呼ぶ[43]．

**定理4.2 ホテリング＝ダウンズの中位投票者定理**

*仮定1-7のもとでのナッシュ均衡は，両党が中位政策を選択することである．*

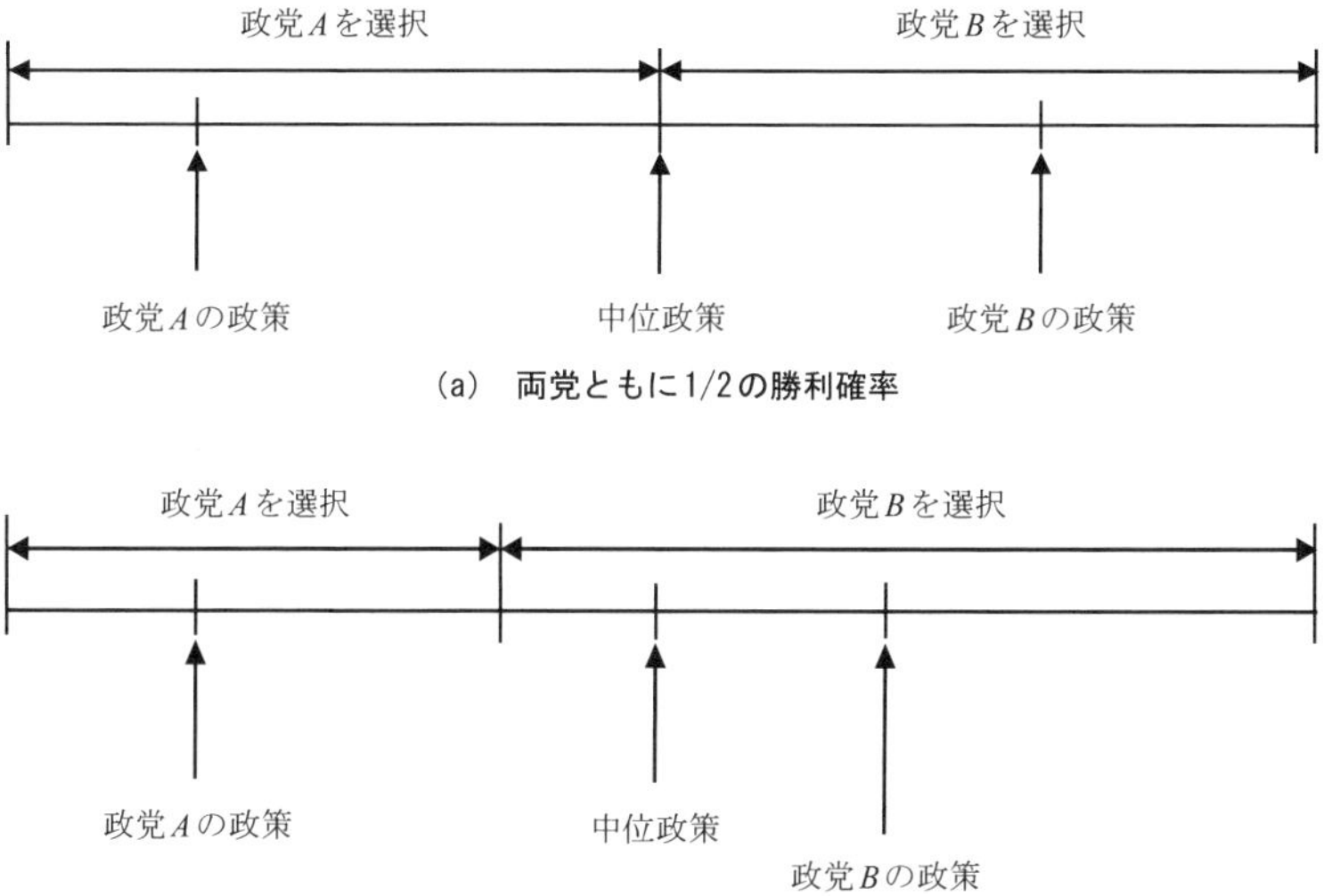


(a) 両党ともに1/2の勝利確率

(b) 政党Bの勝利

図4-3 ブラックの中位投票者定理

---

43 呼称に関しては定まっているわけではない．ホテリング＝ダウンズの本定理を単に「中位投票者定理」と呼ぶ解説書としては，Coughlin (1992)，Alesina and Rosenthal (1995)，Drazen (2000)，Roemer (2001)，Duggan (2006) などがある．一方，Shepsle (2010)，Austen-Smith and Banks (1999)，Mueller (2003) ではブラックの中位投票者定理のみを「中位投票者定理」と呼んでいる．(ホテリング＝ダウンズの定理には明確な名称を与えていない.) また，Persson and Tabellini (2000) は「定理」という言葉は用いずに，ホテリング＝ダウンズの定理を意味するものとして「中位投票者均衡」と呼んでいる．Congleton (2003) は，ホテリング＝ダウンズの定理を「強い(the strong form) 中位投票者定理」，ブラックの定理を「弱い(the weak form) 中位投票者定理」と呼んでいる．

本定理を証明するにあたり，ここでは再び中位政策が１つのみ存在するとしよう．まず，中位政策の選択がナッシュ均衡であることを示す．仮定１と２より，中位政策がコンドルセ勝者である(ブラックの中位投票者定理)．両党とも中位政策を選んでいるとき，勝利確率は1/2である．一方で，政党が中位政策以外の政策に変えた場合，勝利確率はゼロに下がる．よって，両党とも中位政策から政策を変更するインセンティブを有さず，中位政策の選択が最適応答であるためナッシュ均衡となる．

次に両党が中位政策を選ぶことが唯一のナッシュ均衡となることを示す．均衡が１つのみであることを，均衡の一意性と呼ぶ．均衡が１つのみであるということは，(設定したゲームの仮定下では)その均衡が確実に生じると予測できることを意味するため，非常に強い予測ができると言える．

第１に，図4-3のように両党ともに中位政策以外を選んでいる場合を考える．このとき，考えられる選挙結果は図4-3(a)のように両党ともに1/2の勝利確率を有するか，図4-3(b)のように１つの政党が確実に勝利する場合に限られる．つまり，少なくとも１つの政党は１未満の勝利確率に服することになる．図4-3では(a)と(b)ともに政党$A$が１未満の勝利確率に服しているが，政党$A$は中位政策に政策を変更することによって勝利確率を１に改善させることができる．従って，政党$A$の政策選択は最適応答ではない．

第２に，片方の政党のみが中位政策を選んでいる場合を考える．政党$B$が中位政策を選んでいるとし，政党$A$はそれ以外の政策を選んでいるとする．政党$A$の勝利確率はゼロであるため，政党$A$が選んだ政策から逸脱し中位政策を選択すれば，勝利確率を1/2に改善させることができる．従って，政党$A$の政策選択は最適応答ではない．以上の議論から，「両党ともに中位政策を選ぶ」以外の状況は均衡とはならない．

### 4.2.3　意義と限界

ホテリング＝ダウンズ・モデルは政治的競争モデルの出発点に位置づけられ，その意義は大きい．政党や候補者は選挙において，最も多くの投票者に支持される政策を選択する傾向があるという点を，本定理は端的に示している．また，その分析の簡単さから，財政政策，労働政策などのマクロ経済政策の議論など多くの研究に応用されている．次章以降で議論するモデルの多くも，ホテリング＝ダウンズ・モデルの設定にもとづいている．

中位政策の位置が選挙を左右する例として，再び2000年アメリカ大統領選挙に戻ってみよう．アメリカの大統領選挙においては，まず州ごとに投票が行われ各州の勝者が決定される．その後，州の勝利者に各州が有する選挙人票が配分されることは第3章において説明した通りである．図4-4(a)は，その各州の勝者を示している．灰色の州は共和党の候補者であったジョージ・W・ブッシュが勝利した州，白い州は民主党候補者のアル・ゴアが勝利した州となる．アメリカでは，共和党候補者が常に勝利する州と，民主党候補者が常に勝利する州が存在する．西海岸(カリフォルニア州，ワシントン州など)や東海岸(ニューヨーク州，マサチューセッツ州など)の州では常に民主党が勝利し，南部(テキサス州，アリゾナ州など)や中部・山岳部の一部(ネブラスカ州，カンザス州)の州では常に共和党が勝利する．一方で，フロリダ州，オハイオ州，(私の愛する)ウィスコンシン州など，選挙によって勝者が変わる浮動州(swing state)と呼ばれる州も存在している．多くの大統領選挙においては，浮動州の支持によって大統領が決められている[44].

一方で，共和党と民主党の政策上の違いを見ると，共和党は富裕層への減税と社会保障費の削減をもとめる傾向が強く，一方で民主党は富裕層への増税と社会保障費の増額をもとめる傾向が強い．つまり端的に言えば，共和党は富裕層向け，民主党は貧困層向けの政党である．しかし，民主党が強い西海岸や東海岸は比較的豊かな州である一方で，共和党を支持する南部や中部・山岳部は比較的貧しい州となる．なぜ，豊かな州が貧困層向けの政策を実行する民主党を支持し，貧しい州が富裕層向けの政策を実行する共和党を支持しているのか．

44　本章の最初に引用したアメリカの選挙戦略家であるリチャード・スキャモンとベン・ワッテンバーグの言葉は，この浮動州の中でもオハイオ州が決定的であるとし，さらにそのオハイオ州の中位投票者は誰であるかを(冗談めかして)指摘したものである．つまり，アメリカの中位投票者は「オハイオ州デイトンに住む機械工の47歳になる妻」なのだと．

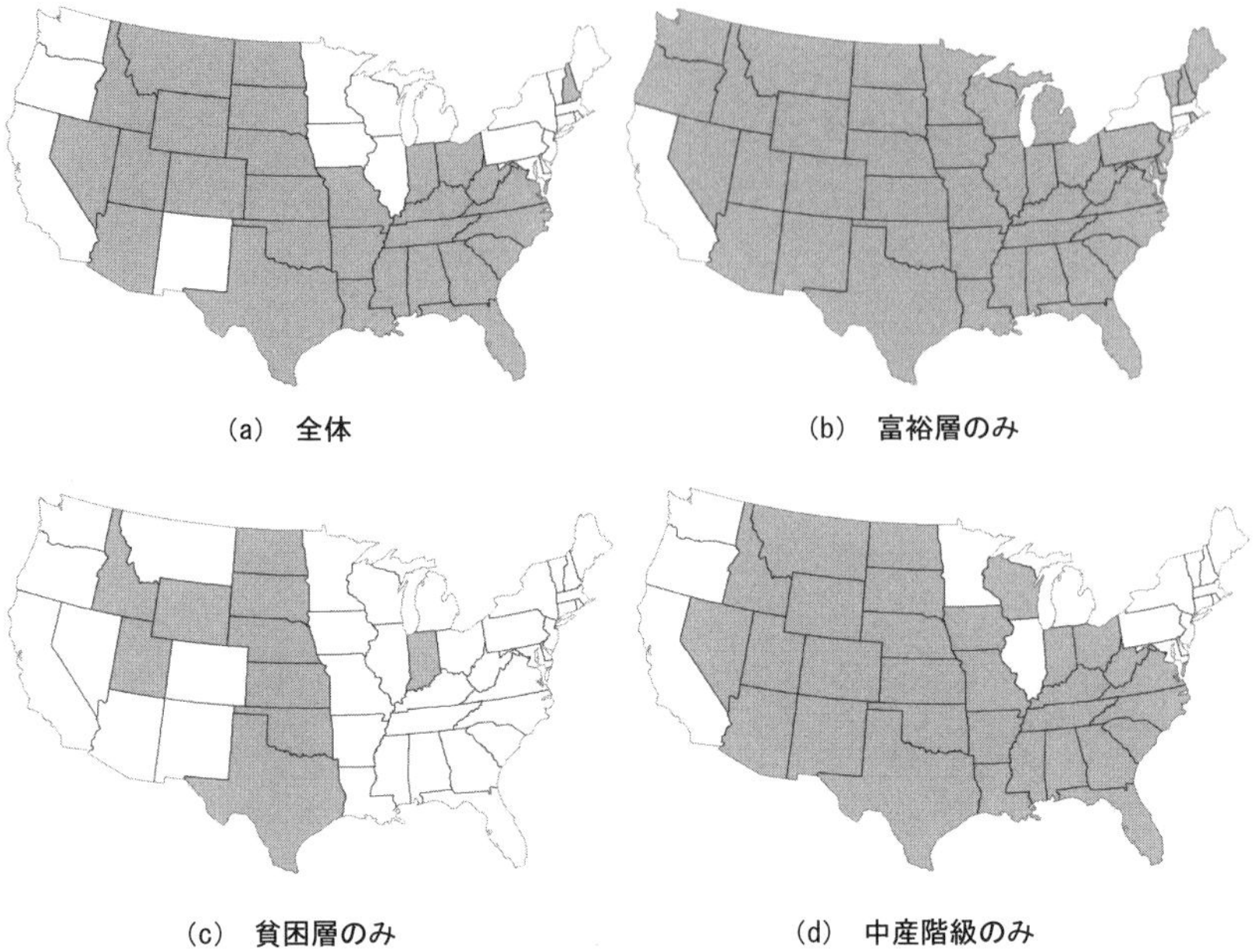


図4-4　2000年アメリカ大統領選挙における各州の勝者(Gelman [2010])

Gelman (2010)は各州の投票者を，富裕層(所得上位1/3)，中産階級，貧困層(所得下位1/3)に分けて，各所得階層の州の勝利者を示した．図4-4 (b)は富裕層の間での州の勝利者であり，多くの州で共和党が支持されている．図4-4 (c)は貧困層の間での勝利者であり，多くの州で民主党が支持されている．しかしGelman (2010)の所得階層の定義上，中位投票者は中産階級の中に存在すると考えられる．その中産階級の間での州の勝利者は図4-4 (d)に示されている．若干の例外はあるものの，中産階級の州の勝利者は，ほぼ実際の州の勝利者と一致する．つまり，豊かな州が民主党を支持し，貧しい州が共和党を支持している理由は，各州の中位投票者としての中産階級が州の勝利者を決めているためである．このように，中位政策の位置・中位投票者は，選挙の結果を左右しうる１つの要因となっている．

しかし，ホテリング=ダウンズの中位投票者定理のもとでは，両党に均衡上の違いがないことから，政治家や政党の行動の違いを分析できない．政党間の違いを分析するためには，ホテリング=ダウンズの中位投票者定理の結果を覆すことが，研究の妥当性，有用性を高めるために不可欠となってくる．また，ホテリング=ダウンズの中位投票者定理は多くの仮定を採用している．これらの仮定を崩すことにより得ることができる帰結を検討する研究は，今もなお行われている．その一部に関しては次章において議論する．

## 4.3　中位政策は社会にとって望ましい政策か？

それでは，このような中位政策は，社会にとって最も望ましい政策なのだろうか？

社会における望ましさを考える際に，経済学で最も用いられることが多い基準として効率性(efficiency)がある[45]．経済学において効率的であるとは，誰かの効用を下げることなく，他の者の効用を改善することができない状態をいう．この意味においては，一直線上のどの政策が選択されても，その政策を最も好む個人が存在する限り効率的であることになる．政策変更はその政策を最も好む投票者に不利益を与えることになるため，すべての投票者の効用を同時に改善する方法は存在しない．よって，効率性の基準からは，中位政策のみが社会にとって望ましい政策であるとは言えない．

この他の基準として「コンドルセ勝者が存在する場合，コンドルセ勝者を選択すべき」という多数決基準が考えられる．他のどの選択肢よりも多数派に好まれる選択肢(つまりコンドルセ勝者)が存在するのならば，多数派の意見を尊重し，コンドルセ勝者を選択するべきだという基準に大きな違和感はないだろう[46]．ホテリング=ダウンズ・モデルで想定している政治

45　パレート最適性とも呼ばれる．アローの不可能性定理のパレート最適性の条件は，この基準から名づけられた．

46　ボルダ方式ではコンドルセ勝者は勝利しない場合がある．しかし，ボルダ方式は選好順序2位以下も含めた個人の選好順序をふまえた制度であり，かつコンドルセ敗者は絶対に勝利しないという意味で，多数派の意見をふまえている．よって，コンドルセ勝者が勝利しない可能性があるという点だけをもって

家は，単に選挙に勝利したい利己的な政治家ではあるが，政治的競争の結果，コンドルセ勝者を選択する．つまり，政治家は利己的であっても社会にとって望ましい政策を選択する可能性が示されている．

しかし，コンドルセ勝者や中位政策が常に社会にとって望ましいとは断言できない．例えば，単純に10人で構成される社会を考えよう．そこで，1つの公共事業を実行するか否か議論されているとする．その公共事業からは10人のうち6人が1000万円の利益を得るとしよう．しかし，4人は利益を得ない．よって総利益は6000万円である．一方で，公共事業を実行する費用は8000万円であるとする．事業全体の総費用と総利益のみを考えれば，総費用が上回るため実行すべき公共事業ではないと言える．しかし，その総費用は税金で賄われるとし，社会の構成員10人で均等に負担されるとする[47]．つまり，1人が支払う税額は800万円である．公共事業の是非を投票で決める場合，利益を享受する6人は，1000万円の利益を得て800万円の支払いをするのみであるため，最終的に200万円を得る．従って，6人が支持することで公共事業は実行される．この例では，社会の過半数が公共事業からの利益享受者であるため，公共事業を実行することが中位政策でありコンドルセ勝者となる．多数決基準で考えれば実行が好ましいが，総費用と総利益の比較上は好ましくない政策である[48]．

## 練習問題

### 問題4.1：複数の中位政策

本章では，中位政策は1つだけ存在すると仮定した．しかし，複数存在する場合もある．4つの選択肢($a$，$b$，$c$，$d$)が存在し，$a$，$b$，$c$，$d$の順に一直線

---

ボルダ方式を批判することは適切ではない．また，「コンドルセ勝者を選択すべき」という基準は，多数派の意見を最も尊重した基準であり，比較的強い基準と言える．

47　利益を享受する6人が誰なのかがわかれば，この6人のみに費用を負担してもらえばよい．しかし多くの場合，政府は政策の利益享受者が誰か，およびどの程度の利益を享受するかわからない．その場合は，社会全体の税金から費用を支払う必要が生じる．

48　ここで総利益から総費用を引いた値は社会厚生(関数)の一種である．

上に並んでいるとしよう．投票者は単峰型選好を有しており，各選択肢を最も好む投票者が同数であると考える．

(a) コンドルセ方式を用いて，コンドルセ勝者となる選択肢を示せ．

(b) ホテリング=ダウンズ・モデルを考えよ．本設定下でのナッシュ均衡をすべて示せ．

### 問題4.2：政権政党と野党

ホテリング=ダウンズ・モデルでは，７つの仮定の他に「両党は同時に政策を決定する」という仮定を採用している．しかし，現実には，政権政党が政策決定を行い，その決定を知った後に野党が政策決定を行うことが多い．ホテリング=ダウンズ・モデルの仮定１～７を考えたうえで，政党$A$（政権政党）が最初に政策を決め，その政策を観察した後に，政党$B$（野党）が政策決定を行うと考えよう．この時，ホテリング=ダウンズの中位投票者定理とは異なる結果が得られるだろうか？　以下の問いに答えよ．ここでは２政党が順番に意思決定をするため，逆向き推計法を用いてサブゲーム完全均衡を求める．

(a) 政党$A$が中位政策を選択した場合の，政党$B$の最適応答を求めよ．

(b) 政党$A$が中位政策以外の政策を選択した場合の，政党$B$の最適応答を求めよ．

(c) 政党$B$の最適応答をふまえたうえで，政党$A$が均衡で選択する政策を求めよ．

(d) ホテリング=ダウンズの中位投票者定理とは異なる結果が得られたか？

### 問題4.3：マイノリティ選挙区[49]

アメリカでは非白人のマイノリティの意見を尊重するため，1982年に過半数の投票者がマイノリティの人種となるようなマイノリティ選挙区(majority-minority district)の導入を決定した．以降アメリカでは，人為的にいくつかのマイノリティ選挙区を作っている．当初は，マイノリティ選挙区の導入は，マイノリティの意見を代表する政治家を多く輩出させることができ，彼らに有利な政策が実行されるようになると目されてきた．しかし，一方でマイノリティ選挙区は，むしろマイノリティには不利な影響をもたらしているという意見もある．このマイノリティ選挙区の是非を考えてみよう．

投票者の最も好ましい政策が０と１の間に一様分布していると考えよ．つま

49　本問題はShotts (2003)にもとづく．

り，中位政策は1/2である．全投票者のうち，1/3の投票者がマイノリティであり，マイノリティの好ましい政策は０と1/3の間に一様分布していると考えよ．残りの2/3の投票者はマジョリティであり，彼らの好ましい政策は1/3と１の間に一様分布している．

全部で３つの選挙区が存在すると考えよ．政策は２段階を経て決められる．まず，各選挙区には候補者が２人存在し，公約を発表したうえで勝者が決められる．ここでは，ホテリング＝ダウンズ・モデルと同様の政治的競争が行われると考えよ．そのうえで，３人の選挙の勝者が，代議士として議会で投票して政策を決定する．その際には，３人の公約の中での中位政策が選択されると考えよ．（議会でも，ホテリング＝ダウンズ・モデルと同様の選挙が政策決定のために行われると考えてよい．）例えば，１人目の公約が０，２人目が1/3，３人目が3/4であった場合には，中位政策である1/3が議会では選ばれる．各選挙区の選挙において，投票者は議会での政策決定を予見せずに，自身の最も好ましい政策に近い公約を発表した候補者に投票すると考える．

(a) すべての選挙区が同じマイノリティの比率を有すると考えよう．つまり，すべての選挙区において，投票者の最も好ましい政策は０と１の間に一様分布している．

(i) 各選挙区で候補者はどの政策を公約として発表するか？

(ii) どの政策が議会で採用されるか？

(b) 次に，マイノリティ選挙区が作られたとしよう．ここでは極端に，すべてのマイノリティが１つの選挙区に区分されたとする．つまり，マイノリティ選挙区では全投票者がマイノリティであり，投票者の最も好ましい政策は０と1/3の間に一様分布している．その他の２つの選挙区では，すべての投票者がマジョリティであり，投票者の最も好ましい政策は1/3と１の間に一様分布している．

(i) 各選挙区で候補者はどの政策を公約として発表するか？

(ii) どの政策が議会で採用されるか？

(c) マイノリティ選挙区を作ることは，常にマイノリティに有利な政策の実行につながるであろうか？　議論せよ．

# 第５章 政治的競争Ⅱ：拡張

「あれほど，言葉を信じろといわれていたのに，
なんで，こんなにも簡単に
あたしは言葉を信じなくなったんだろう.」
野田秀樹『透明人間の蒸気』新潮社，2004年

第４章において議論したホテリング=ダウンズ・モデルは主に７つの仮定を採用していた(74ページ)．その意味において，ホテリング=ダウンズ・モデルは極めて限定された状況を分析していると言ってよい．本章では，それらの仮定を変更していくことにより得られる帰結を議論する[50]．特に本章では，政策や政党に関連する仮定である，仮定１，３，４，５，６を変更した場合の帰結を分析する．有権者の行動と関連する仮定２および７に関しては次章で議論する．

## 5.1　多次元の政策空間

ホテリング=ダウンズ・モデルでは，議論される政策課題はただ１つと考えていたが(仮定１)，現実の選挙では複数の政策課題が議論されている．よって，複数の政策課題を考えるために，政策空間を一次元ではなく多次元にしたモデルの方が好ましいように思える．しかし，その場合，特殊なケースを除いて均衡が存在しなくなる．特殊なケースとは，例えば，複数の政策課題が存在したとしても，各政策課題に中位政策が存在している場合である．このとき，それぞれの政策課題に関して順番に投票していくという制度設計をした場合，各政策課題で中位政策が選択されるという

50　本節で議論する論点に関する解説書としてRoemer (2001)がある．また，Osborne (1995)も本節の議論を中心に古典的な政治経済学の理論の展開を丁寧に解説している．

均衡が存在する[51]．教育政策と選挙制度改革など，互いに影響しない政策課題であれば，別個に決定すればよい[52]．しかし，以下の例のように互いに影響し合うような複数の政策課題が存在する場合，このような手法は使えない．

投票者が３つのグループ１，２，３に分かれているとする．投票者全体の1/3の投票者が，それぞれのグループに所属する．このとき選挙に勝利するためには政党は少なくとも２つのグループから支持されなければならない．100万円を各グループに配分する政策を考える．グループ３への配分は，グループ１と２への配分を差し引いた残りとなるため，「グループ１への配分額」と「グループ２への配分額」の２つの決定すべき政策課題が存在している．これは，地域間・世代間・所得層間などの所得再配分問題や，社会保障，公共事業，安全保障といった異なる政策課題への予算配分問題とも解釈できる．また当然，総額は100万円ではなくてもよい．各グループへの配分割合を決定していると解釈されたい．

政党$A$はグループ１と２に50万円ずつ配分する政策を提案しているとする．このとき，政党$B$はグループ１に55万円，グループ３に45万円を配分する政策を発表すればグループ１と３の支持を受け当選できる．しかし，この政党$B$の政策に対し，政党$A$がグループ２に40万円，グループ３に60万円を配分すれば政党$A$は政党$B$に勝つことができる．この政党$A$の政策に勝てる政策も容易に見つかるだろう．ここでは対立政党が配分を与えているグループの中の１つのグループから配分をすべて奪い，残りの２つのグループに再配分するような政策を提示すれば，対立政党に勝つことができる．よって，どのような政策を対立政党が選択したとしても，その

51　このような均衡は制度誘発均衡（structure-induced equilibrium）として知られている（Shepsle［1979］，Shepsle and Weingast［1981］）．その他の特殊なケースとして，投票者が特定の選好をもっている場合がある．Roemer (2001)の命題6.2では分離可能（separable）な選好を，Persson and Tabelini (2000)の2.2.2節では中間的選好（intermediate preference）を考えれば均衡が存在するとしている．しかし，本節で示す例は，このいずれも満たしていない．

52　実際の選挙では政策ごとに投票していくことは不可能である．しかし，議会では政策課題ごとに委員会を設立し議論することで，複数の政策課題を同時に決定することを避けている．

政策に勝てる政策を見つけることができる．

一次元の政策空間という仮定は，ブラックの中位投票者定理でも採用されていた．よって，一次元ではなく多次元の政策空間である場合，コンドルセ勝者の存在が保証されなくなる．そのため，政党にとっても「選挙に勝てる政策」が存在せず，均衡が存在しない．均衡が存在しないということは，結果の予測が不可能であることを意味する．本例は一般的な予算配分の政策決定である．このような一般的な政策においても，均衡が存在しない可能性が生じてしまう．

この均衡の存在問題は，政党が投票者の選好に関する不確実性を有すると仮定することにより解決することが知られている．つまり，ホテリング＝ダウンズ・モデルの仮定５も緩めることになる．そこでは，両党が同じ政策を選び同じ勝利確率に服するという，ホテリング＝ダウンズの中位投票者定理に準ずる結果が得られる．ただし，本書の難易度を超えるため，ここでは議論せず付録Bにて議論する．

## 5.2　多党間競争

ホテリング＝ダウンズ・モデルでは二大政党間の競争を考えていたが（仮定３），３党以上の競争も重要である．実際，二大政党制が成立している国はアメリカを含めごくわずかである．

しかし多党間競争のもとでは，極めて多くの均衡が生じることが知られている．図5-1にあるように政策空間は０と１の間に限られるとし，そこに投票者の最も好ましい政策が一様分布していると考える．よって，中位

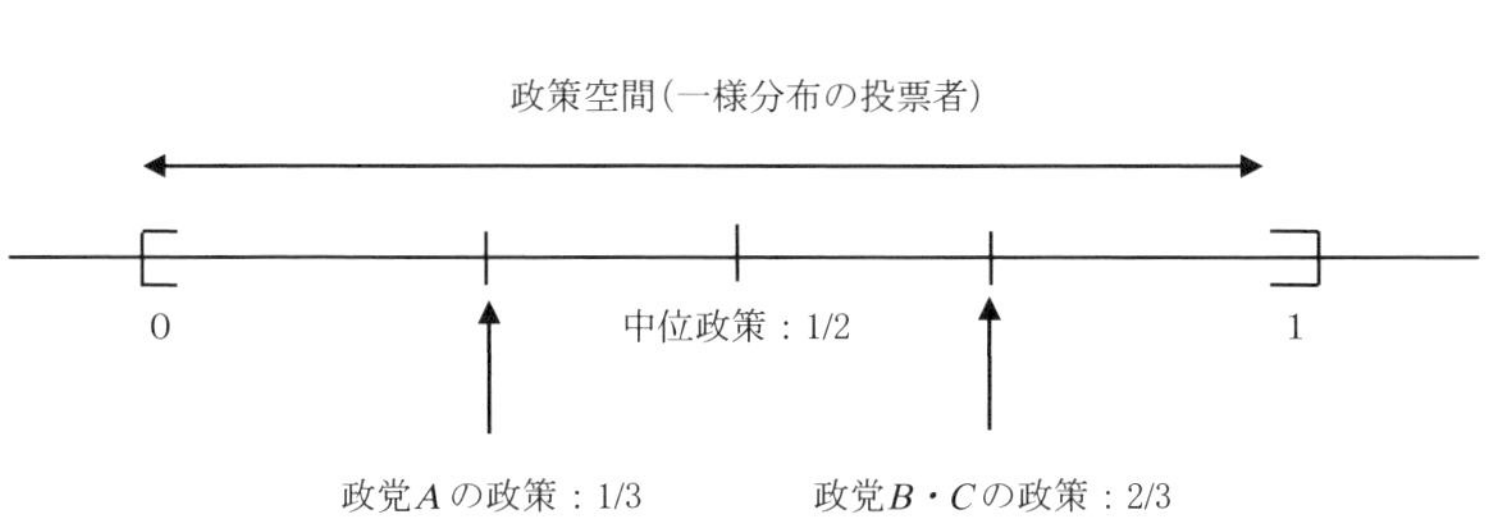


図5-1　多党間競争

政策は1/2である(付録A.5参照). 勝利確率の最大化のみを目的とする3政党$A$, $B$, $C$が競争しており, 政党$A$が図5-1に示されたような1/3という政策を選び, 政党$B$と政党$C$が政策2/3を選ぶとする. このとき, 政党$A$は中位政策の左側に最も好ましい選択肢が位置する投票者からの支持を得て, 全体の1/2の票を獲得する. 一方で, 残りの1/2の投票者は, 同じ政策2/3を提示する政党$B$と政党$C$の間で無差別になる. よって, 票は等分に分けられるため, $B$と$C$は1/4ずつの得票率を得る. その結果, 政党$A$が勝利する.

勝利する政党$A$にとっては, 最も好ましい選挙結果であるため政策を変更するインセンティブを有さない. 一方, 政党$B$と政党$C$にとっても, 政策2/3以外の政策を選んだとしても勝つ望みがない. 例えば, 政党$B$が政策2/3の右側にある政策を選んでも, 政党$A$の勝利に変わりはない. 政党$B$が政策1/3の左側にある政策を選んだ場合, 今度は政党$C$の勝利となる. 最後に政党$B$が政策1/3と政策2/3の間の政策を選んだとしよう. このとき, 政党$B$は政策1/3と政策2/3の間に最も好ましい政策が位置する投票者からの票を他党と分け合うことになる. 一様分布を考えているため, 政党$B$は政策1/3と政策2/3の間に位置する投票者の半分, つまり1/6の得票率を得るが, 選挙に勝つことができない. 3政党間の選挙戦において勝利するためには, 1/3以上の得票率が必要だからである. よって, 政党$B$は政策を変更するインセンティブを有さない. 同様の理由から, 政党$C$も政策を変更しようとしない. 従って, この状態が均衡として成立する[53]. 多党間競争では, 同様の均衡が無数に存在する. 均衡が無数に存在する場合, 意味のある予測を行うことが難しい. 以下の命題は, 上記の設定下において成立しうるナッシュ均衡を示している.

53　ここで, なぜ政党$C$は勝利することだけを考えるのかという疑問が生じる. もし政党$C$が政党$A$と政党$B$の位置に近づけば, 得票率を上げることができる. 得票率が高ければその後の政治的影響力は強くなるだろう. 得票率を上げることが目的であれば, 政党$C$は政党$A$と政党$B$に近づくため, 以上のような均衡は存在しなくなる. しかし, 得票率の最大化を考えた場合, 今度は均衡が存在しなくなる可能性が生じる. Cox (1987)は, 得票率最大化のもとでの均衡存在の必要条件を示している. この条件を3党間競争は満たさない.

**命題5.１：３政党間競争の均衡**

*政策1/6と政策1/2の間に位置する政策*$x_1$ $(1/6 < x_1 < 1/2)$*と，政策1/2と政策5/6の間に位置する政策*$x_2$ $(1/2 < x_2 < 5/6)$*を考えよ．ただし，*$x_1$*と*$x_2$*は中位政策1/2から等距離に位置しているとする*$(1/2 - x_1 = x_2 - 1/2)$*．この時，*$x_1$*と*$x_2$*のうち片方の政策を１つの政党が，もう一方の政策を２つの政党が選択するという戦略集合はナッシュ均衡である．*

図5-1の例では，$x_1 = 1/3$，$x_2 = 2/3$であった．証明は，図5-1の例で用いた方法と基本的に同一であるため省く(練習問題5.1参照)．命題5.1より，このモデルにおいて実行されると予測できる政策は「中位政策1/2以外の政策1/6と政策5/6の間の政策の中の１つ」である．かなり極端な政策は実行されないことはわかるが，幅が広すぎるため意味のある予測ではない．一方で，命題5.1のもとでは１つの政策を１党のみで選択した政党が勝利するという選挙結果は共通している．しかし，投票者の最も好ましい政策の分布が一様分布ではない場合，異なる選挙結果になる可能性がある(練習問題5.2参照)．よって，選挙結果に関しても意味のある予測はできない．

## 5.3　政策選好を有する政党

ホテリング=ダウンズ・モデルでは，政党は勝利確率のみを最大化すると仮定していた(仮定４)．しかし，政党や候補者は，選挙に勝つこと自体を目的とせず，自身の最も好ましい政策に近い政策を実現するための手段

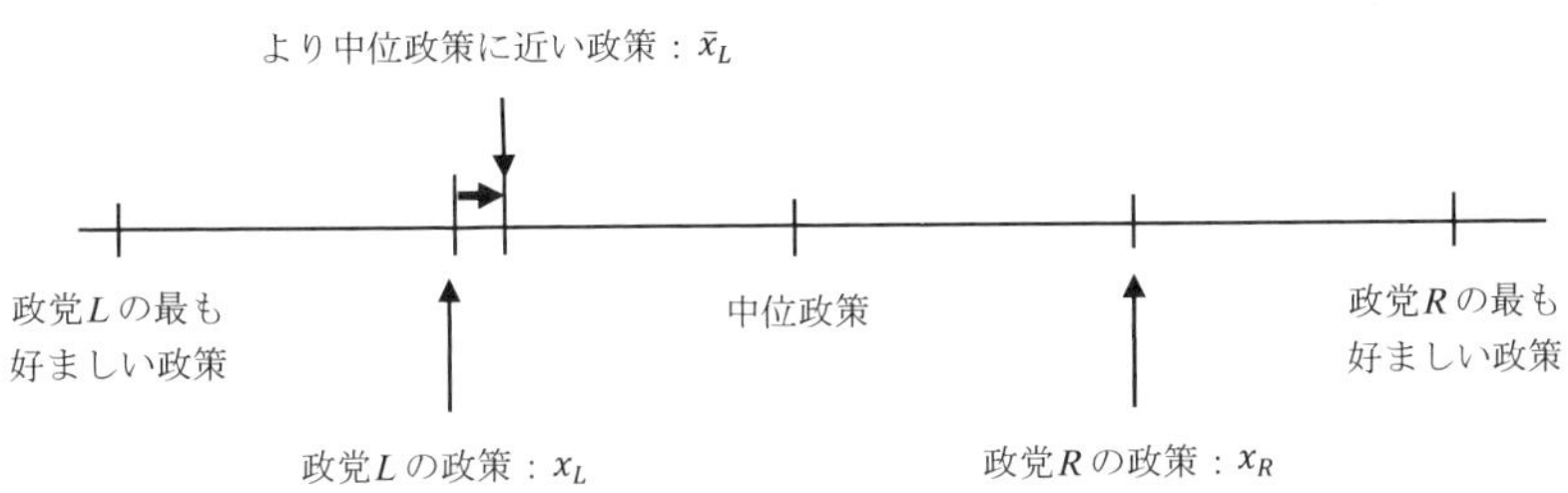


図5-2　政策選好を有する政党

として選挙に勝とうとすると考えることも可能である．このようなモデルは，最初に示したWittman (1973)にちなんで，ウィットマン・モデルと呼ばれる．そこでは，政策選好を有した政党間の競争を考慮しても，両党は依然として中位政策に収斂することが示されている．

左派政党$L$と右派政党$R$の二大政党間の競争を考える．政党も単峰型選好を有しており，最も好ましい政策を有すると考える．右派政党は中位政策よりも右側に，左派政党は中位政策より左側に最も好ましい政策を有しているとしよう．左右対称である必要はない．このとき，政党はできるだけ自身の最も好む政策に近い政策が実現されることを望んでいる．ここで，両党の選択した政策が図5-2のように中位政策を挟んで左右対称に，しかし中位政策とは異なった位置$x_L$, $x_R$にあったとする．両者の勝利確率は1/2である．よって，確率1/2で左派政党$L$が勝利し$x_L$が実行され，残りの確率1/2で右派政党$R$が勝利し$x_R$が実行される．このとき，左派政党$L$は，選択している政策を少し中位政策に近づけ，$\bar{x}_L$とすることで勝利確率を1に改善できる．左派政党$L$にとっては$x_L$の方が$\bar{x}_L$より好ましいのだが，その差は微小なものである．一方で，$\bar{x}_L$を選択することにより，中位政策を挟んで逆側に存在している相手の政策$x_R$は実行されず，確実に自身の最も好ましい政策に近い政策$\bar{x}_L$を実行できる．従って，両者が異なった政策を選んでいる限り，各政党は他党より中位政策に近い政策を選択する．最終的に，両者は中位政策まで収斂するため，ホテリング＝ダウンズの中位投票者定理と同様の帰結が得られる．

政党が政策選好を有していたとしても，自身の最も好ましい政策に近い政策を実現させるためには選挙に勝利しなくてはならない．そのため，政党は勝利確率を高めるインセンティブを強く有することになり，中位政策まで収斂することになる．

## 5.4　中位政策に関する不確実性

ホテリング＝ダウンズ・モデルでは，両党は中位政策の位置を知っていると仮定していた(仮定5)．しかし，現実には，両党が投票者の政策選好を正確に把握しているとは考えられない．政党が中位政策の位置に関して不確実性を有すると考えた場合，両党間での政策上の差異を描くことができる.

### 5.4.1 勝利することを目的とする政党

政党の目的が単に勝利のみにある場合，中位政策の位置に関する不確実性が存在したとしても，両党にとっては同一政策の選択が均衡となる．このことを示すために，中位政策の位置がある区間に連続で確率分布していると考える．つまり政党にとって，この区間の中のどこに実際の中位政策が位置するのか不確実である[54]．政党が，中位政策の位置など，投票者の政策選好に関する不確実性を有していると仮定するモデルを，**確率的投票モデル**(probabilistic voting model)と呼ぶ．政党は，投票者の投票行動を正確に予測することはできず，確率のみ知ることができるためである．

図5-3にあるように両党の政策に差があると考えよう．このとき，両党の選択した政策の中間点($(x_A + x_B)/2$)が境界点となり，実現した中位政策がこの値より政党$A$の政策に近ければ政党$A$が勝利し，遠ければ政党$B$が勝利することになる[55]．もし政党$A$がより政党$B$の政策に近づいたとすると，境界点は右に移動し，政党$A$の期待勝利確率が改善する．従って，政党$A$は政党$B$に近づこうとする．このように，両者が互いに異なる政策を選ぶことは均衡になりえず，均衡では同一政策を選択するというホテリング=ダウンズの中位投票者定理に準ずる結果が成立する．

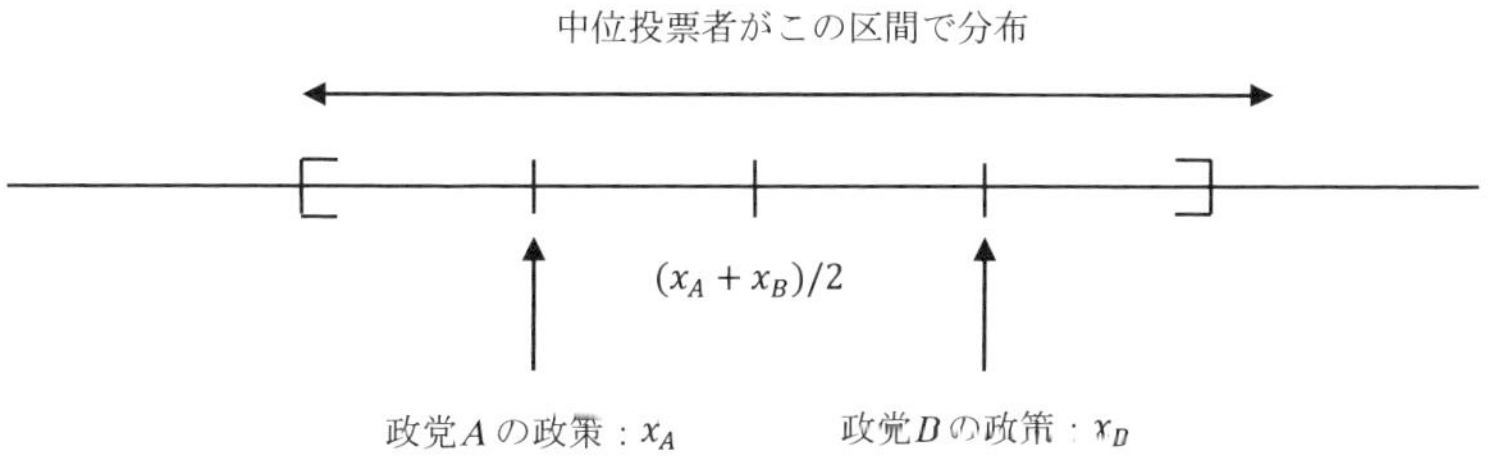


図5-3　確率的投票モデルと勝利確率の最大化

54　確率分布は，両党で共通に理解されていると仮定する．

55　ここでは投票者の効用関数が，自身の最も好ましい政策を中心に左右対称であると仮定している．左右非対称の場合，境界線は$(x_A + x_B)/2$であるとは限らない．しかし非対称の場合でも，ここでの議論に変わりはない．

### 5.4.2 政策選好を有する政党

そこでさらに，政党が政策選好を有する場合を考えよう．つまり，仮定5だけではなく，仮定4も変更する．このとき，両党は同一の政策を選ばない．不確実性が存在しない場合，均衡において両者は中位政策を選んでいた．それは，相手よりほんの少しだけ中位政策に近づくことで，勝利確率を不連続的に1まで高められるからである．しかし，中位投票者の位置が不確実な場合には，期待勝利確率は不連続関数ではなく連続関数となる．つまり，相手よりほんの少し中位政策に近づいても，勝利確率の上昇幅は微小にとどまる．逆に，中位政策に近づくことで，選択した政策が自身の好ましい政策から乖離するという不効用を受ける．つまり政党は，勝利確率の上昇と，選択した政策と望ましい政策との乖離幅の増大というトレードオフに直面する．そのため，中位政策までは収斂せずに，均衡において両者は中位政策を挟んで左右対称な異なる政策を選択することになる．

このように，政党が政策選好をもち，かつ中位政策の位置に関する不確実性が存在するとき，ホテリング=ダウンズの中位投票者定理が成立しなくなり，両党の政策間に距離が生じることになる[56].

## 5.5 公約

政党や候補者は，選挙前に公約を発表し，選挙後に政策を決定する．この2つの意思決定は本来切り離して分析されるべきである．しかし，ホテリング=ダウンズ・モデルでは，政党は必ず公約を実現すると仮定してきた(仮定6)．この仮定のもとでは，政党は選挙後の政策を選挙前に決定しているにすぎない．一方で，次章以降での紹介となるが，ホテリング=ダウンズ・モデル以外の枠組みを用いたモデルの多くは，公約には一切意味

56 ただし，Calvert (1985)は，政策に関係なく，選挙に勝つこと自体からの利得がある程度存在する場合は，必ずしもホテリング=ダウンズの中位投票者定理が崩れるわけではないことを指摘している．また，ごく簡単な設定のもとでは均衡解をみつけることができるが，モデルの拡張を試みた場合，解の存在証明が難しくなったり，一意性が保証されなくなったりする．詳細は，Roemer (2001)を参照されたい．

はなく，モデルにおいては選挙前に公約は発表しないと仮定している[57].

本節は，公約と政策という２つの意思決定を切り離し，これまでの分析では捨象されてきた公約に関する研究を紹介する．分析にあたり，「公約は必ず実現される」，もしくは「公約は将来実行される政策に一切の影響を与えない」との２つのモデルの中間に位置づけられるモデルを紹介しよう．そこでは，公約には大きくコミットメントとシグナルという２つの機能があるとされている．

### 5.5.1　コミットメント機能としての公約

選挙後に選挙前の公約と異なる政策を実行する場合には，何らかの形での費用が発生すると考えられる．支持率が下がり，政権運営が困難になるかもしれない．議会や政党内での交渉が困難になるかもしれない．また，次回の選挙で敗北する確率が高まるかもしれない．つまり，公約を発表した場合，公約を破る費用が存在する[58]．このような費用が存在するがゆえに，政党は，公約を通して将来の政策選択に自ら制約をかけ，投票者に対して説得的な約束をすることができる．ゲーム理論では，このような信頼できる約束を**コミットメント**(commitment)という．この点で公約は，将来実行する政策に対するコミットメントの手段だと考えられる．

ここでは単純に，政策の選択肢は「左派政策 $x_L$ 」，「中位政策 $x_m$ 」，「右派政策 $x_R$ 」の３つのみ存在しているとしよう．全投票者の1/3ずつが，それぞれの政策を最も好み，単峰型の選好を有している．また，図5-4のように $x_L < x_m < x_R$ であるとする．かつ，左派政策と右派政策は中位政策を挟んで対称( $x_m - x_L = x_R - x_m$ )であり，中位政策を最も好む投票者は $x_L$

57　例えば，6.2節で議論する市民候補者モデルでは，候補者は公約にかかわらず必ず自身の最も好ましい政策を実行すると仮定しているため，選挙後の政策は所与であり，その決定は分析対象となっていない．第７章で紹介する業績評価投票モデルにおいては，選挙前に現職政治家が実行する政策を分析しており，これは選挙後に実行される政策を選挙前に約束する公約とは本質的に異なっている．

58　当然ながら，公約には法的拘束力はない．そのため，これらの費用は選挙や政権運営に伴う費用であり，明示的罰則とは考えられない．詳細は小西(2009)参照のこと．

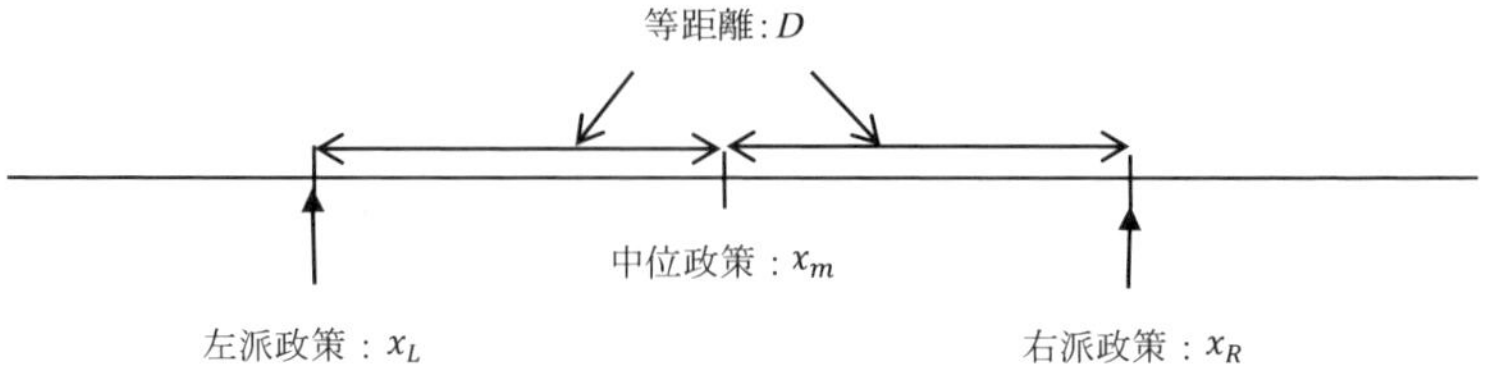


図5-4　各政党の最も好ましい政策

と $x_R$ の間で無差別であるとする．２党間で無差別の場合，投票者は等確率で各政党を選択すると考えよう．

政策選好を有する左派政党$L$と右派政党$R$の二大政党間の競争を考える．左派政党は左派政策を，右派政党は右派政策を最も好んでいるとする．よって，選挙前に政党は公約として「中位政策」を発表するか，あるいは「自身の最も好ましい政策」（政党$L$は$x_L$，政党$R$は $x_R$）を発表するかの二択のみ有していることになる．「対抗馬の最も好ましい政策」を公約として発表しても，選挙に有利ではなく，かつ政党自身にとって最悪な政策でもあるため選択しない．

勝利政党が公約とは異なった政策を実行した場合には前述したような費用が発生し，その費用を一定の値である$h \geq 0$とする．一方で，実行された政策が$x$である時の政策からの効用を$-|x_P - x|$としよう[59]．ただし，$x_P$は政党自身の最も好ましい政策を意味し，$P$は政党$L$なら$L$（$x_P = x_L$），政党$R$なら$R$（$x_P = x_R$）である．$|x_P - x|$は $x_P - x$ の絶対値を意味し，負の値は正の値に変換される．よって，最も好ましい政策と実行された政策の距離である$|x_P - x|$が増加すると，効用は減少する．

ここで表記を短くするために，自身の最も好ましい政策と中位政策との距離を$D = x_m - x_L = x_R - x_m$とする．両党は中位政策を挟んで対称

59　この時，政策からの効用がゼロ以下となることに意味はない．重要な点は，自身の最も好ましい政策から，実行される政策が離れれば離れるほど効用が小さくなる点である．気になる者は，政策からの効用を $\beta - |x_P - x|$ とし，$\beta > 0$ を十分に大きな値と考え，正の効用が得られる可能性を含めてもよい．このような設定でも，以下で示される結論に変わりはない．

$(x_m - x_L = x_R - x_m)$であるため，両党の最も好ましい政策の間の距離は$2D = x_R - x_L$である．最後に，選挙に勝利した政党は政権政党となり，利得$b > 0$を得るとする．

最初に，逆向き推計法により，勝利政党の意思決定から考えていこう．自身の最も好ましい政策である$x_P$を公約として発表した場合には，勝利政党は選挙後に$x_P$を実行するだけであり，公約を破る費用も発生しない．一方で，中位政策を公約として発表した場合，選挙後に中位政策を実行すれば，公約を破る費用を払う必要はないが，実行される政策は中位政策であるため，政策からの効用は$-D$になってしまう．よって，$b - D$を得る．しかし，公約を破り，自身の最も好ましい政策を実行した場合，公約を破る費用$h$を払わなければならない．よって，公約を破ることで得られる効用は$b - h$となる．

以上の議論から，中位政策を公約として発表したとしても，$h < D$であれば勝利後に公約を破り$x_P$を実行した方が良い．よって，勝利政党が公約を守り，中位政策を実行する条件は，

$$h > D$$

となる[60]．つまり，公約を破る費用が十分に高ければ，公約はコミットメント機能を有することになる．$h > D$であるときに中位政策を公約として発表すれば，投票者も公約は裏切られず必ず守られると信じることができる．しかし，$h < D$であれば公約は信頼に値しない．中位政策が公約として発表されていても，最終的には勝利政党が公約を気にせずに$x_P$を実行すると投票者は推測し，実際にも公約は守られない．

次に，勝利政党の意思決定をふまえて，選挙前における公約の意思決定を考えてみよう．公約を破る費用は十分に高く$h > D$であると仮定する．このとき，勝利政党は公約で発表した政策を実行する．よって，両党が中位政策を公約として発表した場合，あるいは両党が$x_P$を公約として発表した場合には，各党の勝利確率は1/2となる．しかし，片方の政党が中位政策を，もう一方の政党が$x_P$を公約として発表した場合，過半数(2/3)の投票者が中位政策を発表した政党を好むため，中位政策を選択した政党が勝利する．

60　$h = D$であれば，公約を守ることと破ることの間で無差別となる．

| | | 政党 $R$ | |
|---|---|---|---|
| | | 中位政策 $x_m$ | 右派政策 $x_R$ |
| 政党 $L$ | 中位政策 $x_m$ | $b/2-D$ , $b/2-D$ | $b-D$ , $-D$ |
| | 左派政策 $x_L$ | $-D$ , $b-D$ | $b/2-D$ , $b/2-D$ |

図5-5：$h > D$ の場合の公約の選択

両党が中位政策を発表した場合，実行される政策は必ず中位政策であるため，政策からの効用は(勝利政党に依らず) $-D$ である．勝利確率1/2で $b$ を得るため，両党の期待効用は $b/2-D$ である．

両党が $x_P$ を公約として発表した場合，確率1/2で勝利した時には $b$ を得る．また，自身の最も好ましい政策が実行されるため政策からの効用はゼロとなる．しかし，残りの確率1/2で対立政党が勝利した時には，対立政党の最も好ましい政策が実行されてしまうため，効用は $-2D$ となる．以上から，両党の期待効用は $b/2-D$ である．

最後に，片方の政党が中位政策を，もう一方の政党が $x_P$ を公約として発表した場合を考えよう．中位政策を選んだ政党は確実に勝利できるが，中位政策を実行するため，その効用は $b-D$ である．一方で，$x_P$ を選んだ政党は確実に負け，しかも中位政策が実行されるため効用は $-D$ となる．以上の議論から，このゲームの利得表は図5-5に示した通りとなる．

対立政党が中位政策を選択しているとしよう．同じく中位政策を発表すれば $b/2-D$ を得られるが，$x_P$ を選ぶと効用は $-D$ になってしまう．一方で，対立政党が $x_P$ を選択している時に，中位政策を発表すれば $b-D$ を得られるが，$x_P$ を選ぶと効用は $b/2-D$ になってしまう．よって，相手の選択に依らず，常に中位政策の方が好ましく最適応答となっている．以上から，ホテリング=ダウンズ・モデル同様に，「両党とも中位政策を公約として発表し，勝利後に中位政策を実行する」ことがナッシュ均衡となる．

しかし，公約を破る費用が低く $h < D$ であれば，中位政策を公約として発表しても，勝利後は $x_P$ を実行してしまう．そのことを投票者も予測するため，誰も公約は信じない．よって，中位政策を発表しても選挙上有利にはならないため，両党は自身の最も好ましい政策を発表し，勝利後に実行するだけである．（練習問題5.3参照）

本節のモデルでは，政策の選択肢は３つのみであり，公約を破る費用も

(破る程度に関係なく)一定と仮定した．しかし，実際には中位政策と最も好ましい政策以外の政策も選択でき，かつ公約を破る費用は，公約からかけ離れた政策を実行するほど高くなるだろう．Asako (2015a)は，このように設定を変えたうえで，両党が勝利後に実行する政策は，公約を破る費用が高まるほど，中位政策に近づいていくことを示している．ただし，両党の勝利後の政策には差異があり，中位政策とは一致しない[61]．

### 5.5.2 シグナリング機能としての公約[62]

政党や候補者に関する何らかの情報を投票者が知らない場合には，公約は，その情報を伝えるための**シグナル**(signal)としても機能する．シグナルとは，自身のみが有する情報を相手に伝えることができるメッセージのことである．例えば，就職活動において，高い能力を有する学生が自身の能力を相手企業に伝えたいとする．しかし，単に「能力が高いです」と言うだけでは企業は信じてくれない．そこで，MBAなど高い教育水準を得れば，「MBAを取得できるような高い能力を私はもっています」と主張できる．高い能力を有する者のみMBAを取得できるのであれば，企業もこのような学生の主張を信じる．このとき，「MBAを取得した」というメッセージは，学生の高い能力を示すシグナルとして機能する．

本節では，政党・候補者の政策選好に関して投票者が不確実性を有する場合，公約(政党・候補者から投票者に対するメッセージ)は，そのシグナルとして機能しうることを示そう．

簡単化のため，選挙に勝利した政党は，自身の最も好ましい政策を必ず実行すると仮定する．つまり，公約はコミットメント機能を有さない．左派政党$L$と右派政党$R$の二大政党間の競争を考える．また各政党は，極端なタイプか穏健なタイプの２つのタイプのうち１つだとする．ゲーム理論

---

61 このようなコミットメント機能を有する公約は，第7章で紹介する業績評価投票モデル(Austen-Smith and Banks［1989］，Harrington［1993］，小西［2009］)や，第8章で紹介する議会内交渉モデル(Grossman and Helpman［2005, 2008］)などで応用分析が進んでいる．

62 本節のモデルはBanks (1990)にもとづく．本モデルはゲーム理論におけるシグナリング・モデルの一種であり，ここで用いる均衡概念は完全ベイジアン均衡である．

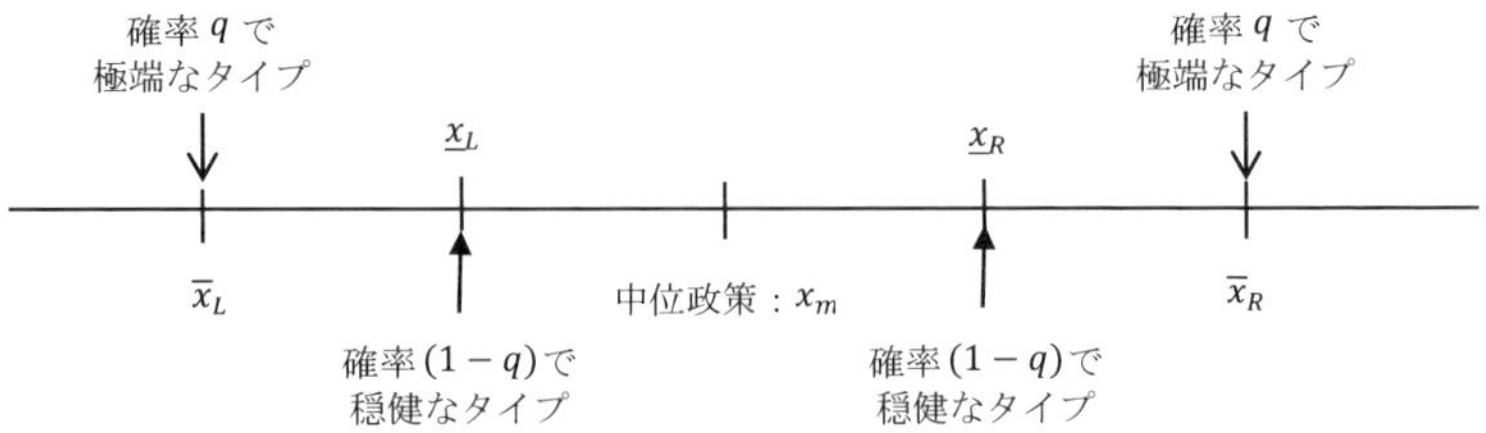


図5-6　各タイプの最も好ましい政策

では，プレーヤーの選好など性質や背景の違いをタイプ(type)の違いとして表現する．ここでは，政党の政策選好が異なっており，中位政策に近いという意味で穏健な政策を選好する政党を穏健なタイプ，中位政策から遠いという意味で極端な政策を選好する政党を極端なタイプと呼んでいる．各政党は，どちらかのタイプに属しているということになる．

極端なタイプの最も好ましい政策は各政党で $\bar{x}_L$, $\bar{x}_R$であり，穏健なタイプの最も好ましい政策は各政党で $\underline{x}_L$, $\underline{x}_R$であるとし，$\bar{x}_L < \underline{x}_L < x_m < \underline{x}_R < \bar{x}_R$ であるとする．つまり図5-6が示すように，極端なタイプは穏健なタイプより，中位政策から離れている極端な政策を好むことになる．また，両党は中位政策を挟んで対称とする($x_m - \underline{x}_L = \underline{x}_R - x_m$かつ$x_m - \bar{x}_L = \bar{x}_R - x_m$)．前節では政策には３つの選択肢があると考えたが，本節では $\bar{x}_L$，$\underline{x}_L$，$x_m$，$\underline{x}_R$，$\bar{x}_R$の５つの選択肢があると考えている．1/5の投票者が，それぞれの政策を最も好み，単峰型の選好を有している．投票者は，自身の最も好ましい政策から等距離の政策に対し無差別であるとする．

政党は自身のタイプは知っているが，対立政党のタイプは知らない．また，投票者も政党のタイプは知らないとしよう．もちろん投票者は，政党が右派政党か左派政党であるかは知っている．政党が極端なタイプである確率を $q$，穏健なタイプである確率を$1-q$とする[63].

選挙前に政党は公約を発表し，勝利政党は選挙後に自身の最も好ましい政策を実行する．実行する政策が公約と異なるときには費用が発生し，そ

63　この確率は，全投票者と対立政党で共通に理解されていると仮定する．

の費用を一定の値である$h \geq 0$としよう．また，選挙に勝利した場合，政党は利得$b > 0$を得るとする．一方で，選挙に負けた場合には，実行される政策に関係なく効用はゼロとする．ここで政党は政策選好を有するにもかかわらず，政策からの効用を得ないという仮定は奇異に見えるかもしれない．１つの解釈としては，各政党は利益団体からの支持を得ており，選挙に勝利した場合には，利益団体の好む政策を必ず実行しなければならない状況が考えられる．この場合，政党の最も好ましい政策は利益団体の好む政策であると言い換えられ，政党自身は政策からの効用を得ないと解釈できる．

もし両タイプが異なる公約を発表すれば，投票者は政党のタイプを見分けることができる．１つの可能性として，両タイプともに自身の最も好ましい政策を公約として正直に発表する場合が考えられる．両タイプともに公約を破らないため，公約を破る費用はゼロである．この「正直な公約」を発表することが均衡となりうるか考えてみよう．

正直な公約のもとでは，$\underline{x}_P$を公約として発表した政党は穏健なタイプであり，$\overline{x}_P$を発表した政党は極端なタイプであると投票者は知ることができる．（$p$は$L$または$R$である．）もし，１つの政党が穏健なタイプであり，もう一方が極端なタイプであると投票者に分かった場合には，中位政策により近い政策を実行する穏健なタイプの政党が勝利する．両党とも同じタイプであれば，勝率はそれぞれ1/2ずつとなる．よって，極端なタイプは対立政党が$q$の確率で極端なタイプであった場合にのみ，1/2の確率で選挙に勝利でき$b$を得る．よって，期待効用は$(qb)/2$となる．一方で，穏健なタイプは対立政党が$q$の確率で極端なタイプであった場合は確実に勝利し，$1-q$の確率で穏健なタイプであれば勝利確率は1/2となる．よって，期待効用は$[(1-q)/2+q]b = (1+q)b/2$となる．

しかし，ここで極端なタイプが公約を$\underline{x}_P$に変更し，穏健なタイプのふりをしたとしよう．投票者が$\underline{x}_P$を発表した政党は穏健なタイプだと信じているため，極端なタイプは勝利確率を$q/2$から$(1+q)/2$に改善することができる．しかし，勝利後の効用は，公約を破る費用を払わなければならないため，$b$から$b-h$に減少する．つまり$\underline{x}_P$を選択することにより，穏健なタイプのふりをした極端なタイプの期待効用は$(b-h)(1+q)/2$となる．この期待効用が，正直な公約を発表したときの期待効用$(qb)/2$よ

り小さいとき，つまり

$$h \geq b/(1+q)$$

であれば公約を$\underline{x}_P$に変更をしない．一方で，勝利確率は下がり，さらに公約を破る費用も支払わなければならないため，穏健なタイプが$\overline{x}_P$を選択することはない．また，穏健なタイプが中位政策を公約として発表しても，勝利勝率は変わらず$h$を払うのみである．よって，$h$が十分に大きければ，政党は正直な公約を発表し，投票者は政党のタイプを（公約を通し）知ることができる．

このモデルでは，公約は将来の政策選択に影響を与えない．しかし，公約を通して政党のタイプが分かり，より中位政策に近い政策を実行する政党を選ぶことができるようになる[64]．ここでもシグナルとして公約が機能するためには，$h$が十分に大きくなければならない．公約を破る費用が低かった場合，極端なタイプは穏健なタイプのふりをしてしまう．この費用が十分に高いときのみ，公約が候補者の将来実行する政策に関するシグナルとして機能する．

もちろん，選挙後に政党が自身の最も好ましい政策を必ず実行するという設定は非現実的である．5.5.1節のように，選挙後の政策は，公約を破る費用をふまえて決められるべきである．Huang (2010)およびAsako (2015b)は，公約がコミットメント機能とシグナリング機能を同時に有するモデルを検討している[65]．また，公約は将来実行される政策以外のシグナルにも

---

64　このような均衡をシグナリング・ゲームでは分離均衡（separating equilibrium）と呼ぶ．Banks (1990)は公約を破る費用が十分に高いときに分離均衡が生じることを示した．Callander and Wilkie (2007)は，費用がゼロであるチープ・トーカー（cheap talker）がいる可能性をBanks (1990)のモデルに導入している．このとき，均衡は常に分離均衡となり，さらに正直な公約を発表する候補者が出てくる例もBanks (1990)に比して増加する．つまり，チープ・トーカーがいる可能性が少しでもあるだけで，候補者はより正直になる．これは，候補者がチープ・トーカーと思われないようにするインセンティブが生じるためである．

65　Huang (2010)は，当選することによる$b$が十分に大きい場合は，両者の公約は中位政策となるか，もしくは中位政策から等距離ではあるが少しだけ離れた公約を発表することを示している．Asako (2015b)は，$b$が十分に小さい場合，極端なタイプが選挙において穏健なタイプに勝利する可能性を示している．

なりうることを指摘する研究も多い[66].

### 5.5.3 公約を信ずるべきか？

4.3節で議論したように，ホテリング=ダウンズ・モデルの枠組みで，社会的に望ましい政策に関する基準は明確には存在しない．しかし，多数決基準を考えた場合，コンドルセ勝者が最も好ましい政策となることは議論した．以上のモデルの枠組みでもコンドルセ勝者は存在し，それは中位政策となる．5.5.1節のコミットメント機能のモデルでは，公約を破る費用$(h)$が十分に大きければ，実行される政策は中位政策となることが示された．5.5.2節のシグナリング機能を考察したモデルでも，中位政策に近い政策を実行してくれる穏健なタイプを見分けるためには，$h$が十分に大きい必要があった．いずれにせよ，公約を破る費用が高まれば，より中位政策に近い政策が実行される可能性が高まるという意味で，$h$の値は大きい方が望ましいと言える．

公約を破る費用の大きさを表す$h$は，１つには報道の自由度と関連する．報道の自由度が小さい場合，公約を破った場合も国民に周知されることは少ない．一方で自由度が高ければ周知され，政治家は公約を破りにくくなる．さらには，街頭演説などだけではなく，マニフェストという形で公約を明文化しておくことも$h$の値を高める効果を有する．明文化されていれば公約を破ったか否かは見つけやすい．同時に，有権者がどれだけ公約を信じ，重視しているかにも依存する．政治家は公約を必ず破ると有権者が信じていた場合には，公約はコミットメントとしてもシグナルとしても機能しえない．公約を破る費用を高める制度構築とともに，国民が公約を重視していくことが，極端な政策を選択されないためには必要である．

66 Schultz (1996)は，公約が経済の状態に関するシグナルとなりうることを示している．また，Kartik and McAfee (2007)およびCallander (2008)は，公約は政治家の資質に関するシグナルになりうると指摘している．選挙におけるシグナルに関しての古典的議論はBanks (1991)が詳しい．

## 5.6　政治的競争モデルのまとめ

第５章(および付録B)をもって，政治的競争モデルの基本的拡張を概観したことになる．その結果を表5.1にまとめた．拡張によって，多くの場合，均衡の存在証明や精緻化が困難となるか，存在したとしてもホテリング=ダウンズの中位投票者定理と変わらない結果が得られる．紹介したモデルの中で，両党間での政策上の差異を問題なく描くことができたモデルは，5.4.2節で紹介した政策選好を有しているうえに中位政策の位置に関する不確実性を有している政党を考えたモデルと，5.5節で紹介した公約を破る費用を導入したモデルのみとなる．

政治的競争モデルが，現在でも分析に多く使われているのは事実である．しかし，同時に，より多くの事象を説明するためには，ホテリング=ダウンズ・モデルの枠組みを超えていく必要性も示している．

表5.1　ホテリング=ダウンズ・モデルの拡張

| 拡張の方向<br>( )内は議論した節 | 中位投票者定理の修正 | 均衡の存在 |
|---|---|---|
| 多次元の政策空間 (5.1) | − | × |
| 多次元＋確率的投票 (B.1) | × | ○ |
| 多党制 (5.2) | − | 複数均衡 |
| 多党制＋確率的投票 (B.2) | − | 複数均衡 |
| 政策選好(5.3) | × | ○ |
| 確率的投票 (5.4.1) | × | ○ |
| 政策選好＋確率的投票 (5.4.2) | ○ | ○ |
| 公約を破る費用(5.5) | ○ | ○(複数均衡) |

(注) ２列目で，ホテリング=ダウンズの中位投票者定理が成立せず政党間での政策上の差異を描くことができる場合は○，成立する場合は×．３列目で，均衡が存在すれば○，存在しなければ×である．公約を破る費用の導入で複数均衡が生じるモデルは，5.5.2節のシグナリング機能を考慮したモデルのみである．

### 練習問題

#### 問題5.1：多党間競争のナッシュ均衡

多党間競争において，政党が勝利確率の最大化を目的とする場合，多くの均衡が存在しうることを示した．5.2節と同様に勝利確率の最大化を目的とする３

党間競争を考え，政策空間は0と1の間に限られるとし，そこに投票者の最も好ましい政策が一様分布していると考えよう．

(a) 命題5.1を証明せよ．

(b) 命題5.1によると，3政党すべてが中位政策1/2を選ぶことはナッシュ均衡とはならない．証明せよ．

(c) 3政党すべてが，中位政策に限らず，同一の政策を選ぶことはナッシュ均衡とはならないことを証明せよ．

(d) 3政党ではなく，4以上の政党が出馬している場合も，すべての政党が同一の政策を選択することはナッシュ均衡とはならないだろうか？　理由を説明せよ．

**問題5.2：多党間競争と中位投票者定理**

3政党が中位政策を選択するようなナッシュ均衡は，投票者の最も好ましい政策が一様分布以外の分布をしていた場合には存在する可能性がある．5.2節と同様に勝利確率の最大化を目的とする3政党間の競争を考え，政策空間は0と1の間に限られるとする．しかし，2/3の投票者が政策1/2を最も好み，1/6の投票者が政策1/4を最も好み，そして残りの1/6の投票者が政策3/4を最も好むとしよう．よって，中位政策は政策1/2である．このとき，3政党間の選挙において，3政党すべてが中位政策1/2を選ぶことがナッシュ均衡となることを証明せよ．

**問題5.3：$h < D$の場合の公約の選択**

5.5.1節では，$h > D$の場合の公約の意思決定に関して分析してきた．ここでは，$h < D$と仮定しよう．両党は勝利後に，中位政策を発表していたとしても，自身の最も好ましい政策を実行してしまう．

(a) 図5-5を参考に，$h < D$の時の利得表を示せ．

(b) (a)でもとめた利得表から，そのナッシュ均衡を示せ．

**問題5.4：政党にとって公約は重要か？**[67]

日本においてマニフェストの導入は民主党によって行われ，その後全党が従うことになった．つまり，各政党は自主的にマニフェストを導入し，自ら公約

67　本問題はAsako (2015a)にもとづく．

を破る費用を高めていった．政党はなぜ自分の将来の政策選択の自由度を減じるような制度の導入を率先して行ったのだろうか？

5.5.1節のコミットメント機能を有する公約のモデルを考えよ．各政党の公約を破る費用は異なり，政党$L$と政党$R$の公約を破る費用は，それぞれと$h_L$で$h_R$あるとする．政党$R$は，マニフェストの導入などにより自らの公約を破る費用を高め，$h_R > D$が成立するまで高めたとしよう．一方で，政党$L$は自らの公約を破る費用は低いまま$h_L < D$としているとする．つまり，政党$R$は公約を用いて将来の政策にコミットできるが，政党$L$はできない．

(a) 図5-5を参考に，$h_R > D$，かつ$h_L < D$の時の利得表を示せ．

(b) (a)でもとめた利得表から，そのナッシュ均衡を示せ．

(c) 政党$L$は，マニフェストの発行などにより，公約の費用を高めることができるとする．高めた場合のゲームは図5-5のゲームとなり，高めなければ(a)でもとめたゲームになる．$h_R > D$のとき，政党$L$は公約を破る費用は高めるであろうか？　理由を説明せよ．

(d) 政党はなぜ公約を破る費用を高める制度の導入を率先して行うのか？　以上の解答にもとづき議論せよ．

### 問題5.5：シグナルとしての公約

5.5.2節のコミットメント機能を有する公約のモデルを考えよう．もし，公約を裏切る費用が低すぎるため，$h < b/(1+q)$が成立してしまう場合には，正直な公約は均衡とはならない．しかし公約を通して，候補者のタイプを知ることができる均衡は存在しうる．

図5-6のように，公約として$\overline{x}_L$，$\underline{x}_L$，$x_m$，$\underline{x}_R$，$\overline{x}_R$の５つのみの選択肢があるとしよう．しかし，どのような公約を選択したとしても，候補者は選挙後には自身の最も好ましい政策を実行してしまう．ここで，公約を破る費用は，破る程度に依存するとしよう．具体的には，公約とは異なった政策を実行しても，その差が最小であった場合(つまり，$x_m$を公約として発表し$\underline{x}_P$を実行する場合や，$\underline{x}_P$を公約として発表し$\overline{x}_P$を実行する場合)の公約を破る費用を，$\underline{h}$とする．一方で，その差がより大きい場合(つまり，$x_m$を公約として発表し$\overline{x}_P$を実行する場合)の公約を破る費用を，$\overline{h}$とする．公約をより大きく破るほど費用が高く，$\overline{h} > \underline{h} \geq 0$が成立するとしよう．

(a) $\underline{h} < b/(1+q)$のとき，「正直な公約」を発表する均衡が存在しないことを示

せ.

(b) $\underline{h} < b/(1+q) < \overline{h}$ のとき,「穏健なタイプは $x_m$ を公約として発表し, 極端なタイプは正直に $\overline{x}_p$ を発表する」という均衡が存在することを証明せよ. ただし, 投票者は「$\underline{x}_P$ を公約として発表した候補者は極端なタイプである」と信じると仮定する.

# 第6章　有権者

投票(ballot)は弾丸(bullet)に似ている．
あなたはターゲットを見る前には投票しないだろう．
そして，そのターゲットはあなたの届かないところにいて，
投票券をあなたのポケットのなかに入れさせておく．
マルコムX

前章までは主に選挙における政党(候補者)の行動に関して分析してきた．しかし，選挙を通して勝利政党を選択する重要な意思決定主体は有権者である．本章では，有権者の政治的行動に関して分析していく[68]．有権者が有する主な政治的権利は，投票権と立候補をする権利である．まず有権者のより現実的な投票行動を分析したうえで，立候補の意思決定を描くモデルを紹介する．これらの分析は同時に，第5章では考察してこなかったホテリング=ダウンズ・モデルの仮定2と7を変更した場合の帰結を検討する分析となる．

## 6.1　投票行動

### 6.1.1　戦略的投票

前章まで，投票者は自らの真の選好順序(あるいは選択肢への絶対評価)にもとづいて必ず投票すると仮定した(ホテリング=ダウンズ・モデルの仮定2)．例えば，単純多数決制では，投票者は必ず最も好ましい選択肢に投票していた．しかし，投票者が必ず最も好ましい選択肢に投票すると

68　他の章では「投票棄権」という選択肢を考えず，すべての有権者は投票をすると仮定しているため，投票権を有する市民のことを「投票者」と呼んでいる．しかし本章でのみ，投票を棄権する可能性を含めるため，投票者ではなく「有権者」と呼ぶ．

は限らない．ネーダーをゴアより好んでいたとしても，勝利するはずもないネーダーに投票することは投票者個人の利益になるとは考えにくい．自らの真の選好順序にもとづく投票を考え，投票者の行動を外生的に与えることでゲームの明示的プレーヤーとしては分析しないモデルを，**率直な投票**(sincere voting)モデルと呼ぶ．それに対し，投票者の戦略的行動を取り入れ，ゲームにおけるプレーヤーとして分析するモデルは，**戦略的投票**(strategic voting)モデルと呼ばれる．

2000年大統領選挙を想定した例3-2(b)を想起されたい(51ページ)．単純多数決制を考えよう．もし，２人以上の候補者が同数の票数であれば，勝利確率は1/2であるとする．また，各投票者にとって，最も好ましい候補者が勝利した場合２の効用，次に好ましい候補者が勝利した場合１の効用，最も好ましくない候補者が勝利した場合０の効用を得ると仮定しよう．

率直な投票を考えれば，投票者１は$N$に，投票者２と３は$G$に，そして投票者４と５は$B$に投票する．その結果，$G$と$B$は同数票になり，$G$と$B$の勝利確率はそれぞれ$1/2$となる．この時，投票者１の期待効用は$1/2 \times 1 + 1/2 \times 0 = 1/2$である．しかし，投票者１が$G$を選べば$G$が３票を得て確実に勝利するため，投票者１の効用は$1/2$から１に改善される．よって，戦略的投票を考えれば投票者１は$N$を選ばず$G$を選ぶ[69]．一方で，投票者２

**例3-2(b)(c)**

| | (b) 真の選好順序 | (c) 投票で表明した選好順序 |
|---|---|---|
| 個人１ | $N \succ_1 G \succ_1 B$ | $N \succ_1 G \succ_1 B$ |
| 個人２ | $G \succ_2 B \succ_2 N$ | $G \succ_2 N \succ_2 B$ |
| 個人３ | $G \succ_3 B \succ_3 N$ | $G \succ_3 B \succ_3 N$ |
| 個人４ | $B \succ_4 G \succ_4 N$ | $B \succ_4 N \succ_4 G$ |
| 個人５ | $B \succ_5 G \succ_5 N$ | $B \succ_5 N \succ_5 G$ |

69　真の選好順序は変化せず，真の選好順序にもとづかない投票を行っているのみであることに注意されたい．真の選好順序は変化しないため，このような投票者を浮動票の保持者とは解釈できない．浮動票に関しては6.1.3節で議論する．

と3は，最も好ましい$G$が勝利するため，$G$に投票をすることが最適である．また，投票者4と5が$G$や$N$に投票先を変えても$G$の勝利は揺るがないため，投票先を変えるインセンティブは有さない．よって，投票者1，2，および3が$G$に投票し，投票者4と5が$B$に投票する戦略が1つのナッシュ均衡となる．

この均衡上では，投票者1以外の投票者は，最も好ましい候補者を選択している．しかし，この選択は，彼(女)らが戦略的投票を行っていないことを意味しない．ここでは，真の選好順序に従って投票することが最適応答となっているため，投票者1以外の投票者も戦略的投票を行っていると考えることができる[70]．

単純多数決制以外の選挙制度でも，真の選好順序に従って投票しない投票者が存在しうる．例3-2(b)に対してボルダ方式を採用したとしよう．1位は2点，2位は1点，最下位は0点を与えるボルダ方式を考える．率直な投票においては，ゴア(G)が7点，ブッシュ（B)が6点，ネーダー（N)が2点であり，ゴアが勝利する．しかし，これはナッシュ均衡ではない．個人5が，$B \succ_5 G \succ_5 N$ではなく，$G$の獲得点数を下げるために$B \succ_5 N \succ_5 G$と真の選好関係とは異なる投票を行ったとしよう．このとき，ゴアが6点，ブッシュが6点，ネーダーが3点となり，ブッシュの勝率は1/2に改善する．さらに，個人4も$B \succ_4 N \succ_4 G$と投票すれば，ブッシュの確実な勝利となる．しかし，このとき個人2も黙っていないとしよう．個人2が$G \succ_2 N \succ_2 B$とすれば，ゴアの勝率を上げることができる．その結果，例3-2 (c)で示した投票結果になったとしよう．ゴアが5点，ブッシュが5点，ネーダーが5点となり，ゴア，ブッシュ，ネーダーが等確率で大統領になる．この投票結果はナッシュ均衡の1つとなる(練習問題6.1参照)．4人の個人が最悪であると考えているネーダーも正の当選確率を有しており，真の選好順序が反映された選挙結果であるとは言えない．

投票者が嘘をつくのであれば，個人の真の選好順序が社会の選好順序に反映されるとは限らない．よって，社会の選好順序を正しく決定できると

70　Shepsle (2010)では，戦略的投票の中でも，自分の真の選好順序に従わずに投票する(投票者1のような)行動を洗練された投票(sophisticated voting)と呼んで区別している．

は言えなくなる．それでは，すべての投票者が真の選好順序を常に正しく申告するような意思集約方法は存在するのだろうか？　Gibbard（1973）とSatterthwaite（1975）はアローの不可能性定理と並ぶ以下の悲観的結果を示した[71].

**定理6.1：ギバード=サタースウェイトの定理**

*２人以上の個人で構成される社会で，３つ以上の選択肢が存在するとする．このとき，普遍性，パレート最適性および非独裁制を満たし，必ずすべての個人が真の選好順序を申告することを保証する意思集約方法は存在しない.*

独裁制ならば，独裁者がすべてを決めることができる．その際には，真の選好順序を申告するだろう．しかし，非独裁制のもとでは，真の選好順序とは異なった投票行動をする可能性がどの方法にも存在する．つまり，投票者が嘘をつくことを完全に避けることは不可能なのである．アローの不可能性定理は，個人の真の選好関係を所与としたうえで，社会の選好関係を常に問題なく提示できる意思集約方法は存在しないことを示した．さらに，ギバード=サタースウェイトの定理では，個人の真の選好関係すら知ることができない可能性が示された．真の選好関係ではない嘘の選好関係しか把握できない可能性が存在するうえに，そこから決定される社会の選好関係も問題をはらんでいる．もしそうであるならば，特定の選挙制度を用いて決定された選挙結果は，いったい何を示しているものなのだろうか？

戦略的投票モデルは一見，より現実的な設定を有しているように見える．しかし，戦略的投票モデルを考える際には，主に２点の分析上の困難

71　厳密には，ギバード=サタースウェイトの定理では，パレート最適性の代わりに非タブー性を用いている．どのような個人の選好関係においても特定の選択肢が（２つの選択肢間の選挙において）絶対に勝利しないようなタブーが存在する意思集約方法を考えることができる（「常に選択肢$a$が勝つ」など）．このようなタブーが存在しないことを非タブー性という．パレート最適性を満たす方法は非タブー性も必ず満たすため（逆の関係は成立しない），本書ではわかりやすさを優先しパレート最適性を用いた.

が存在する．第1に，戦略的投票を考えた場合，非現実的な予測が行われる可能性が高い．例3-2(c)で示したボルダ方式を用いた場合の均衡は，泡沫候補であるはずのネーダー（*N*）が正の勝利確率を有しており，現実的予測だとは言いにくい．さらに，単純多数決制を考えた場合，「全投票者が*N*に投票する」という非現実的な選挙結果もナッシュ均衡となる．全投票者が*N*に投票する場合，すべての投票者が選挙結果を左右する投票者とはならない．投票する候補者を変えたとしても選挙結果は変わらないため，投票者はすべての候補者に対し無差別となるため均衡となってしまう．このような非現実的均衡を避けるためには，新たな仮定を課すか，別の均衡概念を用いなければならない[72]．

第2にナッシュ均衡においては，投票者の行動はその他すべての投票者の行動に対する最適応答となっていなければならない．つまり，一投票者が，他のすべての投票者の行動を正しく推測しなければならない．そのため，極めて多くの投票者が存在する選挙における戦略的投票の分析は非現実的であると言える．従って，戦略的投票を分析するためには，少なくとも十分に少ない投票者数を前提とする必要がある[73]．

このような分析上の困難から，戦略的投票行動を捨象している分析が中心的である．しかし，多くの投票者が戦略的投票を行っている可能性が指摘されており，今後も戦略的投票の分析は重要であることは言うまでもない[74]．

---

72　このとき，ゲーム理論では投票者1以外にとって「*N*に投票する」という戦略は弱く支配されている戦略（weakly dominated strategy）と呼ばれる．戦略的投票を考慮した場合，この弱く支配されている戦略が均衡となるケースが出てくることになる．よって「弱く支配されている戦略を選ばない」という仮定が少なくとも必要となる．

73　特に数多くの投票者を考慮する場合，モデル上では無数の投票者を想定することが通例である．この場合，戦略的投票を考える意味はまったくない．一投票者が選挙結果を左右する投票者になる可能性はゼロであり，どの候補者に投票するかは常に無差別となるためである．

74　例えば，Kawai and Watanabe (2013)は，日本の選挙において戦略的投票を行う投票者の全体に占める割合は68.2%～82.7%と推定している．また，全体の投票者の中で，真の選好順序に従わず投票をした投票者の割合は2.2%～7.4%としている．

### 6.1.2　有権者が投票する理由

これまでの議論では有権者は必ず投票するとしていた．しかし，実際の国政選挙や地方選挙における投票率は100%よりはるかに低い．なぜ投票を棄権するのかという疑問も多く聞かれる．

しかし理論的には，むしろ，投票をするという行為を説明する方が困難である．人々が投票する条件は，

$$pB - C \geq 0$$

で表すことができる．$C$は投票する費用，$p$は一有権者が選挙結果を左右する投票者になる確率，$B$は($p$の確率で)選挙結果を自分がより好む結果に変えることができた場合に得ることができる利得である．よって，式の左辺が投票することによる効用となる．投票しなければ選挙に影響を与えられず効用はゼロとなるため，左辺が正であれば投票に行く．投票には，わずかでも費用$C$がかかる．投票所に足を運ぶ費用や，仕事やデート，旅行など他にやりたいことを諦めなければならないという意味での(機会)費用もあるだろう．一方で，国政・地方選挙においては，一票の差で選挙結果が決まる確率$p$はほぼゼロである．よって，$B$が正であったとしても，$C$が存在し，$p$が限りなくゼロに近い限り，投票には行かない．従って，理論的に示される投票率は著しく低く，50%を超えるような投票率を説明することは難しい．このような理論と実際の乖離は，**合理的有権者のパラドックス**(rational voters paradox)，**投票棄権のパラドックス**(paradox of not voting)などと呼ばれている[75]．

パラドックスに対する古典的解答には，政治的熱意や義務感がある(Riker and Ordeshook［1968］)．よく「先人が血を流して勝ちとった投票権は必ず行使するべきだ」という意見がある．そこまで思っていないとしても，投票権は行使した方が良いという義務感や道徳観をもっている人は多い．義務感・道徳観の大きさを$D$とすれば，投票する条件式は，

$$pB - C + D \geq 0$$

と書き換えられる．$D$が投票する費用より高ければ$p$がゼロでも投票する．近年では，この義務感や道徳観がなぜ生じるのか，$D$を内生的に求める研究が進んでいる．そこでは，各投票者の心理的な効果をふまえて行動経済

75　Feddersen (2004)，Merlo (2006)を参照されたい．

学を用いた分析も行われている[76]．しかし，本書の範疇を超えるため，ここでは議論しない．

### 6.1.3　有権者が投票しない理由[77]

投票する費用が存在せず，かつ選挙結果を変えられる確率($p$)が十分に高いとしても，有権者があえて投票を棄権する可能性がある．特に，最適な候補者に関する不確実性を有する有権者は投票棄権をする可能性が指摘されている．

単純に，２人の有権者１と２，および２つの政党$A$と$B$のみが存在する例を考えてみよう．ただし，政党は戦略的プレーヤーではなく，両党が勝利後に実行する政策は所与とする．有権者は「政党$A$に投票」，「政党$B$に投票」，「投票棄権」という３つの選択肢を有する．両党の得票数が同数である場合は，各政党がそれぞれ1/2の確率で勝利すると考える．有権者にとって好ましい政党は，確率的に決まる．具体的には，社会は２つの状態，状態$a$と状態$b$，のいずれかの状態であると考える．状態$a$の時には政党$A$の勝利が両有権者にとっては好ましく，状態$b$の時には政党$B$の勝利が好ましいとする．例えば，将来景気悪化となる場合(状態$a$)には，景気刺激政策を得意とする政党$A$が好ましく，一方で景気回復となる場合(状態$b$)には，社会保障政策を得意とする政党$B$が好ましくなるという解釈が可能である．つまり，社会の状態によって好ましい政党が変わるという意味で，両有権者は**浮動票**(swing vote)の保有者となる．有権者１は社会の状態が状態$a$であるか，状態$b$であるか知っているが，有権者２は知らないとする．よって，有権者１は状態$a$においては政党$A$を，状態$b$においては政党$B$を選択すると考える．

有権者１の上記の投票行動を所与としたときの，有権者２の選択による選挙結果を表6.1にまとめた．例えば，有権者２が「政党$A$に投票」を選択したとしよう．この戦略下では，有権者２は社会の状態を知らないため，真の状態がどちらであったとしても政党$A$に投票することになる．こ

76　Feddersen and Sandroni (2006)など．Bendor et.al. (2011)は学習モデル(learning model)を用い，高い投票率を示している．

77　本節のモデルはFeddersen (2004)にもとづく．ここで用いる均衡概念はベイジアン・ナッシュ均衡である．

表6.1　有権者２の選択ごとの選挙結果

| 有権者２の選択 | 状態$a$ | 状態$b$ |
|---|---|---|
| 政党$A$に投票 | 政党$A$の勝利 | 引き分け |
| 政党$B$に投票 | 引き分け | 政党$B$の勝利 |
| 投票棄権 | 政党$A$の勝利 | 政党$B$の勝利 |

の場合，状態$a$であれば政党$A$が両有権者からの２票を得て勝利するため問題はない．しかし状態$b$の時，政党$A$が有権者２から１票，政党$B$が有権者１から１票を得るため，選挙結果は引き分けとなる．つまり，状態$b$の時に，政党$A$が勝利する可能性がある．一方で，有権者２が「政党$B$に投票」を選択した場合，今度は状態$a$の時に政党$B$が勝利する可能性が生じる．それでは最後に，有権者２が投票棄権をした場合を考えよう．有権者１のみが投票をするため，状態$a$においては政党$A$が，状態$b$においては政党$B$が勝利する．よって，常に有権者２にとって好ましい政党が勝利することになる．両者にとって最も好ましい政党が勝利するため，両有権者の戦略は互いに最適応答であり均衡となる．

本例では，投票する費用は存在せず，また有権者２は自身の投票により投票結果を変えることができる．しかし，好ましい政党に関する情報を知らない場合，投票を棄権することが最適な戦略になる．つまり，自分と同様の選好を有し，さらに自分より多くの情報を有した有権者がいた場合，その有権者に勝利政党の決定をゆだねることが最適戦略となる．このような現象は，**浮動票の呪い**(swing voter's curse)と呼ばれている[78]．教育水準が高い有権者ほど投票率が高いことに対する説明にもなっている．

有権者の投票行動の分析は現在でも盛んに行われている．一方で，有権

78　Feddersen and Pesendorfer (1996, 1999)，Matsusaka (1995)，Degan (2006)，Degan and Merlo (2011)を参照されたい．Battaglini, Morton, and Palfrey (2010)は実験を用いて浮動票の呪いの存在を示している．浮動票保持者が，選挙結果を変えられるのにもかかわらず投票をしないため「呪い」と呼ばれている．しかし，先の例で投票者２は投票を棄権することで常に最も好ましい政党を勝利させることができている．それにもかかわらず，なぜ呪いなのかという疑問をもたれるかもしれないが，私も当然の疑問であると感じる．

者を明示的プレーヤーと考え，戦略的投票を考えたうえに，投票を棄権する選択肢を含めた場合，分析は複雑になる．よって，以降で議論する主なモデルでは，特に断りのない限り，投票棄権を考えず，かつ率直な投票を仮定して(つまりホテリング=ダウンズ・モデルの仮定２を維持して)議論していく．

## 6.2　立候補

これまでのモデルでは，選挙に出馬している政党数・候補者数を所与としていた(ホテリング=ダウンズ・モデルの仮定７)．しかし，立候補を考えていた候補者が撤退を決める場合も多くみられる．また政党を考えた場合でも，特定の選挙区では候補者を立てずに，ある程度勝利が見込める選挙区にのみ候補者を立てる場合も多い．このような立候補の意思決定も，選挙においては重要な意思決定の１つである．本節では，立候補の意思決定を分析するモデルを紹介する．特に，以下のモデルでは政党ではなく有権者個人における立候補の意思決定を分析する．

### 6.2.1　市民候補者モデル

選挙への出馬の意思決定を分析するモデルは，**市民候補者モデル**(citizen-candidate model)と呼ばれる[79]．候補者が最初から存在しているわけではなく，市民(有権者)自らが立候補するか否かを決定する．市民候補者モデルの重要な仮定は，候補者がどのような公約を発表したとしても，当選した政治家は自身にとって最も好ましい政策を必ず実行する点にある[80]．よって，公約に意味はないため，候補者は公約を発表しない．この

79　Osborne and Slivinski (1996)とBesley and Coate (1997)による．前者は率直な投票を，後者は戦略的投票を考えている．本節のモデルはOsborne and Slivinski (1996)にもとづく．

80　つまり，ホテリング=ダウンズ・モデルの仮定４は考えない．仮定４を維持し，候補者が必ず公約を実現すると仮定した場合には，何人かの候補者が中位政策を選択するのみで，中位投票者定理が依然として成立することをFeddersen, Sened, and Wright (1990)は示している．ただし，政策選好を有さない候補者と戦略的投票を仮定したうえでの結果となる．

仮定は，候補者が戦略的な政策選択をしないことを意味する．潜在的候補者である個々の市民が有する選択肢は「出馬する」か「出馬しない」かの二択と(投票者としての)投票先のみである．しかし，投票者は立候補した人の最も好ましい政策を知っていると仮定し，立候補者が勝利した場合に実行される政策は正しく予測することができると考える．

市民の最も好ましい政策$x_i$が政策空間０と１の間に一様分布しているとしよう．このとき，中位政策は $x_m$ =1/2となる．各市民の効用関数は線形であり，当選した候補者の実行する政策が$x$であるときに$-|x-x_i|$と表せるとする．よって，実行される政策$x$と自身の最も好ましい政策$x_i$の距離($|x-x_i|$)が離れるほど，効用は低くなる．各市民はまず立候補するかどうかを決定する．出馬した場合，候補者は一定の出馬費用$c>0$を払わなければならない．これは，選挙活動にかかる時間，労力および金銭を反映している．当選した政治家は，政策とは関係ない利得$b>0$を得る．利得には，政治家になった場合の給与以外に，政治家としての名声や利権などが含まれる．同時に出馬の有無にかかわらず，市民は投票者として候補者の中から選び投票する．ただし，投票行動は率直な投票を考える．つまり，自身の政策選好により近い政策選好を有する候補者を選択する．

以上の設定から，出馬を決定し当選した場合の効用は$b-c$であり，落選し，かつ実行された政策が$x$である場合の効用は$-|x-x_i|-c$となる．一方で出馬しなかった場合の効用は$-|x-x_i|$となる．ただし，１人も出馬する候補者がいなかった場合，すべての市民の効用は$-\infty$とする[81]．

### 6.2.2　立候補者が２人となる均衡

後述するように，市民候補者モデルには複数の均衡が存在しうるが，ここでは 立候補者が２人となる均衡に特化して議論する．出馬の決定をした２人の候補者を$L$と$R$とし，それぞれの最も好ましい政策が$x_L$，$x_R$と表されるとする．また，$x_L<x_R$としよう．候補者の勝利確率がゼロであっ

81　政治家に誰もなろうとしなければ，政治は機能せず悲劇的な結末をもたらすと考えるとよい．このモデルで，誰も立候補しない場合には外生的に与えられた「現状の政策」が実行されると考えることもできる．このように考えても，以下の結果に大きな違いはない．

た場合には，出馬してもしなくても対抗馬が勝つことに変わりがないため，出馬費用分を損していることとなり出馬を辞退する．従って，両者の最も好ましい政策の位置は，中位政策より等距離であり，勝利確率はそれぞれ1/2となるべきである．つまり中位政策は$x_m = 1/2$であるので，$x_L < 1/2 < x_R$，かつ$1/2 - x_L = x_R - 1/2$となる．

このような立候補者が２人となる均衡が存在する条件を示すためには，以下の２点を示す必要がある．第１に，立候補している２人の市民が出馬辞退に戦略を変更するインセンティブを有さない点．第２に，立候補していない他の市民が出馬することに戦略を変更するインセンティブを有さない点である．この２点を検討する際に，候補者$L$と$R$の政策選好の差$x_R - x_L$が重要となる．

第１に，候補者$L$と$R$が出馬を辞退しないためには$x_R - x_L$の値が十分に大きい必要がある．両者の政策選好の差$x_R - x_L$が小さいということは，対抗馬が勝利したとしても自身の最も好ましい政策に近い政策が実行されることを意味する．よって，出馬費用が高く，かつ当選による利得が小さい場合，出馬を諦めて対抗馬に(自身の最も好ましい政策に近い)政策を実行させればよいと思い，出馬を辞退してしまう可能性が生じる．具体的には，２人が出馬している場合に，各候補者は確率1/2で勝利し自身の最も好ましい政策を実行したうえで$b$を得るが，残りの確率1/2で敗北し対抗馬が政策決定を行うため$-(x_R - x_L)$を得る．よって，候補者の期待効用は$b/2 - (x_R - x_L)/2 - c$となる．もし出馬を辞退した場合には対抗馬が政策を選択するため，効用は$-(x_R - x_L)$となる．よって，候補者$L$と$R$が出馬を辞退しないためには，以下の条件１が成立していなければならない[82]．

**条件１(候補者$L$と$R$が出馬を辞退しない条件)：$x_R - x_L \geq 2c - b$**

第２に，その他の市民が立候補しないためには$x_R - x_L$の値が十分に小さい必要がある．まず，$L$よりも左側や$R$よりも右側に最も好ましい政策を有する市民は立候補しても勝つことはできない．例えば，$L$よりも左

82　$2c \leq b$であれば，$x_R - x_L$は限りなくゼロに近くてよい．ただし，$x_R = x_L$は均衡とはならない．

側に最も好ましい政策を有する市民が出馬した場合には，$L$の票を奪って$R$を勝たせてしまい，自身にとってさらに好ましくない政策$x_R$が実行される確率を高めてしまう．そのため，このような市民が出馬することはなく，出馬をする可能性を有する市民は$x_L$と$x_R$の間に最も好ましい政策を有する市民のみとなる．例えば，中位投票者を考えてみよう．$x_L$と$x_R$の間が十分広く$x_R - x_L > 2/3$であれば，中位投票者が参入した場合，1/3以上の得票率を得て$L$と$R$を選挙で確実に破り勝利することができる．このとき，出馬した中位投票者は$b - c$を得る．一方で，出馬をしなかった場合の期待効用は$-(x_R - 1/2)/2 - (1/2 - x_L)/2$となる．ここで，$1/2 - x_L = x_R - 1/2$であるため，この効用は$-(x_R - x_L)/2$と書き換えられる．よって，中位投票者は$x_R - x_L > 2c - 2b$なら出馬する．これは前述の条件１が成立していれば必ず満たされる．つまり，勝てる見込みがある場合には，中位投票者が出馬をしてしまうことになる．そのため２人の候補者の均衡が成立するためには，中位投票者を含む$x_L$と$x_R$の間に最も好ましい政策を有する市民が出馬しても確実に負けるような，以下の条件２が成立する必要がある[83].

$$\text{条件２（他の市民が出馬しない条件）：} \boldsymbol{x_R - x_L < 2/3}$$

最も好ましい政策は一様分布していると考えているため，$x_L$は1/6より右側に，$x_R$は5/6より左側に位置づけられなければならない．条件２が成立している限り，$x_L$と$x_R$の間に最も好ましい政策を有しているすべての市

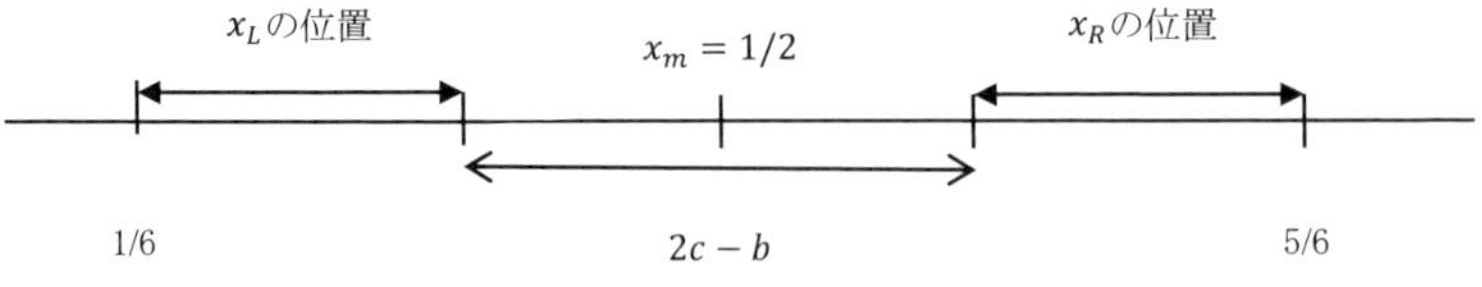


図6-1　２人が出馬する均衡における$x_R$と$x_L$の位置

83　$x_R - x_L = 2/3$の場合は，中位投票者も出馬した場合，中位投票者と$L$と$R$の３人で引き分けとなり，勝利確率は1/3になる．このとき，中位投票者が出馬しない条件は$x_R - x_L \leq 3c - b$となる．しかし，このような例は（議論を複雑にする一方で）些末であるため，ここでは排除して議論している．

民は，出馬したとしても確実に負けるため，出馬しない．条件１と２が成立するためには，図6-1で示したように$2c-b \leq x_R - x_L < 2/3$が成立していなくてはならない．よって，$2c-b \geq 2/3$であれば２人の候補者が立候補する均衡となりうるような$x_L$と$x_R$の値が見つからない．一方で，$2c-b<2/3$であれば，$2c-b \leq x_R - x_L < 2/3$となるような$x_L$と$x_R$の値が存在する．よって，２人の市民が出馬する均衡の存在条件は，以下となる．

**２人が出馬する均衡の存在条件：$b/2+1/3>c$**

出馬費用が十分に小さく，かつ政治家になる利得が十分に大きいとき，２人のみ出馬する均衡が存在しうる．

ただし，市民候補者モデルには，上記の均衡以外の均衡も同時に存在しうる．特に，３人以上の異なる政策を好む候補者が立候補する均衡が存在しうる．Osborne and Slivinski (1996)は，$b \geq kc$が３人以上の$k$人が出馬する均衡の必要条件であることを示しており[84]，当選することによる利益$b$が大きければ大きいほど，より多くの候補者が立候補する均衡が存在しうる．よって，市民候補者モデルには，ホテリング＝ダウンズ・モデルの枠組みでは困難であった多党間競争を簡単に描けるという利点がある．しかし，その一方で複数均衡が存在することにより，結果の予見が困難となる不利点が存在すると考えられてきた．しかし，Großer and Palfrey (2014)は，市民の政策選好に関する不確実性を導入した確率的投票モデルにおいて，一意の均衡を示している．そこでは，上記で議論したような２人のみが出馬する均衡が一意に存在する．

その他の批判として，市民候補者モデルは，候補者の戦略的行動の多くを捨象している点があげられる．特に，ここで描ける候補者の選択は，「出馬するか否か」にとどまり，政策選択が戦略的となることがない[85]．さ

84　政策選好が影響を与える可能性があるため，必要十分条件とはならない．

85　これに対し，Van Weelden (2013)は，次章で議論する業績評価投票と市民候補者モデルを融合したうえで，政策に対する選好を有する候補者が，参入・退出の選択肢をもち，かつ自身の好ましい政策以外の，政党間で異なった政策を選択することを示している．

らに市民候補者モデルでは，有権者個人が出馬するか否かを決定していた．しかし，現実には，個人ではなく政党が候補者擁立を決定する場合が多い．つまり，政党の存在を無視している[86].

以上のような批判はあるものの，政治的競争への参入・退出の分析を可能にし，２人以上の候補者が出馬する状況を描くことができる市民候補者モデルの利点は大きく，次節で議論するように政治家(候補者)のタイプの違いなどをふまえた，多くの応用研究が行われている.

### 6.2.3　女性議員[87]

6.2.2節の分析では，候補者(市民)は政策選好以外の違いを有さなかった．しかし現実には，政策以外にも様々な異なった背景を有する候補者が出馬しており，出馬費用や当選する利益などが異なるだろう．例えば，女性は男性とは異なった政策を好むと考えられるが，同時に男性よりも出馬費用が高いだろう．日本では女性国会議員の比率は2015年１月時点で9.5%である．これは，190カ国中113位であり，列国議会同盟などの国際機関からは，日本で女性差別が存在すると批判されている.

ここで市民のうち1/2が男性であり，残りの1/2が女性であると考えよう．さらに，図6-2のように女性の最も好ましい政策は０と1/2の間に一様分布しており，男性の最も好ましい政策は1/2と１の間に一様分布していると考える．それぞれ比率は1/2であるため，全市民の最も好ましい政策は０と１の間に一様分布している.

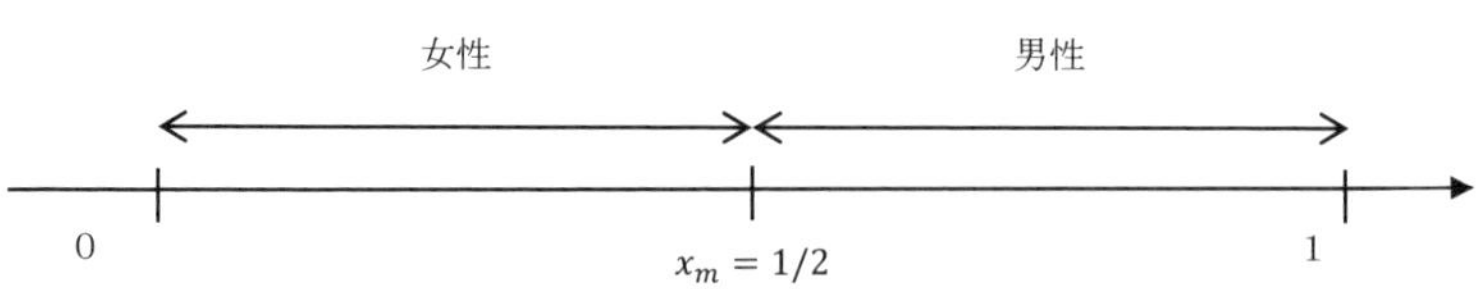


図6-2　男女の最も好ましい政策の分布

86　これに対し，Morelli (2004)は，いくつかのグループが政党を形成したうえで，市民候補者モデルのように，各地域の各グループを代表する個々の政治家が立候補するか否かを決定する状況を分析している.

87　本節のモデルはChattopadhyay and Duflo (2004)にもとづく.

多くの国において，女性が選挙に勝利することは男性よりはるかに難しい．よって，女性の出馬費用を$c_f$，男性の出馬費用を$c_m$としたとき，$c_f > c_m$が成立していると考えられる[88]．つまり，女性が選挙に勝つためには，男性よりはるかに多くの時間と労力(あるいは金銭)を費やさなければならない．

この時，女性と男性が1人ずつ出馬するような均衡が存在するだろうか？　6.2.2節で示したように，このような2人が出馬する均衡の存在条件は$b/2 + 1/3 > c$であった．このとき，男性に対して$b/2 + 1/3 > c_m$が成立していたとしても，女性に対して$b/2 + 1/3 < c_f$となっていた場合，男性は出馬するインセンティブを有するが，女性は有さない．よって，女性と男性の1人ずつが出馬する均衡は存在しない．また，$c_f$が十分に大きければ，実行される政策は男性寄りの1/2と1の間となる可能性が高まる(練習問題6.5参照)．よって，女性が出馬しない理由の1つとして，出馬費用$c_f$が高い点があげられる．当然，日本において出馬する権利は法的に男女平等に与えられているため，この費用の差は日本社会の女性に対する評価に依存すると考えられる．

女性が出馬しやすくなり，多くの女性議員が生まれることで何かが変わるのだろうか？　市民立候補者モデルでは，女性の出馬費用が低ければ，多くの女性が立候補し，女性にとってより好ましい政策が実行される可能性が指摘されている．Chattopadhyay and Duflo (2004)はインドを例にその可能性を指摘している．女性差別で批判されることが多いインドでは，1993年に全体の1/3の村の自治体の議長職を女性に割り当てるよう憲法改正が行われた．このような女性やマイノリティに対する議席の割り当てを留保制度(Quota)と言う．当初は，女性議長が誕生したとしても，その夫や父親の傀儡として機能し，政策には影響しないと目されてきた．しかし，実際には女性議長の地域において，女性が好むような政策(水質改善など)の予算が増え，男性が好むような政策(道路建設，教育など)の予算が減ったことをChattopadhyay and Duflo (2004)は示した．このように，女性議員の存在が政策に影響を与える可能性が示されてきている[89]．そのた

88　女性は英語でfemale，男性はmaleであるため，$f$と$m$を用いている．
89　例えば，Svaleryd (2009)はスウェーデンの地方議会で女性議員の存在が政

め，女性に対する留保制度の採用や，あるいは比例代表制の候補者名簿で女性の名前を男性と交互で載せることを義務付けるなど，女性議員を増やす制度がスウェーデンやフランスなど各国で導入されている．一方で，このような政策は，有能な男性が当選できなくなってしまい，政治家の能力を下げてしまうのではないかという批判がなされることがある．しかし実証研究では，そのような効果は確認されておらず，むしろ女性議員の留保制度導入は政治家全体の能力を向上させることが示されている[90]．当然，選挙の公正性などの問題はあるが，社会的状況から女性の出馬費用が高い現状をふまえ，女性議員を増やす制度の必要性が各国で議論されている．

女性議員以外にも，市民候補者モデルは様々なタイプの候補者の分析に用いることができる．例えば，経済界から政界に参入してくる議員も多い．本来であるならば，実業家は利益団体に属しロビー活動などを通して政治に影響しようとするが，政界に参入して影響する方法もある（Gehlbach, Sonin, and Zhuravskaya［2010］）．また世襲議員は，選挙で有利な立場にあるためその他の新人より出馬費用が低く，さらに親からの影響で議会における交渉力が高いと考えられる（Asako et.al.［2015］）[91]．

## 練習問題

### 問題6.1：ボルダ方式と戦略的投票

例3-2(b)で示した真の選好関係に対してボルダ方式を用いた場合を考えよう．投票者が戦略的投票を用いると考えたとき，例3-2(c)で示した投票結果がナッシュ均衡となることを証明せよ．例3-2(c)で示した投票結果においては，各候補者が1/3の確率で勝利する．よって，すべての投票者の均衡上での期待効用

---

策に影響を与えることを示している．一方で，Ferreira and Gyourko (2014)はアメリカの市長に関しては男女の違いが政策に与える影響はないことを示している．

90　Murray (2010)はフランスでは女性議員の留保制度を導入しても，男女間での能力に差は生じなかったとしている．Besley et.al. (2013)およびBaltrunaite et.al. (2014)は，それぞれスウェーデンおよびイタリアにおいて，女性議員の留保制度導入の結果，政治家全体の能力は向上したことを示している．

91　Gehlbach, Sonin, and Zhuravskaya (2010)はロシア，Asako et.al. (2015)は日本のデータを用いて市民候補者モデルの間接的な裏付けを行っている．

は，$2 \times 1/3 + 1 \times 1/3 + 0 \times 1/3 = 1$となることに注意せよ．

### 問題6.2：浮動票の呪い

6.1.3節では浮動票の保持者２人のみが存在する例を用いて有権者が投票をしない理由を示した．ここで，有権者の数を４人と考えてみよう．6.1.3節と同様に，社会は２つの状態，状態$a$と状態$b$，のいずれかの状態であり，浮動票保持者にとって，状態$a$の時には政党$A$の勝利が，状態$b$の時には政党$B$の勝利が好ましいとする．ここでは，浮動票の保持者以外に，党派的有権者(partisan voter)も存在すると考える．党派的有権者は，社会の状態によらず，常に一方の政党の方が好ましいと考えている．

(a)以下のような４人の有権者を考えよ．

有権者１：政党$A$を常に支持する党派的有権者
有権者２：政党$B$を常に支持する党派的有権者
有権者３：社会の状態を知っている浮動票保持者
有権者４：社会の状態を知らない浮動票保持者

有権者１は常に政党$A$に投票し，有権者２は常に政党$B$に投票し，有権者３は状態$a$においては政党$A$を，状態$b$においては政党$B$を選択すると考える．このときの有権者４の最適応答を示せ．理由も説明せよ．

(b)以下のような４人の有権者を考えよ．

有権者１：政党$A$を常に支持する党派的有権者
有権者２：社会の状態を知っている浮動票保持者
有権者３：社会の状態を知らない浮動票保持者
有権者４：社会の状態を知らない浮動票保持者

有権者１は常に政党$A$に投票し，有権者２は状態$a$においては政党$A$を，状態$b$においては政党$B$を選択すると考える．このとき，有権者３は投票棄権を選択しているとしよう．有権者４の最適応答を示し，理由も説明せよ．また，この有権者４の最適応答に対し，有権者３の投票棄権という選択も最適応答になっていることを示せ．

### 問題6.3：中位投票者が１人のみ立候補する場合

6.2.1節におけるモデルを用いて，１人のみが立候補する均衡を考えてみよう．政策空間０と１の間に，投票者が一様分布しているとする．考えられる１つの均衡は最も好ましい政策が1/2である市民，つまり中位投票者が１人のみ立候補する均衡である．以下の問いに答え，このような均衡が存在する条件を示せ．

(a) 出馬している中位投票者の候補者が出馬辞退をするインセンティブを有さないことを証明せよ．

(b) 中位投票者以外の市民は立候補するインセンティブを有さないことを証明せよ．

(c) 市民の最も好ましい政策が一様分布している場合，立候補している中位投票者以外にも，複数の中位投票者が存在する．立候補していない中位投票者が出馬するインセンティブを有さない条件を求めよ．（ヒント：もう１人の中位投票者が立候補した場合は，中位投票者２人が選挙に出馬することになる．）

(d) 以上の議論から，中位投票者１人のみが立候補する均衡の存在条件を示せ．

**問題6.4：中位投票者以外の１人のみ立候補する場合**

6.2.1節におけるモデルを考えたとき，中位投票者以外の市民が１人のみ出馬する均衡も存在する．政策空間 0と1の間に，投票者が一様分布しているとする．このとき，中位政策1/2の右側に最も好ましい政策$x_R > 1/2$を有する候補者$R$のみが立候補する均衡を考えよう．以下の問いに答え，このような均衡の存在条件を示せ．

(a) 候補者$R$が出馬辞退をするインセンティブを有さないことを証明せよ．

(b) 出馬した場合，候補者$R$に確実に勝てる市民は誰か示せ．また，引き分けになるのは誰か示せ．（ヒント：中位政策を挟んだ左側で，$x_R$と中位政策からの距離が等しい政策は，$1/2 - (x_R - 1/2) = 1 - x_R$である．）

(c) 候補者$R$に負けてしまう市民が出馬しないことを証明せよ．

(d) 出馬した場合に候補者$R$に確実に勝てる市民が，出馬するインセンティブを有さない条件を示せ．（ヒント：出馬するインセンティブが最も強い市民は，$x_R$から一番離れた位置に最も好ましい政策を有している市民である．このような市民が出馬するインセンティブを有さない条件を示せばよい．）

(e) (d)で示した条件が成立する限り，出馬した場合に候補者$R$と引き分ける市民も出馬するインセンティブを有さないことを証明せよ．

(f) 以上の議論から，候補者$R$の１人のみが立候補する均衡の存在条件を示せ．

**問題6.5：男性1人のみ立候補する場合**

6.2.3節の女性議員を分析したモデルを考えよう．このとき，中位政策1/2の右側に最も好ましい政策$x_R > 1/2$を有する男性候補者$R$が1人のみ立候補する均衡を考えよう．以下の問いに答え，このような均衡の存在条件を示せ．

(a) 1人の出馬している男性候補者$R$が出馬辞退をするインセンティブを有さないことを証明せよ．

(b) 出馬した場合に男性候補者$R$に確実に勝利できる男性市民は誰か？　また，このような男性市民が出馬しない条件を示せ．

(c) 出馬した場合に男性候補者$R$に確実に勝利できる女性市民は誰か？　また，このような女性市民が出馬しない条件を示せ．

(d) 中位政策を挟んで$x_R$の反対側に最も好ましい政策($x_L = 1 - x_R$)を有する女性候補者$L$が1人のみ出馬する均衡が存在する条件を示せ．（ヒント：$x_R$と$x_L$は中位政策から等距離にあるため，(b)と(c)の条件式を少し変形するだけでよい．また，$c_f > c_m$より，条件は1つのみとなる．）

(e) (d)で示した女性議員$L$が1人のみ出馬する条件が成立しているとしよう．このとき(b)と(c)で示した男性候補者$R$が1人のみ出馬する2つの条件が成立することは常に保証されるだろうか？　理由を示せ．

(f) (b)と(c)で示した男性候補者$R$が出馬する2つの条件が成立しているとしよう．このとき，女性候補者$L$が1人のみ出馬する条件が成立することは常に保証されるだろうか？　理由を示せ．

(g) 以上の議論をふまえて，$c_f > c_m$が成立する場合，男性の好む政策が均衡において選択される可能性が高いことを説明せよ．

# 第7章　アカウンタビリティ

「誰だってみんな自分の面子が気になるもんだ．
みんな自分が大切なんだ．自分のために生きている．
政治家だけがどうしてそれで責められる？」
三谷幸喜『その場しのぎの男たち』TBS（DVD），2004年

今まで議論したモデルでは，投票者は，将来行われる政策をもとに投票行動を決定していたが，実際には，過去の業績評価にもとづいた投票も行われている．例えば，アメリカにおいて現職の大統領が2回目の選挙に出馬した場合，投票者は主に現職大統領の業績をふまえた投票を行う．

過去の業績評価をもとにした投票は，実際に用いられていることが示されている[92]．さらに，業績評価をもとにした投票を明示的に考察することによって，現職の政治家が行う政策選択に選挙の存在が与える影響を議論することが可能となる．政治家が当選後に自由に政策を選択することができるのであれば，自らの利益を優先して，投票者にとって好ましい政策を実行しないかもしれない．しかし，投票者の利益を無視していれば，次回選挙には勝てなくなってしまうかもしれない．よって，業績評価にもとづく投票は，現職政治家に投票者の政策選好を重視するインセンティブを与える可能性がある．本章は，選挙が現職政治家の政策選択に与える影響に関して議論していく．

92　実証分析では，現職議員が選挙に立候補した場合には業績評価にもとづいた投票が行われていることが指摘されている．しかし新たな候補者が現職を引き継いで同じ政党から出馬した場合は，業績評価にもとづいた投票が行われる傾向は小さくなる（Fiorina［1981］，Miller and Wattenberg［1985］，Nadeau and Lewis-Beck［2001］，Norpoth［2002］）．

## 7.1 エージェントとしての政治家

政治家と投票者の利益相反関係は，契約理論(contract theory)でみられる**プリンシパル=エージェント・モデル**(principal-agent model)で分析することができる[93]．そこでは，専門知識をもたないプリンシパルが専門知識をもつエージェントに仕事を依頼する．しかし，プリンシパルとエージェントの利害が一致しているとは限らない．よって，２つの問題が起こりうる．第１に，エージェントがプリンシパルにとって望ましくない行動を選択するかもしれない**モラルハザード**(moral hazard)と呼ばれる問題がある．第２に，エージェントが仕事を遂行するにあたって，低い能力など望ましくない性質を有するかもしれない**逆選択**(adverse selection)と呼ばれる問題がある．そのため，プリンシパルは賞罰を定めた契約をエージェントに提示する．契約が締結されれば，その契約をふまえてエージェントは行動を決定する．プリンシパルはエージェントに対し，プリンシパルの利益を最大化するような契約を提示するだろう．つまり，より望ましい(望ましくない)行動をしたエージェントに利益(不利益)を与えることでモラルハザードの問題を解決する．あるいは，より望ましい性質を有するエージェントのみが受け入れるような契約を提示し，逆選択の問題を解決する．

プリンシパル=エージェント・モデルは幅広い分野に応用されてきたが，代表的応用例として経営学がある．例えば，大企業では経営者１人で企業が有するすべてのプロジェクトを遂行することは不可能である．よって，１つのプロジェクトに特化して働く従業員に細かい意思決定を依頼することになる．つまり，プリンシパルである経営者が，エージェントである従業員にプロジェクトの実行を依頼する．しかし，従業員は努力をせずに怠けるというモラルハザード問題が生じるかもしれない．そこで成果に応じて賞与や昇進を調整することでモラルハザードの問題を解決しようとする．また，能力の低い従業員が雇用に応じないように，高い成果を要求する契約を提示することで逆選択の問題を解決しようとする．このように

93　契約理論の教科書としては神戸(2004)，伊藤(2003)がある．前者は学部入門，後者は学部上級の教科書となる．

雇用契約を用いて，経営者と従業員の利害対立を解決していることが理論と実証両面から示されている．

政治的文脈においては，政策決定に関する知識をもたない投票者が，その知識を有する政治家に政策決定を依頼していると考えられる．よって，プリンシパルは投票者であり，エージェントは政治家となる．そこで発生する政治家のモラルハザードと逆選択問題を解決する方法として，選挙の存在が考えられる．例えば，業績評価にもとづく投票は政治家により望ましい政策を選択させるインセンティブを与えるかもしれない．また，同時に望ましくない性質・能力の政治家を落選させることで，政治家の質を高めることができるかもしれない．選挙を通して政治家に政策などの意思決定に対する責任をとらせることから，選挙は政治家に対する**アカウンタビリティ**（accountability）の機能を有している．また，政治家をエージェントとして分析することから，政治家と投票者の利益相反問題を**政治的エージェンシー**（political agency）問題とも言う．

政治家の過去の業績評価をもとに行う投票をはじめてモデル化したのはBarro（1973）とFerejohn（1986）であり，**業績評価投票モデル**（retrospective voting model）と呼ばれる[94]．当初は，主に政治家のモラルハザード問題に特化して分析されてきた．一方で，業績評価投票モデルを用いた，逆選択の分析も行われてきている[95]．本章では，両問題を同時に分析することができるモデルを紹介する．

## 7.2　選挙の規律効果と選択効果[96]

2期間のモデルを考える．プレーヤーとして，現職政治家と投票者を考

94　対比として前章までのモデルは，将来予測投票モデル（prospective voting model）と呼ばれる．

95　選挙における逆選択の問題を論じた研究として，Rogoff and Sibert（1988），Rogoff（1990），Besley and Case（1995），Coate and Morris（1995），Fearon（1999）がある．

96　本節のモデルはBesley（2006）にもとづく．Besley（2006）は，モラルハザードのみを分析したモデルと，逆選択のみを分析したモデルを統合し体系的に示した．また，ここで用いる均衡概念は完全ベイジアン均衡となる．

える．ここでは単純化のために，投票者は１人のプレーヤーであるとする．選挙における現職政治家の対抗馬も存在するが，ここでは戦略的プレーヤーとしては分析しない．

各期には２つの政策，政策$x$か政策$y$，から１つが実行されるとする．また，政策$x$の方が投票者にとって好ましいとしよう．例えば，経済制度や政治制度に関する改革を行う選択肢が政策$x$であり，改革を行わない現状維持の選択肢が政策$y$であると解釈できる．ここでは，常に改革が望まれているとし，改革をする政策$x$が選ばれれば，投票者は$v > 0$の効用を得ることができ，現状維持の政策$y$が選ばれれば効用は０とする．

政治家には，投票者にとって良いタイプ$G$と，悪いタイプ$B$という２種類のタイプがいると考える．タイプ$G$は，投票者と同様に，政策$x$が実行されれば$v$の効用を得ると同時に，政策$x$を実行する際に一切の費用を支払わなくてよいとする．一方で，タイプ$B$は，実行される政策が政策$x$であっても政策$y$であっても，政策からの効用は一切得ない(ゼロ)とする．しかし，政策$x$を実行するためには費用$r > 0$がかかるとする．政策$y$は現状維持の政策であるため，タイプによらず実行費用はかからないとする．

このタイプの違いには多くの解釈が可能となる．例えば，タイプ$G$はタイプ$B$より優秀なため，低い費用で改革を実行できるタイプであると解釈できる．また，タイプ$G$は投票者の利益を第一に考えている一方で，タイプ$B$は既得権益を有しており，投票者と利害が一致していないとも解釈できる．さらには，政策$y$は汚職や利益誘導など政治家の私的利益を増やすための政策であると解釈した場合，タイプ$G$は決して汚職や利益誘導をしないクリーンな政治家とも解釈できる．これらの解釈では，タイプ$B$が政策$x$を選択した場合，「既得権益，汚職，あるいは利益誘導から得られる利得を諦める」という意味での機会費用$r$をタイプ$B$が払うと考えられる．**機会費用**(opportunity cost)とは，ある選択肢を選択することで諦めた利得のことをいう．この解釈に従えば，政策$y$を実行することで得られる利得$r$を，政策$x$を選択した場合には諦めなければならないため，政策$x$の実行による機会費用が$r$となる．

さらに，タイプ$B$には２つのタイプ，$\overline{B}$と$\underline{B}$，があり，タイプ$\overline{B}$の方がより高い$r$を有する政治家と考えよう．よって，タイプ$\overline{B}$の方が投票者にとって，より悪いタイプだと言える．具体的には，政治家が$r = \underline{r}$であるタイプ$\underline{B}$の政治家である確率と，$r=\overline{r}$であるタイプ$\overline{B}$の政治家である確率は，それぞれ1/4であるとする．ただし，$\overline{r}>\underline{r}$とする．一方で，政治家がタイプ$G$である確率は1/2であるとする．政治家自身は，自らのタイプを知っているが，投票者は知らないと仮定しよう．しかし，タイプ上の確率分布は理解しているとする．

最後に，選挙に当選し政治家になった場合には政治家は$b>0$の効用を得るとしよう．この$b$には，政治家への報酬の他，政治家となることにより得られる力や名声からの効用も含まれる．さらに，$\overline{r}>b>\underline{r}$と考える．つまり，タイプ$\overline{B}$の政治家は政策$x$を実行した場合，政治家になる効用よりも高い費用を払い，タイプ$\underline{B}$の政治家は低い費用を払う．１期目に現職の政治家が政策を決定した後，１期目と２期目の間には選挙があるとする．投票者は現職政治家と対抗馬の２人から勝者を選ぶ．対抗馬が各タイプである確率分布は，現職政治家と同値であると考える．２期目において，勝者が再び政策を決定する．２期目以降には選挙はないと仮定する．また，投票者は１期目に選択された政策を選挙前に知ることができると考える．

意思決定の順序をまとめると以下の通りである．また，以上の設定は表7-1にまとめてある．

1．1期目：現職政治家が政策を決定する．
2．選挙：現職政治家と対抗馬の２人の中から，投票者が勝者を選択する．
3．2期目：勝者が政策を決定する．

表7-1　モデルの設定

| | 政策$x$からの効用 | 政策$y$からの効用 | 政策$x$の実行費用 | 各タイプである確率 |
|---|---|---|---|---|
| 投票者 | $v$ | 0 | ― | ― |
| 現職政治家 | | | | |
| タイプ$G$ | $v$ | 0 | 0 | 1/2 |
| タイプ$\underline{B}$ | 0 | 0 | $\underline{r}$ | 1/4 |
| タイプ$\overline{B}$ | 0 | 0 | $\overline{r}$ | 1/4 |

表7-2　均衡戦略

| | 1期目の政策選択 | 2期目の政策選択 | 選挙結果 |
|---|---|---|---|
| タイプ$G$ | 政策$x$ | 政策$x$ | 再選 |
| タイプ$\underline{B}$ | 政策$x$ | 政策$y$ | 再選 |
| タイプ$\overline{B}$ | 政策$y$ | 政策$y$ | 落選 |

以上の設定をもとに均衡を導出してみよう．ここで議論する均衡上で選択される戦略，および選挙結果に関しては表7-2にまとめてある．

逆向き推計法にのっとって，2期目の政策に関する意思決定から考える．まず，タイプ$G$は，政策$x$を実行すれば，それにより効用$v$を得る．また費用を伴わずに政策$x$を実行できる．よって，政策$x$を実行する．同様の理由で，タイプ$G$は1期目も政策$x$を選択する．厳密には，投票者が政策$y$を1期目に選択した政治家を再選し，政策$x$を選択した政治家を落選させる場合には，タイプ$G$が1期目に政策$x$を選ぶとは限らない．しかし，後に示すように，政策$x$を選択した政治家は再選されるため，タイプ$G$は1期目にも政策$x$を選択する．一方で，タイプ$B$は(タイプ$\overline{B}$と$\underline{B}$ともに)，政策$x$の実行に費用がかかるため，2期目は政策$y$を実行する．

次に，1期目と2期目の間の選挙における投票者の意思決定を考えよう．選挙は，1期目の政策が実行された後に行われるため，投票者は1期目の政治家を変えることはできない．よって，すでに実行された1期目の政策ではなく，2期目に実行される政策を重視して投票先を決定する．しかし，2期目に実行される政策を，1期目に実行された政策から予測することができる．つまり，過去の業績評価は，将来の政策を予測するために必要となる．ここでは2期目の政治家がタイプ$G$である可能性が高まるほど，2期目に政策$x$が実行される確率は高まる．よって，投票者は2期目の政治家がタイプ$G$となる確率を高めようとする．

第1に，現職政治家が1期目に政策$y$を選択した場合は，どのような予測ができるだろうか？　タイプ$G$は1期目に政策$x$を確実に選ぶため，「1期目に政策$y$を選んだ政治家が，タイプ$G$である確率」はゼロである[97]．

---

97　厳密には，1期目にタイプ$B$が政策$y$を選択する確率が正でなければ，この確率は計算できない．しかし，タイプ$G$が政策$y$を選択する可能性が常にない

よって，政策$y$を選んだ政治家はタイプ$B$であるため，２期目には必ず政策$y$が実行され，投票者の２期目の効用はゼロとなる．一方で，新たな対抗馬を選んだ場合，政策$x$が実行される確率は（対抗馬がタイプ$G$である確率と同じく）1/2であるため，投票者の２期目の期待効用は$v/2>0$である．よって，投票者は１期目に政策$y$を選んだ政治家を再選しない．

第２に，現職政治家が１期目に政策$x$を選択した場合を考えよう．「１期目に政策$x$を選んだ政治家が，タイプ$G$である確率」には３つの可能性がある．まず，タイプ$\overline{B}$と$\underline{B}$ともに政策$y$を選択している場合，１期目に政策$x$を選んだ政治家は100%の確率でタイプ$G$である．次に，タイプ$\overline{B}$と$\underline{B}$の一方のみが政策$y$を選択している場合，１期目に政策$x$を選んだ政治家がタイプ$G$である確率は，$0.5/(0.5+0.25)=2/3$である[98]．いずれにせよ，タイプ$B$が政策$y$を選択する可能性がある限り，政策$x$を選んだ政治家がタイプ$G$である確率は1/2より高いため，投票者は現職政治家を再選させる．最後に，タイプ$\overline{B}$と$\underline{B}$ともに政策$x$を選択している場合，１期目に政策$x$を選んだ政治家は1/2の確率でタイプ$G$であるため，投票者は現職政治家と対抗馬の間で無差別となる．この場合も，現職政治家を再選させると仮定しよう[99]．以上の議論から，１期目に政策$x$を選んだ政治家は必ず再選される．

最後に，１期目のタイプ$B$の政治家の行動を分析する．もし，政策$x$を実行した場合，１期目の効用は$b-r$となり，再選されるため２期目の効用は$b$となる．よって，タイプ$B$の１期目と２期目を合わせた効用は

---

ことから，タイプ$\overline{B}$と$\underline{B}$がともに政策$x$を選択したとしても，投票者は「政策$y$を選択した現職政治家はタイプ$B$である」と信じると仮定している．

98　この確率は条件付確率である．事象$a$が起きる確率をProb($a$)，２つの事象$a$と$b$が同時に起きる確率をProb($a$ and $b$)とすると，「事象$a$が起きたとわかった後に，同時に事象$b$も起きる条件付確率」はProb($a$ and $b$)/Prob($a$)となる．ここでは，「1期目に政治家が政策$x$を選択したことがわかった後に，その政治家がタイプ$G$である条件付確率」をもとめたい．「1期目に政治家が政策$x$を選択する確率」は，タイプ$G$かタイプ$\overline{B}$と$\underline{B}$の一方かであるため，0.5＋0.25である．一方で，「政治家がタイプ$G$である確率」は0.5であるので，条件付確率は$0.5/(0.5+0.25)=2/3$である．

99　モデル上は無差別であるが，見慣れた現職政治家を選んだ方が，新たな政治家を選ぶよりも安心感を得られるという微小な利得があると考えてもよい．

$2b-r$となる．一方で，政策$y$を実行した場合，再選はされないが，政策$x$の実行費用も払わない．よって，政治家になった効用である$b$を１期目に得るのみである．以上より$2b-r>b$，つまり，

$$b>r$$

ならば，政策$x$を１期目に実行する．$\overline{r}>b>\underline{r}$という仮定より，$r=\overline{r}$であるタイプ$\overline{B}$は政策$y$を実行するが，$r=\underline{r}$であるタイプ$\underline{B}$は政策$x$を実行する．

タイプ$\underline{B}$は政策$y$の方を好んでいるにもかかわらず，１期目において政策$x$を実行する．再選されるためには，投票者の好む政策を選択しなくてはならないからであり，モラルハザード問題を減ずることができている．この政治家を律していくことができる効果を，**規律効果**（discipline effect）と言う．しかし，規律効果も完全ではなく，投票者の政策選好とは大きく異なる選好を有する（タイプ$\overline{B}$のような）政治家は，再選を諦め自身の好む政策（政策$y$）を１期目に実行してしまう．

一方で，タイプ$\overline{B}$は再選されないことから，２期目まで勝ち残った現職政治家がタイプ$G$である確率は2/3であり，事前の確率1/2より高くなる．より望ましい性質を有する政治家が選挙に勝ち残る可能性が高まっている．つまり，望ましくない政治家を選挙によって排除していくことで，逆選択の問題も減ずることができている．この効果を，**選択効果**（selection effect）と言う．しかし，タイプ$\underline{B}$は再選されてしまうため，選択効果も完全ではない．

さらには，規律効果を強めると，タイプ$B$は（タイプ$\overline{B}$と$\underline{B}$ともに）再選のために政策$x$を実行するようになるため，望ましい性質を有する政治家の選別が難しくなる．一方で，選択効果を強めると運よく政治家になったタイプ$B$の政治家が（タイプ$\overline{B}$と$\underline{B}$ともに）再選を諦めたうえで，政策$y$を１期目に実行してしまうという規律づけの問題が生じる．政治制度を考えるうえで，このトレードオフは重要である．両効果をともに高めるような制度は望ましいが，片方の効果のみを高め，もう一方の効果を減ずる可能性のある制度に関しては，安易な評価をすることはできない．

１点のみ補足すべき点がある．このモデルでは投票者を１人のプレーヤーとして扱っている．これは，過半数の投票者が同一の政策選好を有するだけではなく，選挙においては同一の評価基準を用いて投票先を決定し

ていることを意味する．このような完全な協調は非現実的であり，このモデルが有する１つの強い仮定であると言える．しかし，実際に行われている業績評価にもとづく投票を端的に描くには有用な仮定でもあり，多くの業績評価投票を描くモデルでは用いられている[100].

## 7.3　過剰アピール[101]

前節のモデルでは，選挙は政治家を規律づけることができ，また望ましい性質を有する政治家を選択することができることを示した．いずれにせよ，選挙は投票者にとって好ましい政策を政治家に選ばせる効果を有していることを示している．しかし，時に選挙の存在は政治家のインセンティブを歪ませ，好ましくない政策を選ばせる可能性をもっている．特に高い能力など投票者にとって好ましい性質を有する政治家が，選挙に勝つために自身の性質をアピールしようとする．投票者にとって好ましくない政策を選択することが，投票者に対し自身の優れた性質を伝える手段であった場合，その好ましくない政策を選択することで，過度にアピールしようとするインセンティブを有する可能性がある．

再び，２期間のモデルを考える．各期には２つの政策の選択肢，政策$x$か政策$y$，から１つが実行されるとする．前節のモデルでは，政策$x$は常に投票者にとって好ましい政策であるとした．政策$x$の例として，経済制度などの改革を示したが，常に改革を実行することが好ましいとは限らない．場合によっては，不必要で急速な改革は経済状態を悪化させ，むしろ悪影響を与える可能性がある．

そこで，社会は２つの状態，状態$X$と状態$Y$，のいずれかであると考える．状態$X$の時には政策$x$の実行が投票者にとっては望ましく，状態$Y$の時には政策$y$の実行が望ましいとする．例えば，不景気に陥った経済を考えてみよう．状態$X$とは，現在の不景気が経済構造の欠陥に根差すもので

---

100　投票者間の完全な協調を仮定しない場合，業績評価投票は機能しない可能性がある．このような協調を仮定しなくても，公約の存在が投票者間の協調を促す可能性を小西(2009)は示している．

101　本節のモデルはCanes-Wrone, Herron, and Shotts (2001)にもとづく．ここで用いる均衡概念は完全ベイジアン均衡となる．

あり，根本的な経済制度の改革（政策$x$）が必要である状態と解釈できる．一方で，状態$Y$とは，不景気が一時期的な景気循環によるものであり，経済構造自体には問題がない状態と解釈できる．その場合，無理に経済構造改革を実行すると，景気になお一層の悪影響を与える可能性がある．社会の状態を政治家は知っているが，投票者は知らないとする．それぞれの状態にふさわしい政策が実行された場合の投票者の効用を$v > 0$，ふさわしくない政策が実行された場合の効用を０とする．「ふさわしい政策」とは，状態$X$の時には政策$x$，状態$Y$の時には政策$y$を意味する．社会が状態$X$である確率は1/2としよう．この確率分布は各期で独立かつ同一とする．つまり，１期目の状態に関係なく，２期目の状態は確率1/2ずつで決まるということであり，１期目と２期目の状態が同一であるとは限らない．

政治家には，再びタイプ$G$と，タイプ$B$という２種類のタイプがおり，政治家は，自らのタイプを知っているが，投票者は知らないとする．しかし，投票者は，政治家がタイプ$G$である確率が1/2であると理解しているとしよう．タイプ$G$は，投票者と同様に，ふさわしい政策が選ばれれば，$v$の効用を得るとする．しかし，タイプ$B$は政策からの効用は得ない．また，政策$x$を実行する際の費用$r$は，タイプ$G$はゼロであり，タイプ$B$は$\bar{r}$とする．選挙に当選し政治家になった場合には$b < \bar{r}$を得ると考える．つまり，前節のモデルに存在したタイプ$\underline{B}$は考えず，すべてのタイプ$B$はタイプ$\overline{B}$となる．以上の設定は，表7-3にまとめてある．

逆向き推計法により，２期目の政策に関する意思決定から考える．タイプ$G$は，状態にふさわしい政策を実行すれば，それにより$v$を得る．よって，ふさわしい政策を実行する．一方で，タイプ$B$は，政策$x$の実行費用

表7-3　モデルの設定

| | 状態$X$のとき | | 状態$Y$のとき | | | |
|---|---|---|---|---|---|---|
| | 政策$x$からの効用 | 政策$y$からの効用 | 政策$x$からの効用 | 政策$y$からの効用 | 政策$x$の実行費用 | 各タイプである確率 |
| 投票者 | $v$ | 0 | 0 | $v$ | — | — |
| タイプ$G$ | $v$ | 0 | 0 | $v$ | 0 | 1/2 |
| タイプ$B$ | 0 | 0 | 0 | 0 | $\bar{r}$ | 1/2 |

がかかるため，２期目は状態に関係なく政策$y$を実行する．また，$\bar{r} > b$であるため，7.2節と同様の理由でタイプ$B$は１期目にも政策$y$を実行する．

選挙において投票者は「現職政治家が政策$x$を選べば現職政治家を，政策$y$を選べば対抗馬を選ぶ」と仮定しよう．この仮定が正しい(つまり均衡戦略である)ことは，後に証明される．そのうえで，１期目のタイプ$G$の政治家の行動を分析する．まず状態が$X$であれば，タイプ$G$は必ず政策$x$を実行する．ふさわしい政策であるうえに，再選もできるからだ．次に状態が$Y$であったとしよう．ふさわしい政策である政策$y$を実行した場合，１期目には$b+v$得るが，再選はされない．再選されないとき，２期目には対抗馬が政策を決定する．しかし，対抗馬がタイプ$B$であり，さらに状態が$X$であれば，ふさわしくない政策$y$が実行されてしまう．確率1/2で対抗馬はタイプ$B$であり，さらに確率1/2で社会の状態は$X$であるため，２期目にふさわしくない政策が実行される確率は$1/2 \times 1/2 = 1/4$となる．確率3/4で生じるその他の(対抗馬がタイプ$G$である，あるいはタイプ$B$であるが社会が状態$Y$である)場合は，社会の状態にふさわしい政策が選択される．よって，２期目に$v$を得られる確率は3/4となるため，期待効用は$(3v)/4$となる．以上から，政策$y$を選んだ場合の１期と２期を合わせた期待効用は$b + v + (3v)/4 = b + (7v)/4$となる．一方で，政策$x$を実行した場合，１期目には政策からの効用は得られないが，再選され，かつ２期目にふさわしい政策を確実に実行できる．よって，政策$x$を選んだ場合の１期と２期を合わせた効用は$b + (b + v) = 2b + v$となる．以上から，
$b + (7v)/4 < 2b + v$，つまり

$$b > (3v)/4$$

であれば，１期目の社会が状態$Y$であったとしても，タイプ$G$は政策$x$を実行してしまう．

投票者は１期目の政治家を変えることはできない．よって前節と同様に，２期目の政策を重視する．タイプ$G$の政治家は２期目にふさわしい政策を必ず実行する一方で，タイプ$B$がふさわしい政策を実行する可能性は1/2にとどまる．よって，投票者は，政治家が２期目においてタイプ$G$である可能性を高めようとする．$b > (3v)/4$であるときの上記の均衡では，タイプ$G$は１期目に必ず政策$x$を実行し，タイプ$B$は政策$y$を必ず実行するため，政策$x$を実行した政治家を再選させ，政策$y$を実行した政治家は

表7-4　$b > (3v)/4$のときに存在する均衡における戦略

| | 1期目の政策選択 | | 2期目の政策選択 | | |
|---|---|---|---|---|---|
| | 状態$X$のとき | 状態$Y$のとき | 状態$X$のとき | 状態$Y$のとき | 選挙結果 |
| タイプ$G$ | 政策$x$ | 政策$x$ | 政策$x$ | 政策$y$ | 当選 |
| タイプ$B$ | 政策$y$ | 政策$y$ | 政策$y$ | 政策$y$ | 落選 |

再選させないという戦略が投票者にとって最適となる．上記の各プレーヤーの均衡戦略は，表7-4にまとめてある．

再選からの効用$b$が十分に高く，政策からの効用$v$が十分に小さい(つまり$b>(3v)/4$が成立する)とき，タイプ$G$は政策より再選の方を重視し，ふさわしくない政策を実行してしまう可能性を有する．このモデルでは，望ましい性質を有する政治家が，過剰にその優れた性質を投票者にアピールする可能性を示している．

タイプ$G$の政治家のみ再選されるため，選挙の選択効果は機能している．具体的には，確率1/2で現職政治家がタイプ$G$であったときは再選される．また，残りの確率1/2でタイプ$B$であったとしても，選挙に勝利した対抗馬がタイプ$G$である確率は1/2である．よって，２期目の政治家がタイプ$G$である確率は$1/2 + 1/2 \times 1/2 = 3/4$であり，事前の確率1/2より高いため選択効果は機能している．しかし，選挙の存在がタイプ$G$のモラルハザードを誘発してしまっていることになる．

## 7.4　応用

序章において，政治の数理分析の大きな目的の１つは，政治家に望ましい政策を選択させる方法を検討していくことだと指摘した．7.2節のモデルは，政治家と投票者間の利害対立を前提に，政治家に対する規律付け，および望ましい性質を有する政治家の選抜を分析してきた．つまり，政治家に望ましい政策を選択させるために，選挙の存在が重要であることを示している．さらに，政治制度の変革が，効用などのゲームのルール(設定)を変えることにより，規律効果や選択効果に与える影響を分析することができる．本節では7.2節のモデルをもとに，政治家への報酬と多選禁止制という２つの政治制度に関して検討していこう．報酬の変更や多選禁止制導入は，政治家の効用を変えることで，政治家の政策選択に対するインセンティブに影響を与えることになる．また，7.3節で示した投票者への過剰アピールの一例として，政治的要因がもたらす景気循環に関しても議論する．

### 7.4.1　政治家への報酬

7.2節で議論した規律効果と選択効果の間のトレードオフが問題となる政治制度の代表例として，政治家への報酬が考えられる．

政府支出削減のために政治家への報酬の削減が求められることがある．しかし，その報酬削減が政治家の政策選択の行動に与える影響まで議論されることは少ない．上記のモデルにおいて政治家への報酬は，選挙に当選し政治家になった場合の効用$b$の一部であると解釈できる．7.2節では$\overline{r} > b > \underline{r}$を仮定したが，報酬削減によって$\overline{r} > \underline{r} > b$となったとしよう．この場合，タイプ$\overline{B}$と$\underline{B}$ともに１期目には政策$y$を実行する．つまり，政治家になることによる利得$b$が減じられ，次の選挙で当選しようとするインセンティブが弱まり，モラルハザード問題が大きくなる．一方で，タイプ$B$の政治家は再選されることはない．つまり，報酬削減は，選挙の規律効果を減じ，選択効果を高める．一方で，報酬を高めた場合，$b > \overline{r} > \underline{r}$となり，タイプ$\overline{B}$と$\underline{B}$ともに１期目には政策$x$を実行する．次の選挙で当選しようとするインセンティブが強まるため，規律効果は高まる．しかし，タイプ$\overline{B}$と$\underline{B}$ともに再選されるため，選択効果は弱まる．

よって，規律効果と選択効果の間のトレードオフをふまえて，適切な政治家への報酬を検討する必要性がある[102]．

### 7.4.2　多選禁止制

多くの大統領制を採用する国では，大統領に対する**多選禁止制**(term limit)を同時に採用している．例えば，アメリカの大統領の任期は最大でも２期(８年)である．これは，大きな権限を有する大統領が独裁者のような存在とならないための措置である側面が大きい．一方でアメリカでは，

102　このトレードオフをふまえた議員報酬に関する研究として，Caselli and Morelli (2004)，Messner and Polborn (2004)やBesley (2004)がある．

州知事に対しても多選禁止を課す州が存在する．2015年現在で，36州が州知事への多選禁止制を採用している．大統領制と同様に最大任期を２期としている州が主であり，その後は永久に再選不可能な州や，一定期間をおいた後に再選可能としている州など，多選禁止制の種類も複数存在している．日本でも，知事や議員に対する多選禁止が求められることが多い．

長く政治家を務めることで，利益団体との癒着や，選挙区に対する必要以上の利益誘導政策を実行するインセンティブが高まる可能性がある．また長年勤めた場合，より大きなプロジェクトを実行したくなるインセンティブも強まるだろう．いずれにせよ，財政支出は拡大し，増税が行われる可能性が高い．よって，政治家に対する多選禁止は，このような(非効率的)財政支出拡大と増税を止める効果があると期待されていた(Payne［1992］)．

しかし，Besley and Case (1995)は，州知事に対する多選禁止制の導入が逆に政府支出を増やし増税に結びついていることを，データ分析を用いて示した．多選禁止を課した場合，多くの州知事は次の選挙に出馬することができず，次回選挙に勝利したいというインセンティブを有さない．よって，選挙の規律効果が効かず，モラルハザードが生じる．この問題は，引退を決めた政治家に選挙の規律効果が効かないため，モラルハザードが起きてしまうという最終任期問題(last term problem)と関係する[103]．

また，多選禁止制の導入は投票者が政治家を選択する機会さえ奪う．つまり，選択効果も減じられることになる．Alt, Bueno de Mesquita, and Rose (2011)は，１期のみの多選禁止制と２期の多選禁止制の州を比較した[104]．それぞれで最終任期を迎えている知事でも，２期の多選禁止制の州では１度再選されていることになる．そこでは，１期の多選禁止制のもとで最終任期を迎えている知事のいる州の方が政府支出は多いことが示された．選

103　Zupan (1990)，Carey (1994)，Figlio (2000)は，最終任期における政治家の行動の変化を，アメリカ議会での記名投票を用いて示している．そこでは，モラルハザードは，議会において(1)投票しなくなる，および(2)一貫性のある投票をしないという２点で測られ，このようなモラルハザードがあることを示している．

104　現在は２期の多選禁止制が主だが，歴史的には１期の多選禁止制を採用した州が複数存在している．

挙の選択効果が機能することにより，少なくとも1度は再選された2期目の州知事の方が，望ましい性質を有している可能性を示している[105].

日本では，多選禁止制は憲法の職業選択の自由に反していると指摘され，導入されていない．法律的議論も重要ではあるが，同時に政治制度が政策選択に与える影響を考察することが必要である．以上の分析によれば，多選禁止制は選挙の有する規律効果と選択効果をともに減じてしまうことになる．政治家から立候補する権利を奪う憲法上の問題だけではなく，投票者から選択する権利も奪う制度であるという点は，大きな問題と言ってよいだろう．

### 7.4.3　政治的景気循環

7.3節のモデルは，**政治的景気循環**(political business cycle)，特にその一例である，**機会主義的政治循環**(opportunistic political business cycle)の理論的裏付けともなっている[106]．機会主義的政治循環とは，選挙に勝利するために，積極的な財政・金融政策を行い一時期的な景気回復を見せることで，自身の能力を投票者にアピールしようとすることによって生じる景気循環のことである．しかし，このような政策は選挙後に財政赤字を積み増したりインフレを起こすなど，長期的に見れば望ましくない政策である可能性が高い．よって，投票者が合理的であれば，選挙に勝つためだけに行われた積極的経済政策を高く評価し，そのような政治家を再選させる戦略は最適であるとは考えにくい．しかし，このような景気刺激策を積極的に実行できる政治家が，高い能力など望ましい性質を有していると投票者が判断する可能性がある．その場合，投票者が合理的であったとしても，機会主義的政策を実行した政治家を再選させることが最適な選択となる可能性を7.3節のモデルは示唆している．

実証分析においては，選挙のある年に特に財政支出が増大する傾向があることが指摘されている．また，一部の国においては選挙後にインフレ率が高まることも指摘されている．ただし，経済成長率や失業率などのマク

105　ただし，これらの研究では，政府支出増大と増税を政策$y$のように好ましくない政策と解釈しているが，必ずしも常に政府支出増大や増税が好ましくないとは断言できないことに留意されたい．

106　政治的景気循環に関する実証分析はDrazen (2000)にまとめられている．

ロ経済指標に選挙が与える影響は示されていない[107]．つまり，選挙前に特に積極的な財政政策が行われるものの，景気自体への影響は与えることができていない．選挙が景気循環を生じさせているわけではなく，政策が選挙前後で異なるという意味で循環しているだけと言える．

機会主義的政治循環とは異なったタイプの政治的景気循環として，**党派的政治循環**（partisan political business cycle）も指摘されている．それは左派政党が政権を担ったときの政策と，右派政党が政権を担ったときの政策に一貫性がないという政権交代に伴う政治的景気循環である[108]．

日本では自民党が長期政権を担っていたため，党派的政治循環は観察されていない．一方で，機会主義的政治循環は参議院の選挙においてのみ確認されている．内閣は衆議院の解散権を有している．そのため，衆議院の選挙前に効果が保証されない景気刺激策を実行するより，景気の良いときに衆議院を解散し選挙を行った方が効果的である．その景気回復を，政府の貢献であると主張できるからだ．よって，衆議院の選挙は景気が上向きであるときに行われることが多い．一方で，内閣は参議院の解散権は有さないため，参議院選挙の前に積極的経済政策を実行する傾向があることが指摘されている[109]．

## 練習問題

### 問題7.1：副大統領の役割[110]

アメリカの大統領選では，大統領候補者は副大統領候補者を選択し，両者が選挙によって選ばれる．副大統領の主な役割は，大統領が死去，事故，病気などの理由から職務遂行不能となった場合に，大統領に昇格，あるいは大統領権

---

107　Keech and Pak（1989），Alesina, Cohen, and Roubini（1992），Alesina and Roubini（1992），Alesina, Roubini, and Cohen（1997）など．

108　Alesina（1987, 1988），Alesina and Rosenthal（1995），Alesina and Gatti（1995）など．主に左派政党が，財政・金融の拡大政策を行い，景気が上向くと指摘されている．

109　日本における政治的景気循環に関しては，Cargill, Hutchison, and Ito（1997），井堀・土居（1998）を参照されたい．

110　本問題はAlesina and Spear（1988）にもとづく．

限を代行することにある．また，アメリカ連邦上院議長を兼務する．

同時に，副大統領は，大統領が任期(８年)を満了した場合，その直後の大統領選挙に出馬するという慣例が存在する(アル・ゴア，ジョージ・H・W・ブッシュなど)．しかし，前職の大統領の評価などによっては，出馬を断念する場合も多い(ディック・チェイニーなど)．このような慣例が存在する意義を，7.2節のモデルにもとづいて議論せよ．

### 問題7.2：メディアの役割1

7.2節において指摘した，規律効果と選択効果にはトレードオフの関係があることを別の例を用いて確認してみよう．7.2節のモデルを考える．ただし，ここではメディアが徹底して政治家に関し調査し，その情報を開示したとしよう．メディアの徹底した調査により，投票者は１期目の政治家の在任中に現職の政治家の能力(タイプ$G$か$\overline{B}$か$\underline{B}$か)を知ることができるようになったとする．このとき，タイプ$\overline{B}$と$\underline{B}$の政治家の均衡における行動はどのように変化するか？　規律効果と選択効果のうち，強まった効果および弱まった効果は何か？

### 問題7.3：メディアの役割2

7.2節のモデルを考えよう．7.2節では，投票者は選挙前に１期目に選択された政策を知ることができたが，ここでは投票者は現職政治家が実行した政策が政策$x$であったのか，政策$y$であったのか選挙前には分からないと考える．しかしメディアが報道することにより，実行された政策がどちらの政策であったのか投票者に伝えることができる可能性があるとしよう．ここで，メディアが投票者に選択された政策を伝えることができる確率を$p$とする$(0<p<1)$．つまり，$p$の確率で投票者は実行された政策を知ることができ，$1-p$の確率で知ることができない．このとき，以下の戦略を各プレーヤーが選択していると仮定しよう．

- タイプ$G$の政治家は両期において政策$x$を選択する．
- タイプ$B$の政治家は２期目において政策$y$を選択する．
- 投票者は実行された政策の情報を$p$の確率で得た場合，政策$x$を実行した政治家を再選させ，政策$y$を実行した政治家を落選させる．
- しかし，$1-p$の確率で投票者が実行された政策に関する情報を得なかった場合，投票者は現職政治家を確実に再選させる．

(a)タイプ$\overline{B}$は１期目において必ず政策$y$を選択する．理由を説明せよ．

(b) タイプ$\underline{B}$が１期目において政策$x$を選択するインセンティブを有する条件($p$の値)を示せ.

(c) $p$の値が上昇することによって，規律効果と選択効果は強まるか，弱まるか？　理由を説明せよ.

### 問題7.4：過剰アピールが行われない均衡

7.3節では，$b > (3v)/4$が満たされるとき，タイプ$G$が状態$Y$において政策$x$を選択してしまう均衡を議論した．それでは，$b < (3v)/4$と仮定しよう．この仮定下では，タイプ$G$は状態にふさわしい政策を常に選択する均衡が存在する．以下の問いを解き，このような均衡が存在することを証明せよ.

(a)「タイプ$B$は政策$y$を１期目に選択する」，および「タイプ$G$は状態にふさわしい政策を選択する」と仮定する．このとき，１期目に政策$y$を選択した政治家が，タイプ$G$である確率を示せ．（ヒント：政策$y$が選択される場合は，確率1/2で「現職政治家がタイプ$B$である」場合，あるいは確率1/4で「現職政治家がタイプ$G$で，かつ状態が$Y$である」場合である.）

(b) (a)の戦略を現職政治家が選択しているとき，１期目に政策$x$を選択した現職政治家は100%の確率でタイプ$G$である．理由を説明せよ.

(c) (a)の戦略を現職政治家が選択しているとしよう．投票者は，このときも「現職政治家が政策$x$を選べば現職政治家を，政策$y$を選べば対抗馬を選ぶ」という戦略を選択する．理由を説明せよ.

(d) $b < (3v)/4$のとき，(c)で示した投票者の戦略に対し，(a)で示した現職政治家の両タイプの戦略が最適になっていることを示せ.

(e) $b < (3v)/4$のときの「２期目の政治家がタイプ$G$である確率」を示せ.
$b > (3v)/4$のときと比して，選択効果は強まったか，あるいは弱まったか？理由を示せ.

### 問題7.5：政治家の報酬：再訪

7.4.1節では，7.2節のモデルをもとに，政治家の報酬を減らすことは，規律効果を減じ，選択効果を高めることを示した．それでは，7.3節のモデル，および練習問題7.4をふまえた場合，政治家の報酬を減らすことは，どのような効果を持ちうるか議論せよ.

# 第8章　議会

第二院が代議院と一致するときは，無用であり，
代議院に反対するならば，それは有害である．
エマニュエル＝ジョゼフ・シエイエス

これまで紹介したモデルでは，１つの政党あるいは１人の政治家が政策決定を行う唯一の主体であった．しかし，実際には１人の政治家がすべての政策を決定できる権限を有しているわけではない．例えば，議会においては，各選挙区から選出された複数の議員が，交渉を経て政策を決定する．本章では，その議会の中で行われる交渉を描くモデル，および２つの議会で意思決定を行う両院制を描くモデルを紹介する．

## 8.1　議会内交渉

本節では，議会内で行われる議員同士の交渉を描くモデルを紹介し，そのうえで，近年日本でも問題となっている一票の格差に関しても議論する．

### 8.1.1　最後通牒ゲーム

議会内での交渉過程を明示的にモデル化した研究としてBaron and Ferejohn (1989)の**議会内交渉モデル**(legislative bargaining model)がある．そこでは，複数の議員が１つの政策課題に関して交渉したうえで政策を決定する過程が描かれている．特に，5.1節で紹介した一定の予算を各選挙区に再配分する政策を考える[111]．

111　5.1節で議論したように，政治的競争モデルにおいては，このような多次元の政策空間を考えた場合，均衡が存在しない可能性があった．しかし，議会内交渉を明示的に考えるモデルを用いることで，比較的簡単に均衡を求めるこ

はじめに，最も単純なケースとして，**最後通牒ゲーム**（ultimatum game）を考える．そこでは，１人の議員が政策案を提示し，過半数の議員が賛成すれば，その政策案は実現する．しかし，過半数の議員に賛成されなければ，政策案は否決され，現行の政策が維持される．政策案の提示が１回限りであることから，最後通牒ゲームと呼ばれている．

ここでは単純に議会には３人の議員１，２，３がいるとしよう．それぞれ，選挙区１，２，３から選出されているとする[112]．この３人の議員が，それぞれの選挙区に総予算１億円をどのように配分するか交渉しているとする．以降の議論では，予算の総額から「億円」を外し，１として表現する．配分額が1/2であった場合は，5,000万円を意味する．当然，単位は億ではなくてもよい．予算配分の割合を決定していると解釈されたい．各議員は自分の選挙区がより多くの配分を得ることを好むとする．よって，議員の効用と自身の選挙区への配分額は同値であると考える．

最初に３人の議員の中から，**議案決定者**(agenda setter)が決定される．議案決定者とは，議案を提出する権限を有する議員であり，例えば議会議長や，配分政策に関して議論している委員会の委員長，配分政策を管轄する省庁の大臣，もしくは政党の党首など，議会，委員会，省庁，政党などの要職に就いている議員と解釈できる．議員１，２，３が議案決定者になる確率をそれぞれ$p_1$，$p_2$，$p_3$とし，$p_1+p_2+p_3=1$を満たすとする．議案決定者になる確率は，例えば議員の年功や所属政党によって異なってくると考えられる．また，ここでは３人の「議員」として議論しているが，３政党間での交渉と解釈することもできる．その場合は，議案決定「党」になる確率は議席数などに影響を受けるだろう．また，政権政党内における交渉とも解釈できる．

議案決定者は，予算の配分案を提示する．選挙区１，２，３への配分案をそれぞれ$x_1$，$x_2$，$x_3$とし，$x_1+x_2+x_3=1$を満たすとする．議会における過半数(つまり議案決定者を含めた２人の議員)の賛成を得ることで，この政策は実現されると考える．否決された場合には，現行政策が引き続き

---

とができるという利点が存在する．

112　３人以上の(奇数の)議員数を考えたとしても以下で議論する結果に変わりはない．

実行される．現行政策から選挙区1，2，3が得ることができる配分をそれぞれ$\bar{x}_1$，$\bar{x}_2$，$\bar{x}_3$とし，$\bar{x}_1+\bar{x}_2+\bar{x}_3<1$と考える．つまり，現行政策は総予算1を使い切らない非効率的なものとなる．

議案決定者は，過半数の賛成を得るために最小限の配分だけ他の議員に与え，残りをすべて自分のものとした方が好ましい．議案は過半数の賛成さえ得ることができれば可決されるため，議案決定者は可決のために，自身を除いた後1人の賛成を得られるような配分案を提示すればよい．よって，議案決定者は残りの2人の議員のうち，現行政策からの配分が最も低い1人の議員$j$に$\bar{x}_j$を与えれば，議員$j$は賛成しても反対しても同じ効用であるため，賛成する($j$=1，2あるいは3)．ここでは無差別の場合には賛成すると仮定しよう[113]．そして，議案決定者は残りの$1-\bar{x}_j$を得ることがサブゲーム完全均衡となる．

例えば，すべての議員が同値の現行政策からの配分$\bar{x}_1=\bar{x}_2=\bar{x}_3=1/4$を得るとしよう．また，すべての議員は同値の議案決定者になる確率$p_1=p_2=p_3=1/3$を有するとする．上記の議論から，議案決定者は，任意の1人の議員に1/4を与え，自身は3/4を得る．議案決定者にとって，残りの2人の議員のどちらに配分を与えるかは無差別となる．無差別の場合，議案決定者は無作為に選んだ議員の選挙区に配分を与えると考える．つまり，議案決定者以外の議員が1/4の配分を得る確率は1/2となる．この時，各議員の(議案決定者が選ばれる前の時点における)期待効用は

$$\left(\frac{1}{3}\times\frac{3}{4}\right)+\left(\frac{2}{3}\times\frac{1}{2}\times\frac{1}{4}\right)=\frac{1}{3}$$

となる．議員は1/3の確率で議案決定者となり3/4を得る(第1項)．残りの2/3の確率で議案決定者になれなかった場合，1/2の確率で議案決定者より1/4を受け取ることができる(第2項)．

極端な例として，現行政策からの配分は全議員でゼロであるとしよう($\bar{x}_1=\bar{x}_2=\bar{x}_3=0$)．この場合は，議案決定者が全予算1を得ることができる[114]．議案決定者になる確率が$p_1=p_2=p_3=1/3$である場合，各議員の

113　現実的には，$\bar{x}_j$より微少に多い配分を提示すると理解してもよい．ただし，理論的には$\bar{x}_j$より微少に多い配分は均衡とはならないため，無差別の場合には賛成することのみを考えている．

114　$\bar{x}_i=0$のため，提示された配分額がゼロであっても，賛成と反対の間で無

(議案決定者が選ばれる前の時点における)期待効用は1/3となる.

### 8.1.2　既得権益

現行政策から多くの利益を得るような既得権益を議員が有している場合がある．既得権益を有する議員は議会交渉において有利であるのだろうか？　現行政策から得られる配分額を$\bar{x}_1 = 1/2$，$\bar{x}_2 = \bar{x}_3 = 1/5$とし，議員１がより多くの現行政策からの配分，つまり既得権益を有していると考える．議案決定者になる確率は３人で等しく，$p_1 = p_2 = p_3 = 1/3$とする．

この時，議員２あるいは３が議案決定者になった場合は，議員１に配分を与えることはない．例えば，議員２が議案決定者となれば，議員１の賛成を得るためには最低でも1/2 ($= \bar{x}_1$)を議員１の選挙区に配分しなくてはならない．しかし，議員３の賛成は，1/5 ($= \bar{x}_3$)を配分すれば得られる．よって，議員３の賛成の方が安価に得られる．一方で議員１が議案決定者になった場合には，議員２も３も1/5を配分すれば賛成する．よって，議員１は議員２と議員３の間で無差別であり，無作為に選んだ議員に配分を与えることになる．

議員１は1/3の確率で議案決定者になることができれば，4/5を得ることができる．しかし，議員２もしくは議員３が議案決定者となった場合は何も得ることができない．よって，議員１の(議案決定者が選ばれる前の時点における)期待利得は，

$$\frac{1}{3} \times \frac{4}{5} = \frac{4}{15}$$

となる．一方で，議員２と議員３の期待利得は，

$$\left(\frac{1}{3} \times \frac{4}{5}\right) + \left(\frac{1}{3} \times \frac{1}{5}\right) + \left(\frac{1}{3} \times \frac{1}{2} \times \frac{1}{5}\right) = \frac{11}{30}$$

となる．例えば，議員２を考えてみると，1/3の確率で議案決定者になることができれば，議員３に1/5を与えるのみでよいので，4/5を得ることができる(第１項)．また，1/3の確率で議員３が議案決定者になれば，議員３は必ず議員２に1/5を与える(第２項)．残りの1/3の確率で議員１が議案

差別となり，賛成する．しかし，現実には微小な配分額のみを与えて支持を得ると解釈してもかまわない．

決定者となれば，1/2の確率で1/5を得る(第3項)．議員3も同様の理由から，議員2と同じ期待利得となる．

よって，既得権益を有さない議員の方が期待利得は高くなる($11/30 > 4/15$)．このように，既得権益は議会交渉においては不利となる可能性がある．これは，既得権益を有する議員の賛成を得るためには多くの配分を与えなくてはならないため，既得権益を有さない議員で過半数が形成される可能性が高いことによる．新党結成などにおいて，既得権益を有するとされる大物議員が排除されやすい理由の1つである．

### 8.1.3　繰り返しゲーム

今までは最後通牒ゲームのみを考えていた．しかし，議案決定者の配分案が可決されなかった場合，別の議員が議案決定者となり，別の配分案が提示される可能性がある．同じゲームが複数回繰り返されることから，このようなゲームは**繰り返しゲーム**(repeated games)と呼ばれる[115]．例えば，2回だけ議案決定者を決定し，配分案を提示する機会があると考えよう．1期目の法案が否決された場合，2期目には新たな議案決定者が選ばれるとする．ただし，1期目の議案決定者が2期目においても選ばれる可能性は存在し，両期において各議員の議案決定者になる確率($p_j$)は同一であると仮定する．単純なケースとして，現行政策からの配分は$\bar{x}_1 = \bar{x}_2 = \bar{x}_3 = 0$であり，議案決定者になる確率が$p_1 = p_2 = p_3 = 1/3$であるとする．

逆向き推計法から，最後(2期目)に提示された配分案の交渉から分析する．最後の配分案の提示が否決されれば現行政策が実行されるため，2期目の交渉は最後通牒ゲームである．よって8.1.1節における分析から，2期目の(議案決定者が選ばれる前の時点における)各議員の期待効用は1/3となる．

1期目の交渉では，議案決定者は他の1人の議員に対し最低でも1/3の配分を与えなければ配分案を可決することはできない．1/3以下であった場合には，2期目に移った方が高い期待利得を得られるため，議員にとっ

115　1回の交渉は，国会の1回の会期と解釈できる．この場合，交渉が決裂しても，次回の会期に交渉が持ちこされる状況を描いていると言える．

ては賛成するより否決したうえで２期目において議案決定者になれる可能性に賭けた方が好ましい選択となる．よって，議案決定者は自分以外の１人の議員に1/3を提示し，自身は残りの2/3を得るような配分案を提示する．1/3を提示された議員は賛成するため，この配分案は可決される．よって，１期目の（議案決定者が選ばれる前の時点における）期待効用は

$$\left(\frac{1}{3}\times\frac{2}{3}\right)+\left(\frac{2}{3}\times\frac{1}{2}\times\frac{1}{3}\right)=\frac{1}{3}$$

となる．議員は1/3の確率で議案決定者になり2/3を得る（第１項）．残りの2/3の確率で議案決定者にはなれず，1/2の確率で1/3を得る（第２項）．

ここでは２回交渉することが可能ではあるが，２回目の交渉を見越して１回目の配分案が提示されるため，１期目に配分案は可決される．２回以上の有限回の交渉が可能だと仮定しても，同様の理由から，必ず１期目に配分案は可決される．

それでは，現行政策が無く，新しい配分案が可決されるまで交渉が行われる場合はどうなるだろうか？　ゲームが無限回繰り返される可能性があるため**無限繰り返しゲーム**（infinitely repeated games）と呼ばれるゲームとなる．無限繰り返しゲームは本講義の範疇を超えるため分析は示さないが，以下の点が指摘されている．第１に，ここでも均衡上では，１期目に提示された配分案が可決される．第２に，各議員が異なる議案決定者になる確率を有していても，すべての議員の（議案決定者が選ばれる前の時点における）期待効用が等しい均衡が必ず存在する．例えば，上記の３人の議員のゲームを考えた場合，期待効用が1/3となる均衡である．第３に，より高い議案決定者となる確率を有する議員の期待効用は，低い確率を有する議員に比べ，下回ることはない（Eraslan［2002］）．ただし，第２および第３の含意は，有限繰り返しゲームにおいては，成立しない可能性がある．

### 8.1.4　一票の格差

**一票の格差**（malapportionment）とは，有権者１人あたりに対する選出議員の数，つまり一票の重さに，選挙区間での差があることを言う．例えば，選挙区$A$には10,000人の有権者が存在し，選挙区$B$には5,000人の有権者が存在しているとしよう．この時，両選挙区ともに１人の議員定数を有するとする．この時，選挙区$B$の一票の重さを１とすると，選挙区$A$の

一票の重さは0.5となり，２倍の差が存在することになる．このような一票の格差は主に，憲法問題として議論されることが多い[116]．当然ながら，一票の格差の存在が違憲であるか否かは重要な争点である．しかし，それはあくまで法律上の問題となる．一票の格差が，国民の生活に影響を与えることはあるのだろうか？

議会内交渉モデルからの含意は明確である．議員の数を多く有する地区ほど，その地区から選出された議員が議案決定者や，議会内過半数の一員になる可能性が高く，その地区への配分は，より多くなる可能性が高い．つまり，その地区から選出される議員数が多くなれば，議会内交渉に影響を与える可能性が高まり，その結果，より有利な交渉結果を導き出すことができる．

図8-1は，この点を明確に示している．この図は，2009年度における各都道府県の人口１万人あたりの衆議院議員の定数と補助金額(地方交付税と国庫支出金の総額)の関係を示している[117]．図が示す通り，議員定数が増えることで一票の重さが増すほど，補助金額も増加している．

しかし，この正の相関は「一票の格差が補助金の違いをもたらした」わけではなく，異なる理由で起こっているかもしれない．例えば，一票が軽い東京・神奈川・愛知は大都市であり十分な地方税収入があるため補助金は必要なく，一票が重い高知・島根・徳島・鳥取などでは地方税収入が少なく補助金が必要である，などの理由が考えられる．しかし，このような可能性に対処したとしても，１人あたりの議員定数が増えることにより，１人あたりの補助金が増加していく因果関係が示されている[118]．日本の

---

116　過去の裁判では，選挙区の中で一票の重さの最大値と最小値の差が衆議院では２～３倍，参議院では５～６倍を著しく上回った場合に，違憲ないし違憲状態と判断されることが多い．しかし，この数字に根拠はなく，また最大値と最小値の差だけを見ればよいという根拠もない．

117　この図は横浜市立大学の和田淳一郎ゼミに属する学生(石田苑実，岩松和人，小出一貴，本田浩之，保田翼)の論文「政治的受益の格差是正と地方分権化政策の提言」(http://sumi-ken.net/SUMI-KEN/Public_choice_Award/entori/2012/10/23_lun_wen.html)より引用した．

118　Ansolobehere, Gerber, and Snyder (2002)は，アメリカのデータを用いてこの関係を示している．

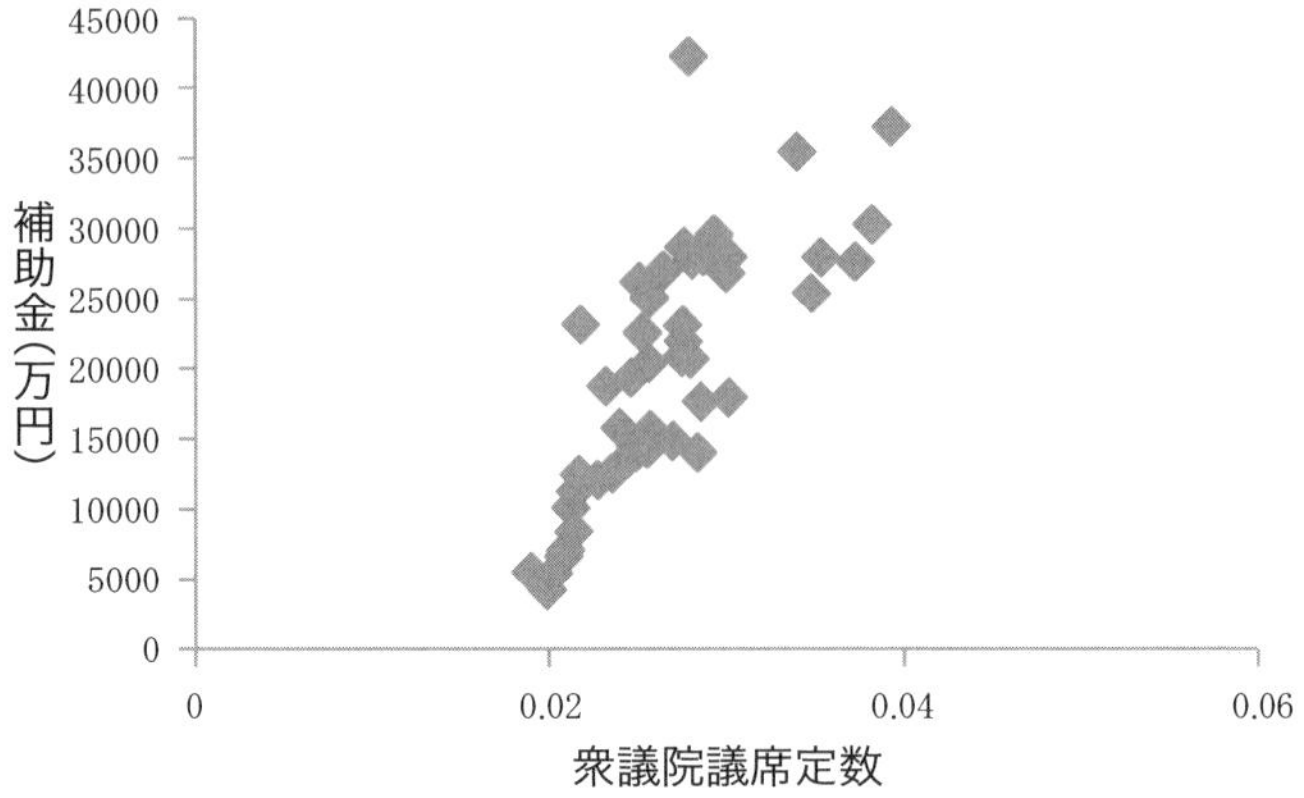


図8-1：平成21年度の人口1万人あたりの補助金額及び衆議院定数

データを用いたHoriuchi and Saito (2003)は，他の条件を一定とすれば[119]，一票の重さが２倍になった場合，１人あたりの補助金は10～15%前後増加すると推定している．同時に，一票の重さが均等化されていけば，１人あたりの補助金も均等化されていくことも示した．一票の格差は，法的な権利の格差だけではなく，経済的利益の格差ももたらしており，国民の生活に直結する問題だということが分かる．

アメリカでは，1962年の連邦最高裁判所判決以降，(下院における)一票の格差の存在を一切許していない．そのため，10年ごとに選挙区の見直しが義務付けられている．選挙区の見直しの際に，一票の格差を完全になくすためには，市区町村の境界や河川などの自然が作り出す境界を選挙区の区割りに用いることができなくなる可能性が高い．その結果，アメリカでは**ゲリマンダリング**(Gerrymandering)が生じやすい[120]．ゲリマンダリングとは，現職の政治家が，自分や自らの所属する政党に有利になるような選挙区を作り出すことである[121]．ゲリマンダリングは当然，選挙結果に大き

119　地方税収入などの経済・社会状況は同一であると考え，一票の格差以外に違いはないと考えた場合のことを指している．

120　この点は，上田(2012)に詳しい．

121　1812年，アメリカのマサチューセッツ州の知事エルブリッジ・ゲリーが，選挙区を自分の所属政党に有利に区割りした結果，怪物であるサラマンダーの

な影響を与える．一票の格差の是正も，行き過ぎるとこのような弊害をもたらしかねないことには注意しなくてはならない．

## 8.2　両院制

アメリカや日本など多くの民主主義国家では２つの議院（あるいは議会）が存在する**両院制**(bicameralism)を採用している．一方で，台湾やインドネシアや日本の地方議会などでは１つの議院・議会のみ存在している（一院制）．両院制下の国家では多くの場合，法案は両院の可決を得ない限り実現されない．つまり，片方の議院が可決した法案に対し，他の議院が**拒否権**(veto power)を有することになる．

日本では，参議院より衆議院がより大きな権限を有している（衆議院の優越と呼ばれる）．まず，内閣総理大臣の指名，予算の決定，および他国との条約の承認において，衆議院と参議院で意見が分かれた場合，衆議院の意見が優先される．また，参議院で否決された法案であっても，衆議院議員の３分の２以上の支持を得れば，法案は実現される．しかし，参議院も十分に強力な権限を有しているといえる．上記以外のすべての法案の実行のためには，参議院の承認が必要であり，かつ３分の２以上の支持を衆議院で得ることは多くの場合困難である．また，予算の決定は衆議院が優越しているが，その予算に付随する他の法案は，参議院の承認が必要となる．

しかし，両院制，特に参議院に対する評価は大きく二手に分かれている．参議院が，衆議院で可決された法案のほぼすべてを承認している事実から，参議院は不要であると指摘されることが多い（ラバースタンプ論あるいはカーボンコピー論と呼ばれる）．一方で，参議院で可決されないことが予測される法案を衆議院で時間と費用をかけて審議することは考えにくく，衆議院の行動に十分な影響を与えているとする指摘もある[122]．また，イラクなど新生民主主義国家に対しては，安定した民主主義国家の

---

形に似た選挙区が出現した．ゲリマンダリングはゲリーとサラマンダーを合わせた造語となる．

122　この議論は，竹中(2010)に詳しい．付録A.3節の両院制の例は，この点を端的に示したモデルとなる．

建設のためにも，両院制の採用を強く求める提案がなされている(Public International Law and Policy Group, 2003)．

### 8.2.1　拒否権のモデル[123]

拒否権のモデルを用いることによって，両院制の効果を示すことができる．ここでは，1つの政策課題があるとする．つまり，ホテリング＝ダウンズ・モデルと同様に，政策空間は一次元である．また同時に2つの議院が存在し，ここでは上院と下院と呼ぶ．両院とも拒否権を有しており，新しい政策の実行には両院の可決が必要であるとする．

それぞれの議院には複数の議員が属しており，議員は異なった最も好ましい政策を有している[124]．よって，各議院において議員の中での中位政策が存在し，ホテリング＝ダウンズ・モデルの仮定が成立する限り，過半数以上の議員は常に他の政策より中位政策を好む．よって，中位政策を議会が最も好む政策と解釈することができる．そこで，上院議員の中位政策を $x_U$，下院議員の中位政策を $x_L$ とする．現状の政策を $\bar{x}$ としよう．

ここで一院制を考え，下院のみ存在するとしよう．この場合，現状の政策 $\bar{x}$ が下院の好む政策 $x_L$ と異なる限り，下院は政策を変更しようとする．よって，政策 $x_L$ が常に選ばれることになる．

次に，上院の存在を導入してみよう．ここでは図8-2のように，$x_U < x_L$ と仮定する．現状の政策が $\bar{x} < x_U$ であれば，両院ともに政策を変えるインセンティブを有する．少なくとも，両院ともに $x_U$ は $\bar{x}$ より好ましい．同様に，現状の政策が $\bar{x} > x_L$ であれば，両院ともに政策を変えるインセンティブを有する．少なくとも，両院ともに $x_L$ は $\bar{x}$ より好ましい．

それでは，$x_U \leq \bar{x} \leq x_L$ であると考えよう．現状の政策 $\bar{x}$ から右側に存在する政策に変更できる可能性を考えよう．この場合，(極端に右側の政策に変更されない限り)下院は可決する．しかし，図8-2に示したように，上院は現状の政策の方がより好ましいため可決しない．また，現状の政策 $\bar{x}$ から左側に存在する政策に変更できる可能性を考えよう．この場合，

123　本節のモデルはCutrone and McCarty (2006)にもとづく．より精緻な分析は, Tsebelis (2002)やTsebelis and Money (1997)に詳しい．

124　単峰型選好であることを仮定している．

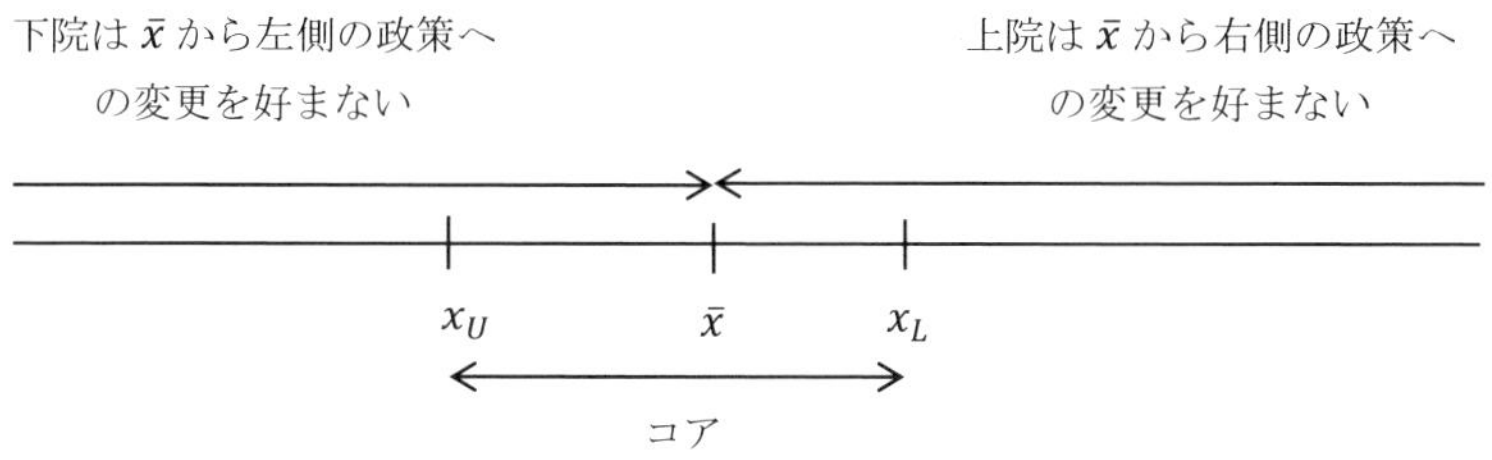


図8-2　両院制のコア

(極端に左側の政策に変更されない限り)上院は可決するが，下院は可決しない．

つまり，現状の政策が上院と下院の最も好ましい政策の間にある($x_U \leq \bar{x} \leq x_L$)限り，その現状の政策は変更されることはない．このような政策を変更することが不可能な区間のことは**コア**(core)あるいは**変更不能区間**(gridlock interval)と呼ばれる．

このモデルの含意としては，第1に拒否権という力のあり方である．上記のモデルでは，現状の政策を変更する場合にどの政策が最終的に選択されるかまでは踏み込んで議論はしてこなかった．当然，新しい政策の位置に関しても拒否権を有するプレーヤーは大きな力を持ちうるが，それ以前に拒否権を有するプレーヤーは多くの現状の政策を変更させない力(あるいは新しい政策の導入を阻止する力)を有する．

第2に，両院制は政治の安定性および，政策の一貫性を生み出すという利点を有する．一院制であれば，政策が議院の好む政策と異なる限り，変更され続ける．選挙によって政権政党が変われば多くの政策が変更され，また別の政権政党に変われば再び大きく変更される．つまり，7.4.3節で紹介した党派的政治循環が起こりやすい．しかし，両院制においては，上院と下院の最も好ましい政策の間の政策は変更されないため，一定の安定をもたらすことになる．特に政治的対立を引き起こしやすい多民族・多宗教が存在するイラクなど新興民主主義国家において，政治の安定性のため両院制の導入が勧められている主な理由である．一院制を採用している多くの民主主義国や日本の地方議会でも，大統領や首長という拒否権を有する別のプレーヤーを導入することによって政治の安定性を確保している．

もし両院ともに近い政策選好を有するならば，コアの大きさは小さくなり，政策の安定をもたらすためには不十分となる．例えば，両院の選挙が同時期に，同様の選挙制度で行われた場合，両院の議員構成はもちろん，政策選好も酷似してくるだろう．よって多くの国において，両院の間で異なった選挙制度などを採用することにより，一定の大きさのコアが維持できるようにしている．例えば，日本の衆議院と参議院では，選挙制度と選挙時期が異なる．衆議院では小選挙区比例代表並立制を導入しているのに対し，参議院では都道府県単位の大選挙区制と比例代表制を並立している．また，衆議院は任期が４年であり，衆議院が解散あるいは任期満了した場合には全議員が入れ替わる．一方で，参議院では任期は６年であり，選挙は３年ごとに半数ずつ入れ替わる．よって，衆議院が選挙時点での国民の意見を反映しているのに対し，参議院は長期的視野を持ちうるようになっている．アメリカではより顕著であり，下院は人口比をもとに議員定数が州ごとに決められているのに対し，上院議員は各州２人ずつ選出される．よって，下院議員は国民を代表するのに対し，上院議員は州を代表している傾向が強い．

### 8.2.2　半数を超える賛成

日本では，参議院で否決された法案であっても，衆議院議員の３分の２以上の支持を得れば，法案は成立する．また，憲法改正に関しても，議員の３分の２以上の支持が必要である．このように，半数以上ではなく，半数を超える賛成を可決の要件とする場合がある．

例えば，法案の可決には議会の３分の２以上の支持が必要とする「2/3ルール」を考えよう．このとき，一院制であっても，両院制と同様にコアが生じる．ここでは，ホテリング＝ダウンズ・モデルと同様の仮定を置こう．唯一異なるのは，単純多数決制ではないという点だけである．

この時，一次元の政策空間上で，左側に３分の１の議員の最も好ましい政策が位置し，右側に残りの３分の２の議員の最も好ましい政策が位置している点を $x_{1/3}$ とする．また，左側に３分の２の議員の最も好ましい政策が位置し，右側に残りの３分の１の議員の最も好ましい政策が位置している点を $x_{2/3}$ とする．図8-3(a)がこの関係を示している．$x_{1/3}$ と $x_{2/3}$ は，それぞれ１点のみ存在しているとする．

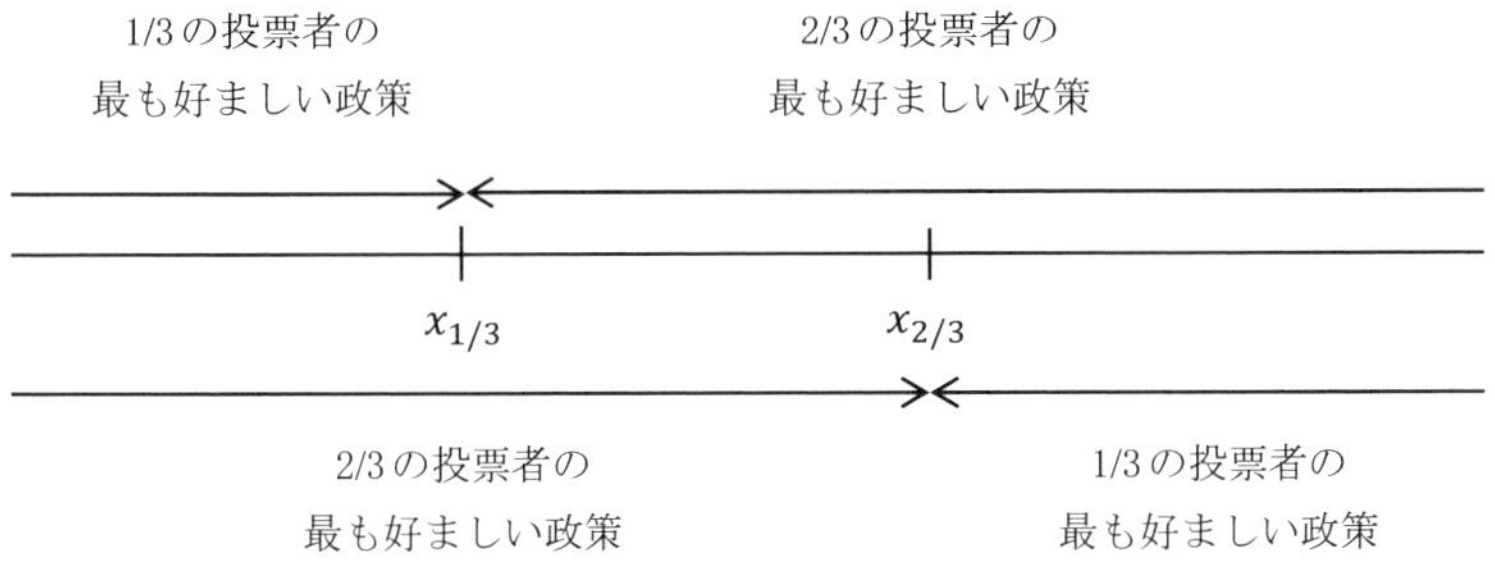


(a) 投票者の最も好ましい政策の位置

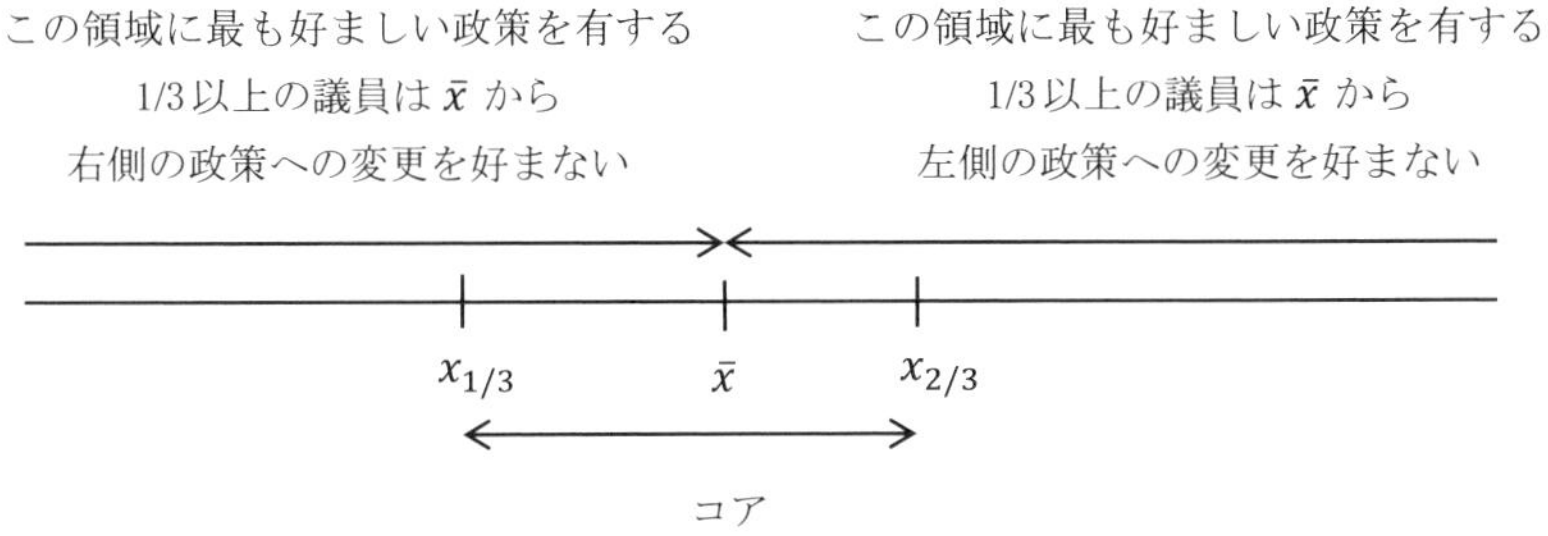


(b) コア

図8-3　2/3ルール

現状の政策が $\bar{x} < x_{1/3}$ であれば，少なくとも3分の2の議員は政策を変えるインセンティブを有する．例えば，$x_{1/3}$ より右側に好ましい政策を有する議員にとっては $x_{1/3}$ は $\bar{x}$ より好ましい．同様に，現状の政策が $\bar{x} > x_{2/3}$ であれば，少なくとも3分の2の議員は政策を変えるインセンティブを有する．

それでは，$x_{1/3} \leq \bar{x} \leq x_{2/3}$ であると考えよう．現状の政策 $\bar{x}$ から右側に存在する政策に変更できる可能性を考えよう．この場合，図8-3(b)が示すように，$\bar{x}$ より左側に好ましい政策を有する議員は賛成しない．賛成しない議員の割合は3分の1を超えるため，このような変更は議会では可決されない．また，現状の政策 $\bar{x}$ から左側に存在する政策に変更しようとした場合は，$\bar{x}$ より右側に好ましい政策を有する議員は賛成せず，その割合は

３分の１を超えるため可決されない．つまり，現状の政策が $x_{1/3}$ と $x_{2/3}$ の間にある限り変更されることはなく，この区間がコアとなる．このように，一院制であっても過半数を超える賛成を可決のために求めた場合には，コアが生じ，政治の安定性を確保できる[125]．

### 8.2.3　両院制の是非

両院制には一定の政治の安定性をもたらす利点がある．また，両院で選挙制度を変えるなどし，十分に異なる政策選好を有する可能性を確保できれば，両院制は機能しうると言える．

しかし，両院制を維持するためには，両院で相当数の議員を選出しなければならない．一院制で政治の安定性を確保できるのであれば，２つの議会を維持する費用は必要なくなる．8.2.2節でみたように，一院制であっても一定程度の政治的安定性を確保する手法は存在する．また，最高裁判所など，拒否権を有する政治的プレーヤーは他にも存在する．議会以外の政治的プレーヤーに十分な拒否権を行使する権限を与えれば，政治的安定性の確保は可能である．両院制の目的が政治的安定性の確保であるならば，他にも政治的安定性を確保しうる各種の制度が存在しうることはふまえなければならない．

同時に，両院制では議会間の対立が激しくコアが大きすぎる場合，重要な法案ですら可決されないという不利点も指摘されることがあり，ラバースタンプ論と並んで両院制不要論の要となっている[126]．日本でも衆議院と参議院において多数派が異なる場合，ねじれ国会と呼び問題視されることが多い．このような問題が生じる１つの要因として，衆議院での多数派政党は政権政党となり政策に責任を有する一方で，参議院での多数派はあくまで野党であり，政権政党ほどの責任を負わなくてよい点があげられる．

---

125　また，３分の２の支持が得られない限り可決されないとした場合，選挙のサイクルが起きる可能性を最小限にできるという好ましい側面も存在する（Caplin and Nalebuff［1988］）．詳しくは坂井(2013)を参照のこと．

126　フランス革命の指導者であったシエイエスも本章の最初で引用した通り主張し，フランス革命後は一院制が採用された．その結果，歯止めが効かずに恐怖政治に陥ったことは周知のとおりである．恐怖政治の終焉後，その反省をふまえてフランスでは二院制が採用された．一院制はわずか３年で終わる．

よって，野党である参議院の多数派が拒否権を頻繁に用いても，政治の停滞の責任は衆議院の多数派である政権政党のものとなる．一方で，2/3ルールを用いた場合，一院内で2/3を超える議席数になるよう(連立)政権政党が形成される．よって，その2/3を超える(連立)政権政党に所属する全議員が政策に対する責任を有するようになり，拒否権を用いるより，交渉を通して妥協できる政策を探るインセンティブがより強まる可能性が高い．

両院制が機能しているか否かという議論も重要ではあるが，それ以前に，政治的安定性など両院制がもたらしうる利点は本当に両院制を採用しないと達成できないのか，また両院制がその目的を達成するための最も適した制度であるのか議論をしていくことも重要ではないだろうか．

## 練習問題

### 問題8.1：既得権益と繰り返しゲーム

8.1.2節で議論した既得権益が存在する場合の議会交渉モデルを考えよ．

(a) 2期間の繰り返しゲームを考えよ．1期目に議員2が議案決定者になった場合，どちらの議員(議員1か3)に配分を与えるか？　理由を説明せよ．

(b) 2期間の繰り返しゲームにおける各議員の1期目の(議案決定者が選ばれる前の時点における)期待効用を求めよ．

### 問題8.2：議員の年功[127]

当選回数が多いという意味で年功の高い議員は，年功の低い議員より議会交渉に対し有利な側面を持っている．日本やアメリカなどでは年功の高い議員が，議会・委員会・党・省庁の要職に就くという年功序列の慣習が存在する．そこで，議会には3人の議員，1，2，3がいるとしよう．議員1は，他の議員より高い年功を有しており，その結果，議案決定者になる可能性がより高いと考える．議案決定者になる確率をそれぞれ $p_1 = 1/2$，$p_2 = p_3 = 1/4$ としよう．現行政策から得られる配分額を $\bar{x}_1 = \bar{x}_2 = \bar{x}_3 = 1/5$ とする．

(a) 最後通牒ゲームにおける各議員の(議案決定者が選ばれる前の時点における)期待効用を求めよ．

127　本問題はMcKelvey and Riezman (1992)にもとづく．

(b) 2期間の繰り返しゲームを考えよ．1期目に議員2が議案決定者になった場合，どちらの議員(議員1か3)に配分を与えるか？　理由を説明せよ．

(c) 2期間の繰り返しゲームにおける各議員の1期目の(議案決定者が選ばれる前の時点における)期待効用を求めよ．

**問題8.3：議案決定者の強制交代**

8.1.3節で議論した2期間の繰り返しゲームでは，1期目に議案決定者だった議員は，2期目においても議案決定者となる可能性を有していた．しかし，委員長，議長，党首などの重要な役職には任期を設けている場合がある．このような制度が存在する場合，1期目に議案決定者だった議員は，強制的に引退を余儀なくされ，2期目に議案決定者となれないこともあるだろう．単純なケースとして，現行政策からの配分は $\bar{x}_1 = \bar{x}_2 = \bar{x}_3 = 0$ であり，1期目に議案決定者になる確率が $p_1 = p_2 = p_3 = 1/3$ であるとする．ただし，2期目においては，1期目に議案決定者であった議員が，再び議案決定者になる確率は0であり，残りの2人の議員がそれぞれ1/2の確率で議案決定者となると考える．この時，8.1.3節の結果と比較し，1期目における議案決定者の配分案に違いは生じるか？　理由を説明せよ．

**問題8.4：大統領の導入**

拒否権を有する政治的プレーヤーは議会だけではない．例えば，アメリカでは大統領も拒否権を有している．そこで，両議会の他に，新たな拒否権を有するプレーヤーとして大統領を導入してみよう．大統領の最も好ましい政策を $x_P$ とする．その他の設定は8.2.1節と同一とし，$x_U < x_L$ としよう．

(a) 大統領の最も好ましい政策が，両院の最も好ましい政策の間に存在するとしよう．つまり，$x_U \leq x_P \leq x_L$ となっている．このとき，コアはどこか？

(b) 大統領の最も好ましい政策が，$x_P < x_U$ に位置しているとする．このとき，コアはどこか？

(c) 大統領の最も好ましい政策が，$x_P > x_L$ に位置しているとする．このとき，コアはどこか？

(d) 拒否権を有するプレーヤーの数が増えた場合，政治的安定性にはどのような効果があるか？

**問題8.5：*p* ルール**

8.2.2節では，法案を可決するためには，議会議員の３分の２以上の支持が必要である場合を考えた．より一般的に，法案の可決に全議員のうち，$p$ の割合の議員，あるいはそれ以上の支持が必要な場合を考えてみよう．8.2.2節では，$p = 2/3$ の場合のみを議論していた．また，政策空間を０と１の間とし，少なくとも１人の議員が０を，また別の少なくとも１人の議員が１を最も好むと考えよう．しかし，０未満，あるいは１を超える政策を好む議員はいない．

(a) $p = 1/2$ の場合（過半数ルール）のコアを示せ．

(b) $p = 1$ の場合（全会一致ルール）のコアを示せ．

(c) $1/2 \leq p \leq 1$ のとき，$p$ が増加することによる効果を議論せよ．

# 第9章　利益団体

これからは，いろいろな人や団体が，
それぞれの課題を解決するためにロビイングをしていく必要がある．
政治家や官僚に頼りっぱなしでは，日本社会は絶対にもたないだろう．
明智カイト『ロビイング入門』光文社新書，2015年

有権者は互いに完全に異なる政策選好を有しているわけではない．同じ産業で働くなど似たような背景を有していれば，政策選好も似てくる．このとき，同一の政策選好を有する有権者たちは，組織を作り政策の意思決定に影響を与えようとするかもしれない．また，企業自体は投票権を有さない組織であるが，企業にとって好ましい政策も存在する．このとき，企業が単一で，もしくは複数の企業が組織を作り，政策に影響を与えようとするかもしれない．いずれにせよ，有権者や企業が**利益団体**（special interest group）を組織し，政治家や官僚との交渉を試みる．

選挙において組織の一員は単なる一投票者に過ぎない．よって，選挙を通して政策の意思決定に影響を与えようとしても効果は限られてくるため，異なる方法で影響を与えようとする．その代表的な例が，ロビー活動と政治献金である．このような利益団体の政治活動は，一般的には金権政治の代名詞のように考えられ，汚職の根源ともみなされてきた．本章は，利益団体が用いることが多い上記2つの政治活動を分析しつつ，利益団体の功罪を検討していく．

## 9.1　ロビー活動

**ロビー活動**（lobbying）とは，主に利益団体がロビー活動を専門とするロビイスト（lobbyist）を雇用し，政治家や政府との交渉を試みる手段である．ロビイストは，独自の分析をもとに政治家に対し政策提言を行う．また，政治家や官僚だけではなく，有権者に訴えるためにメディアに出るほか，

法案自体を書くこともある．このように，ロビイストは政治家に対し，利益団体が好む政策の実行を説得する役割を担う．政治家や政府も，どのような政策が自身や国民にとって好ましいか分からないこともあるだろう．限られた情報のみ有する政治家に対し，ロビー活動を通して新たな情報を提供することは，政治家の意見を変えるきっかけになる可能性は高い．また，メディアなどに露出し，有権者の意見を変えることができれば，政治家や政府も対応せざるを得ない．

よって，ロビー活動とは直接政治家に献金するわけではなく，ロビイストを雇用するなどの費用を払い，政治家を説得することで政策の意思決定に影響を与えようとする方法である．

### 9.1.1　非効率的ロビー活動[128]

２つの利益団体１と２が存在すると考える．政府は２つの政策の選択肢，政策$x$か政策$y$，から１つを実行する．利益団体１は政策$x$から効用１を得るが，政策$y$からの効用はゼロとする．一方で，利益団体２は政策$y$から効用１を得るが，政策$x$からの効用はゼロとする．つまり，両利益団体間で利害対立が生じている．

各利益団体は「ロビー活動をする」か「しない」かの２つの選択肢を有し，ロビー活動を行うには費用として$M > 0$がかかると考えよう．一方で，政府自体は政策選好を有さないが，その政策決定はロビー活動から影響を受けるとする．具体的には，両利益団体ともにロビー活動を行わなかった場合，政府は確率1/2で政策$x$を，残りの確率1/2で政策$y$を無作為に選択すると考える．また，１つの利益団体のみがロビー活動を行った場合，ロビー活動を行った利益団体の好む政策を実行すると考える．つまり，利益団体１のみがロビー活動を行えば政策$x$を，利益団体２のみが行えば政策$y$を実行する．しかし，両利益団体がともにロビー活動を行った場合，その効果は相殺され，各政策が実行される可能性は，それぞれ1/2となると考える．

以上から，両利益団体がロビー活動を行った場合，両団体は$1/2 - M$を

128　本節のモデルは，Tullock（1980）にもとづく．一般的には，（費用の伴う）レントシーキング（rent-seeking）モデルと呼ばれている．

| | | 利益団体2 | |
| --- | --- | --- | --- |
| | | ロビー活動する | ロビー活動しない |
| 利益団体1 | ロビー活動する | $1/2-M$，$1/2-M$ | $1-M$，0 |
| | ロビー活動しない | 0，$1-M$ | 1/2，1/2 |

図9-1：ロビー活動のゲーム

得る．両利益団体がロビー活動を行わなかった場合は，1/2を得る．片方のみがロビー活動を行った場合は，行った利益団体が$1-M$を，行わなかった利益団体はゼロを得る．よって，このゲームの利得表は図9-1に示した通りとなる．

相手がロビー活動を行っているとしよう．同じくロビー活動を行えば$1/2-M$を得られるが，行わなければ効用は0になる．一方で，相手がロビー活動を行っていない時に，ロビー活動を行えば $1-M$を得られるが，行わなければ効用は1/2となる．よって，$1/2>M$であれば，相手の選択に関係なく，常にロビー活動を行うことが好ましく最適応答となるため，「両利益団体ともロビー活動を行う」ことがナッシュ均衡となる．しかし，$1/2<M$であれば，「両利益団体ともロビー活動を行わない」ことがナッシュ均衡となる．

ここで，$1/2>M$の場合を考えよう．両利益団体はロビー活動を行うことになり$1/2-M$を得るが，両利益団体が協調しロビー活動を行わなければ，効用を1/2に改善できる．しかし，相手がロビー活動を行わなければ，相手を出し抜いてロビー活動を行った方が効用を改善できるため，このような協調は行われない．結局，各政策が選択される確率は1/2となってしまうにもかかわらず両利益団体がロビー活動を行うため，ロビー活動に費やされる費用は無駄になり，非効率的な均衡となっている[129]

日本では，利益団体がロビー活動を行うことは一般的ではない．よって，ロビー活動のような無駄は行われていないとも解釈できる．しかし国際化に伴い，利益団体は日本政府だけではなく，外国政府にも働きかける

129　よって，この状況は付録A.2.1で議論した安全保障（囚人）のジレンマと同一の状況になっている．

必要が生じてきている．アメリカなどロビー活動が一般的な他国において政府に働きかけるとき，ロビー活動を行えないことは大きな不利益につながる可能性が高い．このような理由から，日本でもロビー活動を専門とする企業が誕生しはじめている．

この点は，ロビー活動が有するもう１つの問題を提起している．本節のモデルでは両利益団体間でロビー活動を行う費用は同一であった．しかし，実際には利益団体によって費用は異なるだろう．例えば，産業団体は組織を形成しロビー活動の費用を工面することが比較的容易であるのに対し，消費者団体などは組織を形成し費用を工面することが難しい．よって，産業団体の方が，組織を形成しやすく資金も集めやすいという意味で，ロビー活動費用は小さいと考えられる．このとき，ロビー活動費用の小さい利益団体に有利な政策決定が行われる可能性が生じる(練習問題9.1参照)．ロビー団体に強く依拠した政策決定が行われていると，政策決定過程において不公平性が生じる可能性が高まる．

### 9.1.2　情報提供機能としてのロビー活動[130]

前節のモデルでは政治家の意思決定を捨象していた．しかし前述した通り，政治家がロビー活動から影響を受ける主たる理由は，政治家が十分な情報を有していないことにある．ロビー活動の重要な側面として，政治家への情報提供機能を検討してみよう．

ここでは１つの利益団体のみが存在すると考える．政府は２つの政策の選択肢，政策$x$か政策$y$，から１つを実行する．利益団体は政策$y$から効用１を得るが，政策$x$からの効用はゼロとする．

7.3節のモデルで設定したように，社会は２つの状態，状態$X$と状態$Y$，のいずれかであると考える．状態$X$の時には政策$x$の実行が投票者にとっては望ましく，状態$Y$の時には政策$y$の実行が投票者にとっては望ましいとする．具体的には，状態$X$の時に政策$x$が実行されたとき投票者は１の効用を得るとするが，政策$y$が実行されれば効用は０となる．一方で，状

130　本節のモデルはPotters and van Winden (1992)にもとづく．ここで用いる均衡概念は完全ベイジアン均衡となる．本節で示す均衡以外の均衡も存在しうるが，ここでは議論しない．

態$Y$の時には，政策$y$が実行されたとき1の効用を，政策$x$が実行されたとき0を得る．つまり，状態$X$のときのみ，利益団体と投票者の間で利害対立が生じている．

政治家は投票者と同一の政策選好を有すると仮定する．これは，7.1節で議論した投票者と利害が一致している(タイプ$G$の)政治家と考えてもよい．また，投票者の好ましい政策を実行した方が再選確率を高めることができるため，政治家は投票者にとって好ましい政策を実行するインセンティブを有していると考えることもできる．しかし，利益団体は社会の状態を知っているが，政治家と投票者は知らないと考える．各状態である確率は1/2とし，政治家と投票者は，この確率分布を共通に理解しているとする[131]．

利益団体は「ロビー活動をする」か「しない」かの2つの選択肢を有し，ロビー活動を行うには費用として$M>0$がかかると考えよう．ただし，ここでは$M<1$と考える．ロビー活動では，独自の分析にもとづき，社会の状態に関する情報を政治家に伝える．ロビー活動は政治家を説得するための活動であり，説得的な証拠を提示しなくてはならないため嘘をつくことは難しいと考えられる．よって，ロビー活動では嘘をつけないと仮定しよう．つまり，ロビー活動を行った場合，政治家は正しく現在の社会の状態を把握できる．ロビー活動を通して社会の状態を政治家が知った場合には，その状態に相応しい政策(状態$X$の時には政策$x$，状態$Y$の時には政策$y$)が実行される．

ここでは「利益団体が状態$Y$のときのみロビー活動を行う」という均衡が存在するか検討しよう．政治家は状態$Y$のときには，ロビー活動を通して社会の状態を知ることができるため，政策$y$を実行する．さらに，状態$X$のときのみロビー活動が行われないため，「ロビー活動が行われないということは状態$X$である」と推測することで社会の状態を知ることができる．よって，ロビー活動が行われないときは，政策$x$を実行する．社会の状態にかかわらず，政治家は自身の，そして投票者の最も好ましい政策を実行することができるため，この戦略は政治家にとって最適である．

131　ただし，両状態である確率が正である限り，以下の議論で確率の値は重要ではない．

一方で，利益団体の意思決定を考えてみよう．最初に状態$Y$のときは，$M$の費用を払ってロビー活動を行えば，利益団体にとって好ましい政策$y$が実行されるため，$1-M$を得る．一方でロビー活動を行わないと，前述したように，政治家は社会が状態$X$であると思い政策$x$を実行してしまうため効用はゼロになる．よって，$M<1$という仮定から，状態$Y$のときはロビー活動を行う．状態$X$のときは，ロビー活動を行わないと政策$x$が実行されるため，利益団体の効用はゼロとなる．一方でロビー活動を行うと，ロビー活動は正しく社会の状態を知らせるため，政治家は社会の状態が状態$X$であるとわかってしまう．よって，政策$x$が実行されてしまうため，利益団体はロビー活動の費用を払うのみとなり，効用は$-M$となる．よって，状態$X$のときはロビー活動を行わないことが最適になる．以上から，均衡において利益団体は，状態$Y$のときのみロビー活動を行う．

この均衡上では，ロビー活動を通して政治家は情報を正しく把握でき，政治家だけではなく，投票者にとっても好ましい政策が実行できる可能性が示されている．

## 9.2　政治献金

### 9.2.1　政策の歪み[132]

利益団体は政策に影響を与えるために政治家に**政治献金**を行う[133]．政治家が政治献金を受け取る最大の理由が，多くの資金を必要とする選挙活動である．もちろん一切の政治献金を受け取らない政治家も存在するが，一方で政治献金が多ければ多いほど，より効果的な選挙活動を行うことができる．しかし，政治献金を受け取る代わりに，政治家は利益団体の政策選好を重んじる必要が生じるかもしれない．

１つの利益団体と政治家の２人のプレーヤーが存在するゲームを考えよう．政治家は２つの政策の選択肢，政策$x$か政策$y$，から１つを実行する．投票者は政策$x$から効用１を得るが，政策$y$からの効用はゼロとする．一

---

132　本節のモデルはGrossman and Helpman (1994, 1996)にもとづく．

133　厳密には，政治資金と呼ばれる．英語では，献金は主に選挙活動資金に用いられることからcampaign contribution, あるいはcampaign financeと呼ばれる．

方で，利益団体は政策$y$から効用1を得るが，政策$x$からの効用はゼロとする．つまり，投票者は政策$x$を好むが，利益団体は政策$y$を好んでいるという利害対立が生じている．

政治家が政策$x$を選択すれば再選され$b>0$を得るとしよう．一方で，(政治献金を受け取っていないときに)政策$y$を選択すれば落選し，効用はゼロとなる．よって，政治献金がない場合，政治家は政策$x$を実行する．しかし，政治家は政治献金からも効用を得ることができると考える．例えば，政策$y$を選択しても，十分な政治献金を受け取れば，献金を財源として積極的な選挙活動を行うことができ，再選して$b$を得ることができると仮定する[134]．このとき，政治家は$m>0$の額だけの政治献金を受け取った場合，十分な選挙活動を行うことができ再選できると考えよう．

ここで，利益団体が「政策$y$を選択した場合にのみ，政治献金として$m$を与える」という契約を提示したとしよう．このとき，政治家は政治献金を受け取って政策$y$を実行しても，受け取らずに政策$x$を実行しても，いずれにせよ再選し$b$を得ることができるため，両選択肢の間で無差別となる．さらに，政治献金を受ける(あるいは政策$y$を実行する)ことにより，再選以外の私的利益を微少でも得ることができるのであれば，政治家は政治献金を受け取ることを好むだろう．

このように，本来は投票者にとって好ましい政策($x$)を選択すべき政治家が，政治献金を受け取りたいがために，利益団体の好む政策($y$)を実行してしまう政策の歪みが生じる可能性がある．本来は選挙結果を反映して決められるべき政策が，選挙以外の方法を通して利益団体の好む方向に歪められてしまうことになる．

このような理由から，政治献金は批判されることが多い．一方で，投票者は，候補者の選挙活動を通して，候補者に関する情報を得ることも多い．よって，選挙活動には投票者に対し情報を与える効果も存在する．次に，選挙活動の一環である選挙広告に関するモデルを紹介し，利益団体による政治献金の是非を検討していこう．次節で議論する選挙広告とは主にテレビや新聞を通した広告を想定している．しかし，選挙活動全般に関し

134　あるいは，再選によって得られる効用よりも大きな私的利益を得られると考えてもよい．

ても，投票者に対して候補者がアピールするという点で，広い意味での選挙広告と言える．よって，次節の議論を選挙活動に関するモデルであると解釈しても問題ない．

本節のモデルでは，$m$の政治献金さえあれば投票者は政治家を再選させると仮定し，投票者の意思決定を捨象してきた．次節のモデルは，投票者が再選という選択肢を選ぶ理由も示している．

### 9.2.2　選挙広告のモデル[135]

現職政治家と新規候補者の２人が出馬する選挙を考えよう．ゲームのプレーヤーは，新規候補者，利益団体，および投票者の３人とする．投票者は１人のプレーヤーとして扱う．現職政治家も選挙に出馬しているが，戦略的プレーヤーとしては考えない．選挙後に，２つの政策の選択肢，政策$x$か政策$y$，から１つが実行されるとする．前節と同様に，投票者は政策$x$から効用１を得る一方で，利益団体は政策$y$から効用１を得るとする．つまり，投票者と利益団体間で利害対立が生じている．一方で候補者は政策選好を有さず，選挙に勝利することだけ(つまり勝利確率の最大化)を目的としているとしよう．選挙前に候補者は公約として政策$x$か$y$を発表し，選挙後に裏切ることはないと考える．つまり，ホテリング＝ダウンズ・モデルと同様に，選挙前に実行する政策を決定する．

新たな設定として，投票者は政策からの効用だけではなく，政治家の資質からも効用を得ると考える．ここで「政治家の資質」とは，リーダーシップや能力，人柄，正直さ，決断力など政策には直接関係のない候補者自身が有する資質である[136]．例えば，高い能力を有しリーダーシップのあ

---

135　本節のモデルはAshworth (2006)およびCoate (2004a)にもとづく．ここで用いる均衡概念は完全ベイジアン均衡となる．本節で示す均衡以外の均衡も存在しうるが，ここでは議論しない．

136　政治家の資質の重要性はStokes (1963)によって指摘され，誘意性(valence)と呼ばれている．誘意性は心理学用語であり，人を引きつけたり避けさせたりする性質を意味する．ある特定の候補者が，競争相手より投票者にとって望ましい誘意性をもっており，かつ投票者も誘意性を知っているとき，均衡においてはその候補者がより高い勝利確率を有することが，第4章のホテリング＝ダウンズ・モデルをもとに理論的に示されている(Ansolabehere and Snyder

る政治家であれば，政権も滞りなく速やかに運営でき，迅速な政策の意思決定ができるだろう．また，震災などの突発的課題が生じた際も，適切な対応がとれる可能性が高い．一方で，政治家の能力が低ければ，政権運営に問題が生じ，政策の意思決定も遅れ，突発的課題への対応も適切にはとれない可能性がある．よって，政治家の資質から投票者は利得を得る，あるいは費用を払うことになる．

政治家の資質に関し，新規候補者には２種類のタイプ，タイプ$h$と$l$，が存在するとしよう[137]．投票者は新規候補者のタイプを知らないが，新規候補者と利益団体は知っているとする．新規候補者が各タイプである確率はそれぞれ1/2であり，投票者はこの確率分布は理解している．新規候補者がタイプ$h$であれば，優れた性質を有することを意味しており，タイプ$l$である場合には劣った性質を有することを意味する．よって，タイプ$h$の新規候補者が選挙に勝利した場合には，投票者は政策に関係なく$k > 1$を得ると考える．一方で，タイプ$l$の新規候補者が選挙に勝利した場合には，不利益として$-k$を得るとしよう．

一方で新規候補者の対抗馬である現職政治家の資質は「普通」であることが，すべてのプレーヤーに知られており，資質からの効用を投票者は得ることがない，つまりゼロであるとする．投票者は現職政治家の過去の業績から，その資質を見抜いていると考えてよい．また，タイプ$h$は新規候補者が「現職政治家より能力が高い」ことを，タイプ$l$は「現職政治家より能力が低い」ことを意味するという解釈も可能である．

投票者は新規候補者の資質を知らないが，選挙広告から知ることができると考えよう．選挙広告では嘘をつけず，候補者の資質を正しく伝えることができると仮定する．しかし，候補者が選挙広告を流すためには，広告費用を工面するために利益団体からの政治献金を受けなければならない．ここで利益団体が有している選択肢は「政治献金をする」か「しない」かである．選挙広告のために必要な政治献金の費用（$m > 0$）は，政策$y$から利益団体が得る効用１よりも小さい（$m < 1$）としよう．よって利益団体に

［2001］，Groceclose［2001］，Aragones and Palfrey［2002］）．

137　タイプ$h$は能力が高く（high），タイプ$l$は低い（low）ということから，$h$と$l$を用いている．

表9-1　各プレーヤーが得る効用

| | 政策$x$ | 政策$y$ | タイプ$h$ | タイプ$l$ | 候補者$B$ |
|---|---|---|---|---|---|
| 投票者 | 1 | 0 | $k$ | $-k$ | 0 |
| 利益団体 | 0 | 1 | 0 | 0 | 0 |
| 候補者 | 0 | 0 | — | — | — |

とっては，政治献金をすることで政策$y$が実行されることは，政治献金をしないで政策$x$が実行されるより好ましい($1-m>0$)．また，利益団体は投票者より高い情報収集能力を有し，新規候補者のタイプを知ることができるとしよう．

一方で，現職政治家の資質はすでに投票者に知られているため，選挙広告を流す必要はない．よって，政治献金も受けず，また選挙に勝利するために政策$x$を選択すると仮定しよう[138]．

意思決定は以下の順序で行われる．また，各プレーヤーが各政策，あるいは各候補者の当選から得る効用は表9-1にまとめてある．

1．利益団体が新規候補者のタイプを知り，政治献金をするか否か決定する．
2．新規候補者は政治献金を受けるか否か決定したうえで，勝利後に実行する政策($x$か$y$)を公約として発表する．政治献金を受け取った場合は，選挙広告にすべて用いるとする．
3．投票者は公約と選挙広告の有無を知ったうえで，投票する．選挙に勝った候補者が公約を実現する．

ここでは，「タイプ$h$のみ政治献金を受け取り，選挙広告を用いる」という均衡が存在するか検討していこう．具体的には，すべてのプレーヤーの均衡戦略は以下の通りとなる．均衡で生じる結果は表9-2にまとめてある．

138　現職政治家を戦略的プレーヤーと考えても，同様の戦略が均衡戦略となる．

表9-2　均衡上の結果

| | 政治献金 | 選択する政策 | 選挙結果 |
|---|---|---|---|
| タイプ$h$ | 受ける | 政策$y$ | 当選 |
| タイプ$l$ | 受けない | 政策$x$ | 落選 |

1．利益団体はタイプ$h$にのみ「政策$y$を選択したときに限り政治献金をする」という条件付の政治献金を提案する．タイプ$h$の新規候補者は提案を受け入れ，政策$y$を選択する．
2．タイプ$l$は政治献金を受けず，政策$x$を選択する[139]．
3．投票者は新規候補者が選挙広告を流した場合は新規候補者を，選挙広告を流さない場合は現職政治家を選択する．

以下では，このような各プレーヤーの戦略が互いに最適となっており，均衡として成立することを確認しよう．

逆向き推計法より，投票者の意思決定を考えてみよう．現職政治家は政策$x$を選択し，その資質からの効用はゼロであるため，現職政治家を選択した場合には１の効用を得る．一方で，新規候補者を選択した場合の効用に関しては，表9-2の均衡戦略下では２つの可能性がある．タイプ$h$に関しては，その選挙広告からタイプを知ることができる．さらに，タイプ$h$のみが選挙広告を行うため，投票者は「新規候補者が選挙広告を用いない場合はタイプ$l$である」と，選挙広告の有無を通してタイプ$l$も正しく推測できる．第１に，新規候補者が選挙広告を流さなかったためタイプ$l$だと分かった場合を考えよう．タイプ$l$を選択した場合，政策$x$が選択されたなら$1-k$，政策$y$が選択されたなら$-k$の効用を得る．いずれにせよ現職政治家からの効用１を下回るため，タイプ$l$が選択した政策にかかわらず，投票者は現職政治家を選択する．第２に，新規候補者が選挙広告を流したため，タイプ$h$だと分かった場合を考えよう．タイプ$h$を選択した場合，政策$x$が選択されたなら$1+k$を，政策$y$が選択されたなら$k$を得る．よっ

139　均衡上では，タイプ$l$は政策$x$と$y$の間で無差別であるため，政策$y$を選択してもよい．しかし，いずれにせよ落選する．

て，常に1より高いため，タイプ$h$が選択した政策にかかわらず，投票者は新規候補者を選択する．よって，投票者は，新規候補者が選挙広告を流した場合は新規候補者を，流さない場合は現職政治家を選択する．

投票者の意思決定をふまえて，タイプ$l$と利益団体の意思決定を考えてみよう．選挙広告は正しく新規候補者のタイプを投票者に知らせるため，選挙広告を流すとタイプ$l$だと分かってしまう．投票者の意思決定から，流さなくても投票者はタイプ$l$だと分かる．いずれにせよ確実に敗北となるため，利益団体は政治献金をタイプ$l$には与えない．

それでは，タイプ$h$と利益団体の意思決定を考えてみよう．均衡では，利益団体は「政策$y$を選択したときに限り政治献金をする」という条件付の提案をする．タイプ$h$が提案を受けず選挙広告を流さなければ，投票者に「選挙広告を流さなければタイプ$l$だ」と思われ確実に敗北となる．一方で政治献金を受けた場合は，確実に選挙に勝つことができる．よって，タイプ$h$は確実な勝利のために，政策$y$を選ぶ必要があっても政治献金を受けるインセンティブを有する．利益団体も，政策$y$の実行のために政治献金をするインセンティブを有する．

以上の議論から，先に示した各プレーヤーの戦略が均衡として成立する．この均衡は，選挙広告の利点と不利点を同時に示している．利点としては，選挙広告を通して候補者に関する情報を投票者が得ることができる点にある．均衡上では，タイプ$h$のみが選挙広告を用いるため，選挙広告を用いない新規候補者は確実にタイプ$l$である．よって，投票者は新規候補者のタイプを正確に知ることができる．つまり，利益団体が有している情報が，選挙広告を通して投票者に伝えられることになる．一方で不利点としては，政策の歪みが存在する点にある．選挙広告を流すには多くの費用がかかるため，候補者は利益団体からの政治献金に依存してしまう．その結果(新規候補者がタイプ$h$ならば)投票者より利益団体の好む政策(政策$y$)が実行されてしまう．

本節では選挙広告を通して投票者は候補者の資質を知ることができると仮定していた．つまり，選挙広告の内容は候補者のタイプに関するものであり，しっかりとした裏付けのもと候補者のタイプを投票者に知らせることができると仮定している．しかし，現実には多くの選挙広告が短時間に裏付けもなく自身の能力をアピールするものであり，その真偽まで投票者は判断できない．つまり，選挙広告の内容自体は投票者には意味がないことが多い．しかし，選挙広告に内容がなく，選挙広告から候補者の資質を知ることができなくとも選挙広告は機能しうる可能性がある．中身のない選挙広告だったとしても，利益団体がタイプ$h$にのみ政治献金する場合，「選挙広告を流した新規候補者はタイプ$h$であり，流さなければタイプ$l$だ」という正しい推測を投票者が行うことができる．よって，上記の均衡と同等の均衡が生じるため，選挙広告自体の内容は本質的議論とはならない（練習問題9.3参照）[140].

### 9.2.3　選挙広告の是非

選挙広告が投票者の有する情報に与える影響に関する実証分析は多く行われており，総じて選挙広告は投票者に有用な情報を与えていると結論付けている（Patterson and McClure［1976］，Brians and Wattenberg［1996］，Zhao and Chaffee［1995］など）．また，多くの研究がアメリカの選挙戦で見られる**ネガティブ・キャンペーン**（negative campaign）にも着目している．ネガティブ・キャンペーンとは，候補者自身の政策や資質をアピールする広告ではなく，対抗馬の政策や資質を批判する広告である．このような広告は候補者間の誹謗中傷の繰り返しになることから批判は多い[141]．一方で，候補者に関するネガティブな情報は，投票者が判断をする際の貴重な情報とも言える．少なくとも，候補者自身の政策や資質をアピールしただけの広告（ポジティブ・キャンペーン）よりは投票者に与える情報量が多くなる

---

140　本節で紹介したように選挙広告が政治家の資質などの情報を直接投票者に伝えることができる場合を考えている理論研究として，Ashworth（2006），Coate（2004a，2004b），Schultz（2007），Wittman（2007）がある．一方で，選挙広告は直接投票者には情報を伝えない場合を考えている理論研究としてPotters, Sloof, and van Winden（1997），Prat（2002a，2002b）がある．

141　ネガティブ・キャンペーンを通して候補者間で批判の応酬を生むことにより，投票者が政治への嫌悪感を持つようになると指摘されている．そのため，ネガティブ・キャンペーンは投票率を下げる効果を有することを示す研究がある（Ansolabehere et.al.［1994］，Ansolabehere and Iyengar［1995］）．しかし，他の研究ではこのような効果は確認されておらず，むしろ投票率を上げる効果を有すると指摘している研究もある（Wattenberg and Brians［1999］，Finkel and Geer［1998］，Freedman and Goldstein［1999］，Goldstein and Freedman［2002］）．

ことが示されている(Geer [2006], Franz et. al. [2008]など).

アメリカでは，選挙広告に関しては，その量に関しても内容に関しても規制はない．選挙広告は意見を表明する場であるため，言論・表現の自由の観点より規制がかけられるべきではないと考えているからである．よって，選挙期間中は膨大な数の選挙広告がテレビを中心に流れ，選挙広告のための巨額の政治献金が行われている．一方で，日本では選挙広告には多くの制限が設けられている．候補者個人の選挙広告は厳しく制限されており，基本的に政党が行う広告のみが認められる．また，他の候補者や政党に対する誹謗・中傷も禁止されていることから，ネガティブ・キャンペーンを選挙広告の中で行うことは実質上認められていない．そのため投票者にとっては，候補者個人に関する情報を得る機会は極めて限られている．

選挙広告が全面的に認められれば，巨額な政治献金を呼び起こし，政策の歪みをもたらすことになる．一方で，選挙広告に制限がかけられることは，投票者が得られる情報に対して制限がかけられることも意味する．そのトレードオフを理解したうえで，選挙広告の是非を議論していくことが必要である．

## 9.3　利益団体の功罪

利益団体が行うロビー活動や政治献金には，(より財力のある)利益団体が好むような政策への歪みを生じさせる問題があった．また，時にこのような政治活動につぎ込む資金は無駄なものとなり，非効率的結果を招く可能性も存在した．しかし一方で，ロビー活動は利益団体が有する情報を政治家に提供する機能を有し，また政治献金を元手に行われる選挙活動や広告は，候補者に関する情報を投票者に提供する機能を有していた．

確かに，利益団体と政治家の癒着の問題は無視できるほど小さいわけではない．また，選挙以外の方法で政策が歪められてしまうことは大きな問題であると言える．このような問題からロビー活動や政治献金を厳しく制限・禁止することを求める声は大きい．日本でも，リクルート事件などの贈収賄事件をふまえ，1994年に政治資金規正法の大幅改正が行われた．政治家個人に対する企業・団体献金は禁じられ，政党に対しての企業・団体献金のみ認められている．また，政党に対する企業・団体献金の見直しも求められている.

しかし一方で，厳しく制限・禁止をするということは，利益団体が有している情報を有効に活用できない可能性を示している．利益団体は，特定の産業や政策分野に精通した投票者や企業の集団である．彼らが有している情報は，政策や選挙における意思決定に有用である可能性は否定できない．特に，母子・父子家庭や性的マイノリティなど社会における少数派にとって，選挙を通してだけでは政治家や官僚に伝えられない自分たちの実情を，ロビー活動などを通して伝えていくことは極めて重要である(明智[2015]).

政策の歪みや非効率性，あるいは汚職の起こる可能性を最小限に抑えつつ，どのように利益(市民)団体の有する情報を活用していくか考えていくことも重要ではないだろうか.

## 練習問題

### 問題9.1：ロビー活動費用の非対称性

9.1.1節のモデルでは，両利益団体が同じロビー活動の費用を有していると仮定した．しかし，容易に組織を形成し多額の資金を集めることができる集団が形成した利益団体と，組織を形成することすら難しい集団が形成した利益団体では，ロビー活動の費用も異なるだろう．少なくとも，組織形成すら難しい集団にとっては，ロビー活動のための費用を工面することに大きな労力と時間を必要とするという意味で，高い費用を有している.

利益団体1と2のロビー活動の費用は，それぞれ $M_1$ と $M_2$ であるとし，$M_1 > 1/2 > M_2$ と仮定しよう．つまり，利益団体1の方が高い費用を有している．このときのナッシュ均衡を示せ．解答をもとに，ロビー活動が不公平性をもたらす問題があるとした9.1.1節の指摘を検討せよ.

### 問題9.2：政治家の資質の重要性

9.2.2節で紹介した選挙広告のモデルでは，政策$x$から投票者が得る効用が1である一方で，タイプ$h$が勝利することで投票者が得る効用を$k > 1$と仮定した．この仮定は，政治家の資質が政策以上に重要であることを意味する．それでは，政治家の資質の重要性は政策に比して低く，$k < 1$が成立していると考え

よう． $k<1$ が成立しているときに，9.2.2節で議論した均衡は存在するだろうか？　理由を説明せよ．

### 問題9.3：内容のない選挙広告

9.2.2節では選挙広告を見ることで投票者は候補者のタイプを知ることができると仮定した．ここでは，内容自体は投票者には意味のない選挙広告を考えよう．よって，タイプ$l$であっても選挙広告で「私はタイプ$h$だ」と嘘をつける．しかし真偽は確かめられないことから，投票者はこのような選挙広告の内容は信じない．このように嘘をつく広告を考えた場合，タイプ$l$が自身のタイプを$h$と偽るインセンティブを有する可能性がある．9.2.2節で紹介した均衡のように「選挙広告を流した新規候補者はタイプ$h$である」と投票者が信じているならば，タイプ$l$も選挙広告を流すことで当選することができる．また，その結果として政策$y$を実行してくれるのであれば，利益団体はタイプ$l$にも政治献金を与えるインセンティブを有するかもしれない．

タイプ$h$が自身のタイプを$h$であると知らせる広告を流す費用を $m_h$ とし，一方でタイプ$l$が自身のタイプを$h$であると嘘をつく広告を流す費用を $m_l$ としよう．ただし $m_l>m_h$ とする．つまり，自身のタイプを偽る広告を流すためには，より多くの情報収集や工夫が必要となるため時間と労力がかかり，広告を流す費用が高くなると考える．この費用はすべて，利益団体が政治献金として払うとする．

$m_l>1>m_h$であるとしよう．つまり，タイプ$l$の政治広告に必要な政治献金の額は，利益団体が政策$y$から得る効用１より高い．このとき，タイプ$l$は，自身のタイプを偽る選挙広告を流すことができるか？　説明せよ．また，9.2.2節で示した均衡と同様の均衡が存在することを示せ．

### 問題9.4：公的資金による選挙広告

9.2.2節で紹介した選挙広告のモデルでは，利益団体のみが選挙広告の資金を提供できる主体であった．しかし，公的資金が選挙広告・活動に用いられる場合もある．例えば，日本では1994年に政治献金に多くの制限が設けられたため，政党の選挙資金の獲得のために公的資金である政党助成金が支給されている．日本以外の国でも，公的資金による選挙活動の是非は議論されることが多い．

公的資金によって選挙広告を行うための資金が十分に提供されたとしよう．

9.2.2節で仮定したように選挙広告では候補者の資質を正しく伝えることができると仮定する．このとき，公的資金による選挙広告と，利益団体の寄付による選挙広告では，どちらの方が投票者に好ましい結果をもたらすだろうか？　一方で，選挙広告で候補者の資質を伝えられない場合(練習問題9.3の設定)においては，公的資金による選挙広告と，利益団体の寄付に依存した選挙広告では，どちらの方が投票者に好ましい結果をもたらすだろうか？

# 第10章　官僚

官僚たちの多くは，内心では，大臣や代議士を軽蔑しているが，
現実には，一歩も二歩もへりくだって，奉仕する．
代議士たちが資料を必要とするときなども，
電話一本で，こちらで整え，お届けに上がる．
城山三郎『官僚たちの夏』新潮社，1975年

現代の民主主義国家において政府が直面している政策課題は多岐にわたり，各政策課題に取り組むためには膨大な情報を収集しなくてはならない．そこで政府や議会は，各政策課題に特化した専門知識を有し，その政策決定に必要な情報も把握している集団である官僚に頼る必要が生じる．そのため，官僚制は現代民主主義国家において必要不可欠の制度となっていると言ってよい．最後に官僚制に関して議論していこう．

官僚は政治家より多くの情報を有しており，政治家より的確な意思決定ができるかもしれない．その一方で，官僚は政治家とは異なる政策選好を有するかもしれない．例えば，Niskanen (1971)は，官僚は(国民の利益よりも)自身の担当する政策に対する予算の拡大を目的としていると指摘している．予算の拡大は官僚に対し，より大きな権限，出世，退職後のより魅力的な再就職先などの利益をもたらすだろう．また，当然ながら，予算が拡大された方が，より効果的な政策を実行できる．もちろん，官僚の中には，努力をしたがらない者や，利益団体と癒着している者もいるかもしれない．

## 10.1　官僚制

### 10.1.1　官僚のモデル

２人のプレーヤー，議会($L$)と官僚($B$)の意思決定を考える．ここでは議会と官僚を単一の主体として扱う．政策課題は１つ(一次元の政策空間)

とし，両プレーヤーとも政策選好を有しているとしよう．議会の最も好ましい政策の結果を０とし，政策が実行された結果が$x$であった場合の議会の効用を $-(x-0)^2$ とする．議会にとって最も好ましい政策の結果を，議会議員の中位政策，あるいは投票者の中位政策と解釈しても構わない．官僚の最も好ましい政策の結果は $x_B>0$ とし，政策が実行された結果が$x$であった場合の官僚の効用を $-(x-x_B)^2$ とする[142]．

最初に議会は，政策の決定権限を官僚に委譲するか否かを決定する．次に，政策の決定権限を有するプレーヤー（委譲した場合は官僚，しなかった場合は議会）が政策を選択する．ここで選択される政策を$z$とする．しかし，選択された政策$z$は，必ずしも実現される結果$x$と同一とは限らない．例えば，経済成長率３％を目指して財政拡大政策を実行しても３％になるとは限らない．また，インフレ率２％を目指して金融緩和政策を実行しても２％になるとは限らない．そこで，政策の結果は $x=z+\omega$ となると考え，$\omega$ は1/2の確率で $\omega=-\varepsilon<0$ であり，残りの1/2の確率で $\omega=\varepsilon>0$ であるとしよう．図10-1がこの関係を示している．官僚の情報上の優位を考慮し，ここでは単純に，官僚は$\omega$の値を知っているが，議会は知らないと考える．ただし，議会は$\omega$が$-\varepsilon$と$\varepsilon$になる確率がそれぞれ1/2であることは知っている．

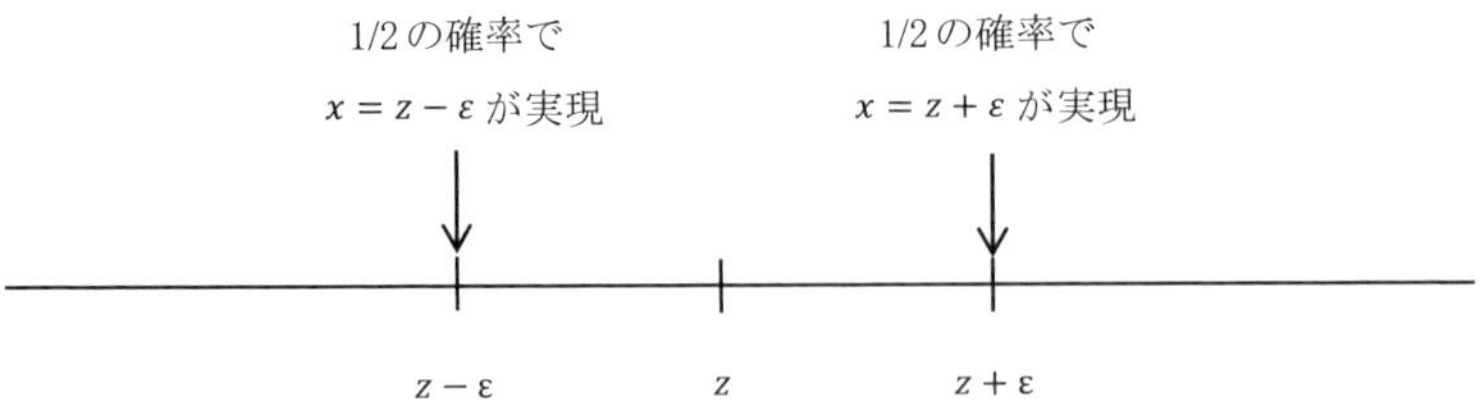


図10-1　政策と結果の関係

142　この時，効用がゼロ以下となることに意味はない．重要な点は，自身の最も好ましい結果から，政策の結果が離れれば離れるほど効用が小さくなる点である．気になる者は，各プレーヤーの効用を $\beta-(x-0)^2$ および $\beta-(x-x_B)^2$ とし，$\beta>0$ を十分に大きな値と考え，正の効用が得られる可能性を含めてもよい．このような設定でも，以下で示される結論に変わりはない．

最初に権限を委譲せず，議会が政策決定を行った場合を考えてみよう．このとき，ωの値は0を挟んで対称的であるから，議会にとっては $z=0$ とすることが最適である[143]．よって，政策の結果は1/2の確率で $-\varepsilon$ であり，残りの1/2の確率で $\varepsilon$ であるため，議会の期待効用は $-1/2(-\varepsilon-0)^2-1/2(\varepsilon-0)^2=-\varepsilon^2$ となる．

次に官僚に権限を委譲し，官僚が政策決定を行った場合を考えてみよう．官僚はωの値を知っているため，政策の結果を $x_B$ とすることができる．つまり，$\omega=-\varepsilon$ の時は $z=x_B+\varepsilon$ を選択すれば $x=z+\omega=x_B+\varepsilon-\varepsilon$ となり $x_B$ が実現する．同様に，$\omega=\varepsilon$ の時は $z=x_B-\varepsilon$ を選択し $x_B$ を実現させる．よって，議会の(期待)効用は $-(x_B-0)^2=-x_B^2$ となる．

以上の分析から，

$$x_B<\varepsilon$$

であれば権限を委譲した方が議会の効用を改善できるため($-x_B^2>-\varepsilon^2$)，議会は官僚に権限を委譲することがわかる．一方で，$x_B>\varepsilon$ であれば委譲しない．

このモデルからの含意は以下の通りである．第1に，議会と官僚の政策選好($x_B$)が近いほど，議会は官僚に権限を委譲する．第2に，政策の不確実性(ε)が大きいほど，議会は官僚に権限を委譲する．例えば，法律は議会によって決定されるが，その細かい実務上の運営方法は詳細な情報が必要(εが大きい)なため，官僚にゆだねられることが多い．また，金融政策は高度に専門知識が必要な政策領域である．金融市場の知識はもちろん，金融政策が物価や為替および実体経済に与える影響を理解したうえで政策決定を行わなければならない．そのため，政策の不確実性が大きく，多くの国では中央銀行に独立性を与え，金融政策の決定に政府が介入できないようにしている．しかし，法律などで中央銀行の使命を物価の安定などと限定することで，中央銀行の政策目的($x_B$)が政府の目的と大きく異ならないようにしている．一方で，政治家の地元への利益誘導政策は，自身の地元であることもあり多くの情報を政治家は有している．しかし，ごく一部の地域への利益誘導を官僚は好まない可能性が高い．政策の不確実

143　議会の効用最大化問題は，$\max_p -1/2((z+\varepsilon)-0)^2-1/2((z-\varepsilon)-0)^2$ であり，解は $z=0$ となる．

性は少ない一方で，政治家と官僚の利害は一致しにくいため，官僚に権限が委譲されることは少ないと言える．

### 10.1.2　官僚の統制：行政手続法

政治家の選択肢は政策の決定権限を委譲するか否かだけではない．政治家は，官僚の情報や専門知識を最大限に用いながら，政治家にとってより好ましい政策の実行に導こうとするだろう．

官僚の統制方法として最大の方法が任命権である．できる限り議会の政策選好に近い者を任命し，あまりにかけ離れた選好を有する者を解任することで，$x_B$の位置を調整することができる．しかし，任命できる機会は限られており，また解任も容易にはできない．官僚を直接監視する方法として，議員が自身の選挙区に戻り，政策が正しく実行されているかチェックする**パトロール**(police patrol)と呼ばれる方法がある．また，選挙区にいる支持者が，実行された政策に問題があった場合に議員に報告する**火災警報器**(fire alarm)と呼ばれる方法もある[144]．このような手法を通し，政策の調整を官僚にもとめることができる．また事後的な方法となってしまうが，議会に官僚を呼び聴取を行ったり，成果によって昇進を調整したりする．議会の選好から離れた結果をもたらした官僚に対し事後的な罰が与えられる場合，官僚は議会の好みに近い結果をもたらそうとするかもしれない．

上記の方法以外にも，官僚に政策変更の費用を課すことによって，より議会の好む結果をもたらす政策を選択するインセンティブを官僚に与える方法がある．10.1.1節で議論したモデルを考えよう．また，$x_B < \varepsilon$と仮定する．10.1.1節の設定下では，権限委譲を行うことが議会にとって好ましいことになる．しかし，議会は官僚に権限を委譲する前に，現状の政策$\bar{z}$を決定できると考えよう．それに加え，官僚が現状の政策$\bar{z}$から政策変更を行った場合は，官僚は$e > 0$の費用を払わなければならないとする．つまり，官僚に政策変更の費用を課している．この費用は，官僚に支払わせる金銭的費用ではなく，官僚が政策を変更する場合に費やす，努力や労力，時間を意味していると解釈できる．この$\bar{z}$と$e$を議会は決定できると

144　パトロールと火災警報器の両手法に関する詳細は，McCubbins and Schwartz (1984)を参照のこと．

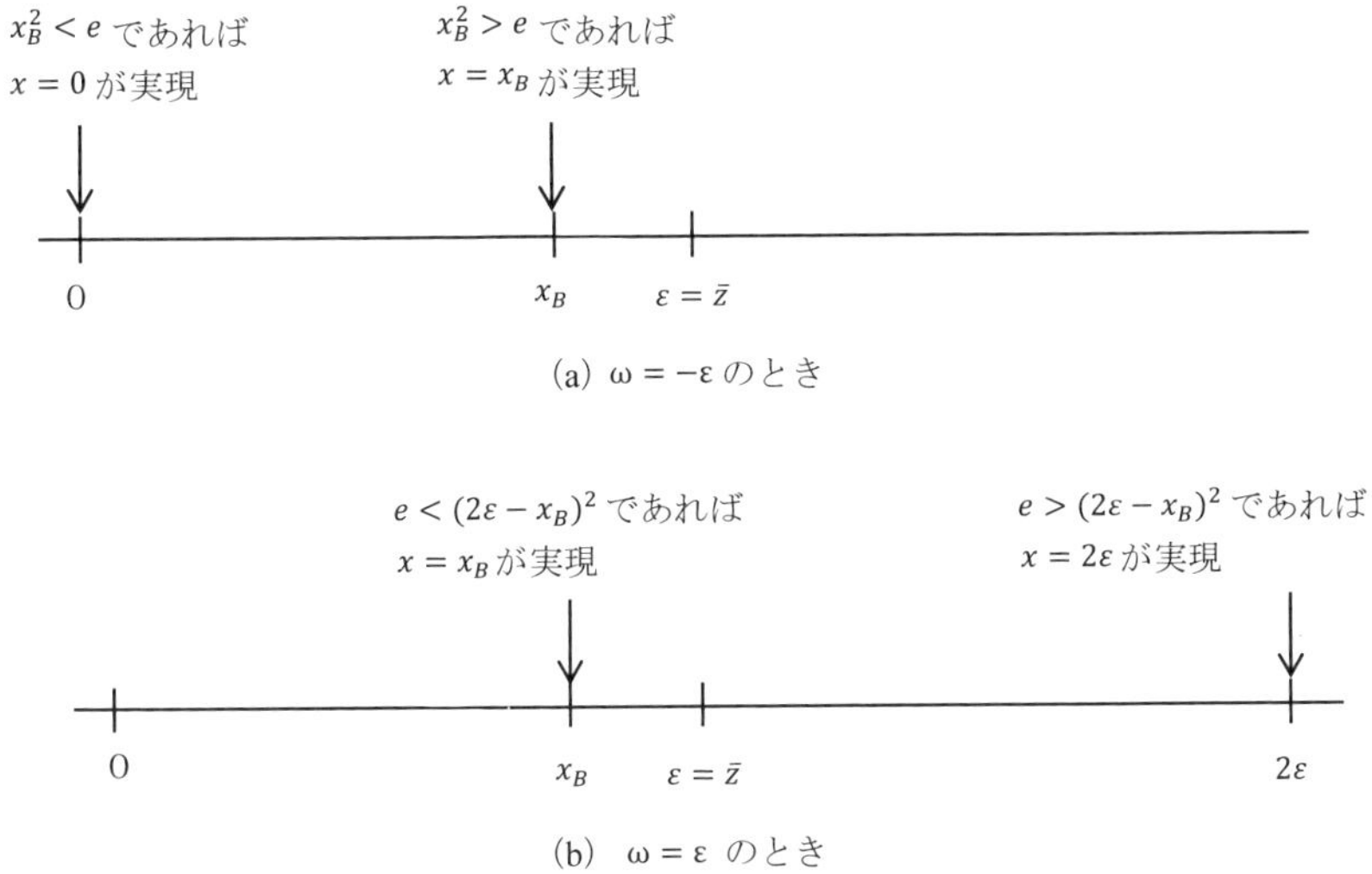


図10-2　行政手続法の効果

する．

ここで議会は $\bar{z} = \varepsilon$ と設定し，官僚に権限を委譲したとしよう．ω = −ε のとき，官僚が政策を変更しなければ $x = 0$ となり，官僚の期待効用は $-(0 - x_B)^2 = -x_B^2$ となる．一方で，政策を変更した場合，官僚は ω の値を知っているため，政策の結果を $x_B$ とすることができる．よって，官僚の期待効用は $-(x_B - x_B)^2 - e = -e$ となる．図10-2(a)が示すように，$x_B^2 < e$ であれば ω = −ε の時に政策は変更されず $x = 0$ が実現する．

一方で，ω = ε のとき，官僚が政策を変更しなければ，$x = 2\varepsilon$ となり，官僚の期待効用は $-(2\varepsilon - x_B)^2$ となる．政策を変更した場合，官僚の期待効用は $-e$ となる．よって，図10-2(b)が示すように，$e < (2\varepsilon - x_B)^2$ であれば政策を変更し $x = x_B$ が実現する．

議会は $x_B^2 < e < (2\varepsilon - x_B)^2$ となるような費用を設定したとしよう[145]．この費用下では，ω = −ε のとき政策の結果は $x = 0$ となり，ω = ε のとき政

145　仮定した $x_B < \varepsilon$ より $x_B^2 < (2\varepsilon - x_B)^2$ が成立するため，この条件を満たす $e$ は存在し，設定できる．

策の結果は$x=x_B$となる．よって，議会の期待効用は$-x_B^2/2$となる．仮定として$x_B<\varepsilon$と考えているため，この期待効用は$-\varepsilon^2$より大きくなり（$x_B^2/2<\varepsilon^2$），権限委譲することが議会にとって最適となる．10.1.1節のモデルにおける議会の効用$-x_B^2$より大きい期待効用を議会は得ることが分かる．このように議会は，現状の政策と政策を設定したうえで，高すぎも低すぎもしない変更費用を課せば，ある程度官僚を統制することが可能となる．

このような政策変更の費用を官僚に課す代表的手法として，**行政手続法**（The Administrative Procedure Act）がある．アメリカにおける行政手続法は1946年に導入された．そこでは，官僚は政策の変更の前に，(i)変更することを公表し，(ii)その政策の利害関係者すべての意見を聴取し，(iii)希望する利害関係者を政策の決定過程に参加させ，(iv)その際に利害関係者が出した資料や意見と整合的な政策の決定をしなくてはならない，としている（McCubbins and Rodriguez［2006］）．これらの点を満たすためには，官僚は時間と労力を費やさなければならず，一定の費用を払うことになる．官僚に対し，政策の変更に費用を課すように設計されており，官僚の統制に効果があると指摘されている（Shepsle［2010］）．

一方で，日本に行政手続法が導入された時期は1993年である．それでは，1993年以前に日本ではどのような官僚の統制方法が採用されてきたのだろうか？

### 10.1.3　日本における官僚統制

Ramseyer and Rosenbluth（1997）は，特に自民党が長期間において政権政党であった1993年以前の官僚統制の方法を示している．よって官僚を統制する主体は議会ではなく，自民党であった．

第１に自民党は任命権を活用していた．各省庁の任命権は大臣が握っている．自民党が政権政党であり続けることをふまえれば，官僚は出世のために自民党の利害にできる限り沿った政策を選択しようというインセンティブを有することになる．さらに官僚にとって，引退後の就職先の存在は大きかった．生涯収入の多くの割合が，官僚引退後の再就職先によって決まるためである．このような**天下り**も自民党が関与することにより，自民党の政策選好に従うより強いインセンティブを官僚に与えていた.

第2に，10.1.2節で説明した，選挙区にいる支持者が実行された政策に問題があった場合に議員に報告する方法(火災警報器)も**陳情**として頻繁に採用されてきた．また，支持者以外にも，官僚組織の中に自民党に情報をもたらしてくれる人員を確保していた．例えば，一部の官僚は，その後のキャリアとして政治家になることを考えている．政権政党であり続ける自民党所属の政治家になりたい官僚は，自民党の利益に反した行動をとった官僚が同省庁内にいた場合，自民党に対して報告をしてきた．また，複数の省庁に似たような政策の実施を依頼することで，省庁間の競争を促してきた．**縦割り行政**と呼ばれるこの制度は，省庁間のライバル意識を高めることで，より多くの情報を自民党に集めることができた.

さらには，自民党議員自体も，特定の政策に専門知識を有する**族議員**と呼ばれる議員を増やすことで，政策実行に伴う不確実性を減じさせ，専門家集団としての官僚と渡り合おうとしてきた(猪口・岩井［1987］).

以上の方法は，現在は悪しき政治的慣習とされている．例えば，天下りや族議員は政官財の癒着をもたらし，縦割り行政は省庁間の協調を妨げ非効率的であると批判された．また，上記の制度は自民党が安定的に政権政党になっていなければ，万全には機能しない．自民党の意向に沿って政策を決定しても，政権政党が変われば意味がなく，むしろ官僚にとって不利になる可能性があるからだ．よって，このような日本的官僚制度は現在，大きな岐路に立っている．一方で，行政手続法は1993年に導入された後，数度の改訂を経て機能しはじめているといってよい.

「官僚の権限を減らせ」や「官僚の数と給与を減らせ」などと安易に言われることは多いが，官僚を統制し，彼らが有している情報や専門知識を利用していく新たな制度の構築をしなければ，今後の官僚制度はもちろん，政治自体も機能しないことは言うまでもない.

## 10.2　最高裁判所

日本では名目的には三権分立が成立しているとされている．しかし，立法府である議会は長い間自民党が多数派であった．また行政府である内閣は，議会の多数派である自民党によって任命されてきた．行政を同時につかさどる官僚も自民党によって統制されてきた可能性が高いことは議論してきた通りある．それでは，司法はどうであろうか？　最後に簡単に司法の役割に関して触れる．

司法は違憲審査権を有する形で政策に影響を与えうる．司法が違憲と判断した法律は無効となることから，司法は憲法に反する法律に対してだけ拒否権を有することになる．その最終的判断を下す機関が15人の裁判官で意思決定を行う最高裁判所となる．その最高裁判所の判事に対しても，自民党は統制を行ってきたと指摘されている．

第1に，最高裁判所裁判官の任命権は内閣が有する．よって，官僚と同様に任命権を活用し，自民党の政策選好に近い裁判官を任命してきたと考えられる[146]．

第2に，いくら自民党の政策選好に近い裁判官を任命したとしても，時間が経過するにつれ，裁判官の政策選好が変化していく可能性がある．官僚に対しては昇進・降格などを用いて任命後もある程度統制していくことは可能だが，最高裁判所裁判官は裁判官としての最高位であり，多くの裁判官は定年まで勤め上げるため[147]，人事を用いて統制していくことは不可能である[148]．これに対し，Ramseyer and Rosenbluth (1997)は，自民党は定年間際の人を裁判官に任命し，短期間で引退をさせる戦略をとってきたと指摘している．表10-1は最高裁判所裁判官が任命された際の平均年齢，および平均の在職期間を示している．時期に限らず，64歳前後の人が任命されてきたことが分かる．最高裁判所裁判官の定年は70歳であることから，通例５～６年で引退することになる．このような短期間で大きく裁判

146　ただし，必ずしも左派の裁判官は出世において差別を受けてはいないという指摘もある(Fukumoto and Masuyama［2015］)．最高裁判所の裁判官に対して，国民は最高裁判所裁判官国民審査を通して罷免権を有している．しかし，投票者の過半数が罷免を希望しない限り罷免はされないという厳しい条件を課しており，実質上は機能していない．過去に罷免された例もない．

147　2015年時点で87.8%の最高裁判所裁判官が定年まで勤めている．

148　内閣は任命権を有するが罷免権は有さない．議会は裁判官弾劾裁判所を設置したうえで裁判官を罷免する権限を有しているが，裁判官が罪を犯した場合など明らかな罷免をする理由がない限り難しい．最高裁判所裁判官で罷免された例はなく，地方裁判所・高等裁判所の裁判官で実際に罷免された例も2015年までの時点で7例のみである．

表10-1　最高裁判所裁判官の任命時年齢および在職期間

| 任命時期 | 任命時の平均年齢 | 平均在職期間 |
| --- | --- | --- |
| 1955-1975 | 63歳1ヶ月 | 6年9ヶ月 |
| 1976-1993 | 64歳3ヶ月 | 5年6ヶ月 |
| 1994-2015 | 64歳2ヶ月 | 5年6ヶ月 |
| 民主党政権下(2009-2012) | 64歳 | — |

(出所)全裁判官経歴総覧第5版．記載さていない裁判官に関しては別個調査した．

官の政策選好が変わる可能性は低い．

特筆すべきは，自民党の一党優位体制が終わったとされる1993年以降も同様の戦略が取られ，自民党だけではなく民主党も政権政党であった時期に同様の戦略をとってきたことである．しかし，政権交代が行われる可能性が高い状況では，短期間で引退してしまう裁判官を任命するより，自身の政党に近い考えをもつ裁判官ができる限り長く勤められるようにする戦略をとった方が好ましい．例えばアメリカの最高裁判所では，裁判官に定年制はなく，かつ55歳前後の人が任命されることも多いため20年以上務める裁判官も多い．よって，例えば共和党は自身の考えに近い保守的な裁判官を任命し，数年後に民主党が政権を担ったとしても，このような保守的裁判官の任期が続くような戦略をとってきている．

おそらく，日本では司法の役割がそれほど重要視されていなかったことから，自民党はもちろん民主党までも1993年以降において定年間際の裁判官の任命という前例を踏襲してきたのかもしれない．しかし，一票の格差や集団的自衛権行使容認の問題など違憲の是非が議論になるような事案が増え，かつ憲法の改正が行われる可能性が高まっている現在，司法の役割は大きくなってきている．政権政党が採用している裁判官の任命戦略はもちろん，定年制の是非も含めて司法制度の在り方の議論も必要ではないだろうか．

## 練習問題

### 問題10.1：政策選択への制約[149]

官僚を統制する単純な手法として，官僚が選択できる政策$z$に制限を設けることがある．ここで，議会が官僚に権限を委譲した場合，官僚が選択する政策は $z \leq \varepsilon$ を満たさなくてはならないと設定したとしよう．つまり，$\varepsilon$を官僚が選択できる政策の上限とする．これを超えた$z$は選択できない．この他の設定は，10.1.1節の基本モデルに依拠するとする．また，$x_B > \varepsilon$と考えよう．よって10.1.1節の議論より，制約を設けなかった場合は議会は官僚に権限を委譲しない．しかし，同時に$x_B < 2\varepsilon$と考える．官僚の選好は議会より離れすぎているわけではない．

(a)官僚に権限が委譲されたとしよう．$\omega = -\varepsilon$のとき，官僚はどの政策$z$を選択するか？　その結果，実現する政策の結果$x$は何か？　また，議会の効用を示せ．

(b)再び，官僚に権限が委譲されたとしよう．$\omega = \varepsilon$のとき，官僚はどの政策$z$を選択するか？　その結果，実現する政策の結果$x$は何か？　また，議会の効用を示せ．

(c)権限を官僚に委譲した際の議会の期待効用を示せ．

(d)議会が官僚に権限を委譲する条件式を示せ．

### 問題10.2：情報入手のための費用

10.1節のモデルでは，官僚は$\omega$の値を知っており，議会は知らないと仮定していた．しかし，正しい情報の入手のためには，一定の調査や分析などが必要となり，時間と労力を中心とした費用を支払う必要があると考える方が自然である．ここで，10.1.1節のモデルを考えよ．ただし，官僚も議会も当初は$\omega$の値は分からず，1/2の確率で$\omega = -\varepsilon$であり，残りの1/2の確率で$\omega = \varepsilon$であることだけを知っているとする．しかし，官僚は$c_B^2$の費用を支払えば$\omega$の値が$\varepsilon$と$-\varepsilon$のどちらであるのかが分かると考える．議会も，$c_L^2$の費用を支払えば$\omega$の値が分かるとする．ここで官僚の情報上の優位を考慮し，官僚の方が情報収集の費用が低く，$c_B < c_L$となると考えよう．また，$x_B < \varepsilon$と仮定する．

149　本問題はEpstein and O'Halloran（1994,1999）にもとづく．

(a)議会が官僚に権限委譲をしなかった場合を考えよう．議会が費用$c_L^2$を支払って ω の値を知ることが最適となる条件を示せ．

(b)議会が官僚に権限委譲をした場合を考えよう．官僚が費用 $c_B^2$ を支払って ω の値を知ることが最適となる条件を示せ．

(c)以下の３つの状況下において，議会にとって官僚に権限を委譲することが最適であるか否かを答えよ．権限委譲が最適となる条件式がある場合は示すこと．

i　$c_B < \varepsilon < c_L$

ii　$c_B < c_L < \varepsilon$

iii　$\varepsilon < c_B < c_L$

(d)官僚の方が情報優位にあり( $c_B < c_L$ )，かつ官僚の政策選好が議会の選好に近くても( $x_B < \varepsilon$)，情報入手費用を考慮した場合，議会は権限を官僚に委譲しない場合がある．(c)の解答をふまえ，理由を言葉で説明せよ．

**問題10.3：行政手続法**

10.1.2節における(官僚に政策変更の費用を課す)行政手続法のモデルでは $x_B < \varepsilon$と仮定していた．それでは $x_B > \varepsilon$である場合，行政手続法は機能するだろうか？　理由を説明せよ．

# おわりに

「政治っておまえ，見たことある？
誰も政治なんて見たことあるやつはいねえんだ．
見えないものについて語られると，俺は無性に腹が立つよ．
俺は目の前にあるものしか信じない．河童って信じる？」
松尾スズキ『キレイ[完全版]：神様と待ち合わせした女』白水社，2014年

選挙期間中，選挙カーの中から，名前と所属政党(および，多くの場合で「改革を実行する」という言葉)のみを繰り返す候補者を見る．結局，候補者の人柄はもちろん，どのような政策を好んでいるのかも分からないまま投票日を迎える．そこで，有権者からの信任を得たとされる政治家が政策を決めていく．議会をいくつかの法案が通ったこと，あるいは政治スキャンダルや紛糾する国会のニュースを新聞やテレビで知る．気が付くと，別の選挙がはじまっている．どのように政治が運営され，政策が決定されているのか分からないまま，政治不信という言葉だけは消えない．

多くの人にとって政治は得体のしれないものである．「永田町の論理」や「霞が関の論理」などという曖昧な言葉で政治は表現され，その実態は見えないままとなる．その政治を，政治家や政党などの個々の主体のインセンティブから考え，描き出そうという分析手法が数理分析である．そこでは，選挙制度をはじめとした政治制度を変えれば，政治家や政党の行動に変化をもたらす可能性が指摘されてきた．また，各政治制度や政策に関して，その利点と不利点の間のトレードオフも示されてきた．

民主主義において，有権者が持ちうる主な政治的権利は投票権と選挙に出馬する権利である．しかし，国民が政治に責任をもつべき民主主義において，単に投票し，多くの場合，出馬を諦めるだけでは，不十分なのではないだろうか．政策決定のルールでもある政治制度自体を見直していくことも，国民の責務である．より良い政策に導くための政治制度はどのようなものであるかを理解するための１つの視座を政治の数理分析は提供して

いる．本書で紹介した分析は限られたものではあるが，その一端に触れることができたと感じてもらえれば何より嬉しい．

本書は，あくまで入門書として，できうる限り（ある程度の厳密性を犠牲にしつつ）簡潔にかつ単純なモデルで解説してきた．より一層の理解のための読書案内を最後に付け加える．ただし，次のステップに進む前に，まずはゲーム理論を本格的に学ぶことを強くお勧めする[150]．

第２・３章の社会選択論と選挙制度に関しては，簡単に読める和書あるいは邦訳のある洋書として坂井（2015）とPoundstone（2008）がある．坂井（2015）は社会選択論の専門家が，単純多数決制の問題を丁寧に説明している．また，Poundstone（2008）は，経済学分野のノンフィクションを多く手掛ける作家が書いた，社会選択論の研究者のドキュメンタリーである．著者が社会選択論の専門家ではないため厳密性には欠けるが，アメリカの選挙史を中心に多くの事例を交えつつ，最適な選挙制度に関する議論史を示している．本格的に社会選択論に触れたい場合は，坂井（2013）と鈴村（2012）をお勧めする．坂井（2013）は学部生向きの入門書，鈴村（2012）は学部上級・大学院初級の本格的教科書となる．洋書では，Austen-Smith and Banks（1999），Saari（2001）とGaertner（2013）を紹介するにとどめる．

後半のゲーム理論を用いた政治分析に関しては，和書として井堀・土居（1998）および小西（2009）がある．ともに，社会保障政策や財政再建など，日本が直面する経済問題に対する政治的影響を強く意識して書かれている．洋書の学部入門書としては，Shepsle（2010）を勧める．Shepsle（2010）は本書と構成が似ており，前半は社会選択論，後半はゲーム理論の分析となっている．本書では立ち入らなかった古典的な議論も説明している．本格的教科書としては，Persson and Tabellini（2000），Drazen（2000），および

150　ゲーム理論の教科書は数多く存在するため，ここでは紹介しない．ただし，「本格的」に学ぶためには，付録A.4で紹介した情報の非対称性を含めたゲーム理論を解説している教科書が望ましい．具体的には，ベイジアン・ナッシュ均衡と完全ベイジアン均衡を紹介している教科書となる．

Gehlbach (2012) がある．Persson and Tabellini (2000) は経済学への応用を強く意識し，幅広いトピックを扱っている．Drazen (2000) はマクロ経済学への応用を中心としたマクロ政治経済学の教科書となる．Gehlbach (2012) は本書と同様に政治制度などの政治事象に関する数理分析を紹介している．(国際関係論を除いた) 数理政治学で用いる主要なモデルはすべて網羅しているため，数理政治学を包括的に知るためには必須の教科書となる．本書ではあまり触れなかった古典的研究を網羅したものとしては，Austen-Smith and Banks (2005) および Mueller (2003) がある．また，第７章で概説した政治的エージェンシー問題は Besley (2006) が，第９章で概説した利益団体のモデルは Grossman and Helpman (2001) が，そして第10章で概説した官僚制のモデルは曽我 (2005) がそれぞれ包括的に解説している．

いずれの方向に進むにせよ，本書を通して少しだけでも政治の数理分析に興味をもった読者は次の一歩に踏み出してほしい．その先には必ず新たな発見が待っているはずである．

### 最終問題

次の一歩に踏み出す前に，最後の練習問題に挑戦していただきたい．本書で学んだモデルの中で，現実と合わない，あるいは強い仮定を置きすぎていると感じたモデルはどれか？　より現実に合った有用なモデルとするためには，どのように仮定を変更するべきか？　自身の考えた仮定の変更をモデルに取り入れた場合，本書で示した均衡と異なる結論になるだろうか？　異なる結論になると予測されるのであれば，本書のモデルでは説明できなかった現実や，新たな側面を示す有用な含意は示せるだろうか？

# 付録A 数理分析の基礎

## A.1 ゲーム理論とは何か

本付録では，本書を理解するために最低限必要なゲーム理論の基礎に関して議論する．しかし，ここで議論される内容は包括的なものではなく，わかりやすさを優先したため厳密性を欠くものとなっている．よって，本付録をもってゲーム理論の基礎に関して理解したと考えることはできない．本格的に学ぶためには，ゲーム理論の教科書を参照していただきたい．また，本付録は本書の第1章が読まれていることを前提に書かれている．

ゲーム理論とは，複数の意思決定者間の**戦略的依存関係**(strategically interdependence)を数理モデル化し分析する手法である．戦略的依存関係とは，最終的に起こる結果が，自身の選択だけではなく，他者の選択にも影響を受ける関係を指す．チェスやオセロなどのゲームでは，自身の決定だけではなく，相手の決定も勝敗に影響を与えるため，戦略的依存関係が存在している．そのため，このような数理分析をゲーム理論と呼んでいる[151]．ゲーム理論では，この戦略的依存関係を描くゲームの種類が複数あり，その各ゲームにおいて，起こりうる結果を予測する方法として**均衡**(equilibrium)概念が存在する．ここでは，最も基本的な均衡概念である**ナッシュ均衡**(Nash equilibrium)と**サブゲーム完全均衡**(subgame-perfect equilibrium)のみを紹介する．以降では，ゲーム理論における用法にならい，意思決定者を**プレーヤー**（player），各プレーヤーが有する選択肢を**戦**

151　一方で，経済学で考えられることが多い完全競争市場では，消費者も生産者も自身の消費量や生産量を決定するが，その決定が市場価格には影響を与えないと考えている．つまり，市場で決定された価格をもとに，消費者や生産者は自身の効用や利潤を最大化するような消費量や生産量を決定する．この場合，自身の行動が他者の効用や利潤に影響を与えることがないため，戦略的依存関係は存在しない．

**略**(strategy)と呼ぶ[152].

## A.2 ナッシュ均衡

ゲーム理論で多く用いられる均衡概念の1つがナッシュ均衡である.ナッシュ均衡は主に,すべてのプレーヤーが同時に意思決定を行うゲームに用いられる均衡概念となる[153].ナッシュ均衡について理解するためには,**最適応答**(best response)を用いるとわかりやすい.

**定義A.1 最適応答**

*他のすべてのプレーヤーの選択した戦略を所与としたとき,最大の効用をプレーヤーにもたらす戦略を,他のプレーヤーの戦略に対する最適応答と呼ぶ.*

つまり最適応答とは,他のプレーヤーの選択に対し,自身にとって最も好ましい選択肢のことである.「最も好ましい」とは,効用を最大化していることを意味している.例えば,2人でジャンケンをしているとする.勝ちたいのであれば(つまり勝つことによる効用が最も高いのならば),相手の戦略がグーのとき,最適応答はパーになる.すべてのプレーヤーが最適応答を選択する状態をナッシュ均衡という[154].

**定義A.2 ナッシュ均衡**

*すべてのプレーヤーが互いに最適応答となる戦略集合はナッシュ均衡である.*

---

152 厳密には,プレーヤーの有する選択肢を純粋戦略(pure strategy)と呼ぶ.プレーヤーは純粋戦略を単に選ぶことも当然できるが,確率分布に従って純粋戦略を選択するという方法も選択できる.このときにプレーヤーが選ぶ確率分布を混合戦略(mixed strategy)と呼ぶ.例えば,ジャンケンの時に「絶対にグーしか出さない」という選択はせずに,確率的にグーとチョキとパーから選ぶような戦略が混合戦略となる.ただし,本書では混合戦略は議論しない.

153 このような同時決定のゲームを標準型ゲーム(normal form game)と呼ぶ.

154 ナッシュ均衡の厳密な定義では最適応答を用いないで定義する.

**戦略集合**(strategy set)とは，すべてのプレーヤーが選択した戦略を集めた集合のことを指す．ナッシュ均衡とは，すべてのプレーヤーが互いに最も好ましい戦略である最適応答を選択しているときの戦略集合のことである．私とあなたの２人でゲームをするとしよう．ナッシュ均衡では，私の選択はあなたの選択に対して最適応答となっており，あなたの選択も私の選択に対する最適応答となっている．このとき，私だけが戦略を変えても，私の効用は下がるか，あるいは変化しない．同時に，あなただけが戦略を変えても，あなたは効用を改善することはできない．よって，(相手の戦略が所与である場合)私もあなたも戦略を変更するインセンティブは有さない．プレーヤー全員が最適応答を選択しているため，ナッシュ均衡では誰も戦略を変更するインセンティブを有さないのである．つまり，「誰も戦略を変更しない状態」が結果として生じると予測する均衡概念がナッシュ均衡である．一方で，もし１人でも最適応答を選んでいなければ，そのプレーヤーは戦略を最適応答に変えるインセンティブを有するため，予測される結果とはならない．

ここでは，プレーヤー同士が協調することは考えない．つまり，同時に戦略を変えれば効用を改善することができるとしても，協調して同時に変えることはできないと考えている．

### A.2.1 安全保障のジレンマ

ナッシュ均衡の理解のために，**安全保障のジレンマ**(security dilemma)とよばれる例を考えてみよう[155]．２つの国家$A$と$B$がプレーヤーであるとする．各国家は「核兵器を保有する(保有)」と「保有しない(非保有)」という２つの選択肢を有すると考えよう．各国家にとって最も好ましい状況は，自国のみが核兵器を保有する状態である．この場合，核兵器を用いて国家間交渉を有利に展開できる．この時の効用を４としておこう．次に好ましい状況は，両国とも核兵器を保有しない状態である．この時，２国間の力関係は同等であり，核兵器を開発・維持する費用も負担する必要はない．この時の効用を３とする．３番目に好ましい状況は，両国とも核兵器

155　本例は，ゲーム理論において最も有名な例といってよい囚人のジレンマ(prisoner's dilemma)を，政治的文脈に合わせて解釈を変更したものである．

を保有する状態である．この時，２国間の力関係は同等であるが，核兵器を開発・維持する費用を負担しなくてはならない．この時の効用を２とする．最悪の状況は，相手国のみが核兵器を有し，国家間交渉で不利になる状態である．この時の効用を１とする．1.3.1節で説明したように，この効用の値には意味がない．４つの状態に対する選好順序に効用の大小が一致していればよい．つまり，両国家は核兵器の保有に関して，

自国のみ保有 $\succ_i$ 両国とも非保有 $\succ_i$ 両国とも保有 $\succ_i$ 相手国のみ保有

という選好関係を有しており，この選好関係においてより好ましい状態ほど高い効用を有していればよい．ここでは単純に最も好ましい選択肢から，４，３，２，１と順に効用を与えたにすぎない．このゲームは図A-1のような**利得表**(payoff matrix)を用いると理解しやすい．列には国家$A$の戦略，行には国家$B$の戦略をあてがい，表の中に各結果から得られる国家の効用を示してある．最初の数字は国家$A$が得る効用であり，２番目の数字は国家$B$が得る効用である．例えば，国家$A$のみが「保有」を選択した場合，国家$A$は４の，国家$B$は１の効用を得る．よって，右上のマスには４，１と示してある．

まずは国家$A$の最適応答に関して考えてみよう．国家$B$が「保有」を選択したとする．このとき，国家$A$も「保有」を選択すれば効用は２となり，「非保有」を選択すれば効用は１となる．「保有」の方が効用は高いため，国家$B$が「保有」を選択した際の国家$A$の最適応答は「保有」となる．次に，国家$B$が「非保有」を選択したとする．このとき，国家$A$が「保有」を選択すれば効用は４となり，「非保有」を選択すれば効用は３となる．よって，国家$B$が「非保有」を選択しても，国家$A$の最適応答は「保有」となる．同様の理由から，国家$A$の選択にかかわらず，国家$B$の最適応答も常に「保有」となる．

よって，両国ともに最適応答を選択している状態は，両国ともに「保有」を選択しているときのみとなるため，ナッシュ均衡においては両国とも核兵器を保有する．

両国ともに核兵器を保有しない状態に移れば，両国の効用は２から３に改善される．二国が協調さえすれば効用を改善でき

| | | 国家$B$ | |
|---|---|---|---|
| | | 保有 | 非保有 |
| 国家$A$ | 保有 | ２，２ | ４，１ |
| | 非保有 | １，４ | ３，３ |

図A-1：安全保障のジレンマ

| | | 国家$B$ | |
|---|---|---|---|
| | | 保有 | 非保有 |
| 国家$A$ | 保有 | $2-C$，$2-C$ | $4-C$，1 |
| | 非保有 | 1，$4-C$ | 3，3 |

図A-2：安全保障のジレンマと経済制裁

る状態が他に存在するにもかかわらず，ナッシュ均衡では達成できない．両国とも保有しない状態では，どちらの国家も強大な力を得るために核兵器を保有するインセンティブを有するからである．よって，ナッシュ均衡は非効率的結果であり，社会的に望ましい結果ではない[156]．社会的に望ましい結果が達成できないという点で，安全保障におけるジレンマが存在するのである．ゲーム理論は合理的選択の結果が社会的に望ましい状態になると主張するものでは断じてない．むしろ，このように社会的に望ましくない状態が合理的選択の結果として生じてしまう可能性を示している．

しかし，制度や政策を変えることによって，より望ましい結果に導くことができる可能性がある．例えば国際機関が核兵器を保有する国に経済制裁を発動したらどうだろう．この経済制裁により，核兵器を保有した国は$C$の費用を払うと考える．経済制裁が発動される場合の利得表は，図A-2に変わる．

もし$C$の値が1より大きければ，相手の戦略にかかわらず最適応答は「非保有」となり，両国とも核兵器を保有しないことがナッシュ均衡となりうる[157]．このように，制度や政策によって，プレーヤーの効用などに変化を生じさせ，プレーヤーの行動を変えることができる．その結果，均衡をより望ましい結果に導くことができるかもしれない．序章でも議論したように，ゲーム理論を用いることにより，望ましい結果に導くためのゲームのルールを検討できる．政治的文脈において，この「ゲームのルール」とは一種の政治制度と解釈できる．

### A.2.2　新党設立

安全保障のジレンマでは，ナッシュ均衡は1つのみであった．しかし，

---

156　言い換えれば，この例におけるナッシュ均衡はパレート最適ではない．

157　もちろん「有効な経済制裁を発動させることができるか」という問題は存在する．この例では，経済制裁を通しても1を超える$C$を科せられない場合，ナッシュ均衡を変えることはできない．

| | | 政党B | |
|---|---|---|---|
| | | 政党Aの党首 | 政党Bの党首 |
| 政党A | 政党Aの党首 | 2，1 | 0，0 |
| | 政党Bの党首 | 0，0 | 1，2 |

図A-3：新党結成ゲーム

ゲームによっては複数の均衡が存在する場合がある．その例として，政党Aと政党Bの２党が合併し，新党を設立することを考えているとしよう[158]．両党とも合併は望んでいる．しかし，同時に自身の党の党首を，新党の党首に就任させたいと考えているとする．両党は新党の党首を「政党Aの党首」か「政党Bの党首」の２つの選択肢から選ぶとする．両党とも異なる選択をすれば，交渉は決裂し新党は設立されない．決裂した場合の両党の効用は，ともに0とする．一方で，同じ選択をすれば，新党はその党首のもと結成される．しかし，自身の党から党首を出すことができれば効用は２となるが，相手の政党から党首が出た場合には１となると考える．つまり，両党は，

$$\text{自党から党首} \succ_i \text{他党から党首} \succ_i \text{交渉決裂}$$

という選好関係を有していることになる．このゲームの利得表は図A-3の通りになる．

まずは政党Aの最適応答に関して考えてみよう．政党Bが「政党Aの党首」を選択したとする．このとき，政党Aも「政党Aの党首」を選択すれば効用は２となり，「政党Bの党首」を選択すれば効用は０となる．よって，政党Aの最適応答は「政党Aの党首」となる．一方で，政党Bが「政党Bの党首」を選択した場合，１の効用を得られる「政党Bの党首」が最適応答となる．ほぼ同様の理由から，政党Bも政党Aと同じ選択をすることが最適応答となる．その結果，このゲームには「両党とも政党Aの党首を選択する」という均衡と，「両党とも政党Bの党首を選択する」という均衡の２つのナッシュ均衡が存在している[159]．

## A.3 サブゲーム完全均衡

すべてのプレーヤーが同時に意思決定を行うとは限らない．例えば，最

158 本例は，囚人のジレンマに次いで有名な例といってよい両性の争い(The battle of sexes)というゲームを，政治的文脈に合わせて解釈を変更したものである．

159 厳密には，もう１つ混合戦略を用いたナッシュ均衡も存在している．

初にプレーヤー１が意思決定を行い，その決定を見たうえでプレーヤー２が意思決定を行うなど，プレーヤーが順に意思決定を行う場合も多い[160]．このような逐次決定のゲームで用いられることが多い均衡概念がサブゲーム完全均衡である．サブゲームとは，１番目以降の２番目や３番目などに意思決定を行うプレーヤーからはじまる部分的ゲームのことを指す．サブゲーム完全均衡は，そのサブゲームのすべてでナッシュ均衡が成立するような戦略集合のことである．しかし，サブゲーム完全均衡は，**逆向き推計法**(backward induction)を用いることによって簡単にもとめることができる．最後に意思決定を行うプレーヤーの意思決定の分析からはじめ，最初に意思決定を行うプレーヤーまで遡って分析していくため，このような名前となっている．

**定義A.3　逆向き推計法**

*最後に意思決定を行うプレーヤーの最適応答を，そのプレーヤーの選択が行われる前に起こりうるすべてのケースに対しもとめる．その最後のプレーヤーの最適応答を所与とし，最後から２番目に意思決定を行うプレーヤーの最適応答を同様にもとめる．これを，最初に意思決定を行うプレーヤーまで遡って行う．*

この逆向き推計法でもとめられたすべてのプレーヤーの最適応答戦略の集合がサブゲーム完全均衡となる[161]．

**定義A.4　サブゲーム完全均衡**

*逆向き推計法でもとめられる戦略集合はサブゲーム完全均衡である．*

ここでは各プレーヤーが過去に行われた選択を知ったうえで，また，将来行われる選択を正しく推測したうえで，最も好ましい(つまり効用を最大化する)戦略を選んでいる．そのため，誰も戦略を変更するイン

160　逐次決定のゲームを展開型ゲーム(extensive form game)と呼ぶ．

161　サブゲーム完全均衡の厳密な定義では逆向き推計法を用いないで定義する．

センティブを有さないことから，予測されるゲームの結果になると考えている．

サブゲーム完全均衡を理解するために，単純な両院制のゲームを考えてみよう[162]．日本をはじめとした多くの国で，２つの議院が存在する両院制が採用されている．両院制を採用した場合，法案は両院の可決を得ない限り成立しない．日本において両院制に対する批判は根強く，衆議院で可決されたほぼすべての法案を参議院が可決していることから，参議院は不要であると指摘されることが多い．この点を検討するために，衆議院と参議院の間のゲームを考えよう．

最初に，衆議院が現状の政策を変える(政策変更)か，維持する(現状維持)かの選択を行うとする．もし，現状の政策が維持された場合，衆議院の選択後は何も起こらず，両議会ともに０の効用を得るとする．もし衆議院が政策を変更した場合は，参議院が可決するか否決するかを決定する．参議院が可決すれば新しい法案が成立・実行され，衆議院は１の効用，参議院は－１の効用を得る．つまり，衆議院は政策を変えたいが，参議院は変えたくないという利害対立を考える．そこで，参議院が否決すると，新しい法案は成立・実行されず，現状の政策が維持される．しかし，審議には時間と労力をかけるため一定の費用を支払う．さらには，両議会の関係は悪化するかもしれない．よって両院で議論されたうえに廃案となった場合の両議会の効用は，$-C<0$となるとしよう．この$C$は，法案を審議するために費やした，あるいは両議会関係が悪化したことに伴う費用の大きさを意味する．このゲームを図で示したものが図A-4である．最後に示してある２つの数字は，最初の数字が衆議院，２番目の数字が参議院の効用となっている[163]．

このゲームでは衆議院の意思決定からはじまる全体のゲーム以外に，参議院の意思決定のみを示したサブゲームが存在する．逆向き推計法からサブゲーム完全均衡をもとめるためには，参議院の意思決定から考える必要

162　両院制に関しては8.2節において異なったモデルを用いて議論している．

163　逐次決定のゲームを描いた図をゲームの木(game tree)と呼ぶ．しかし，本書の中ではゲームの木を用いた分析は行っていない．本例よりも若干複雑なモデルを用いるためである．

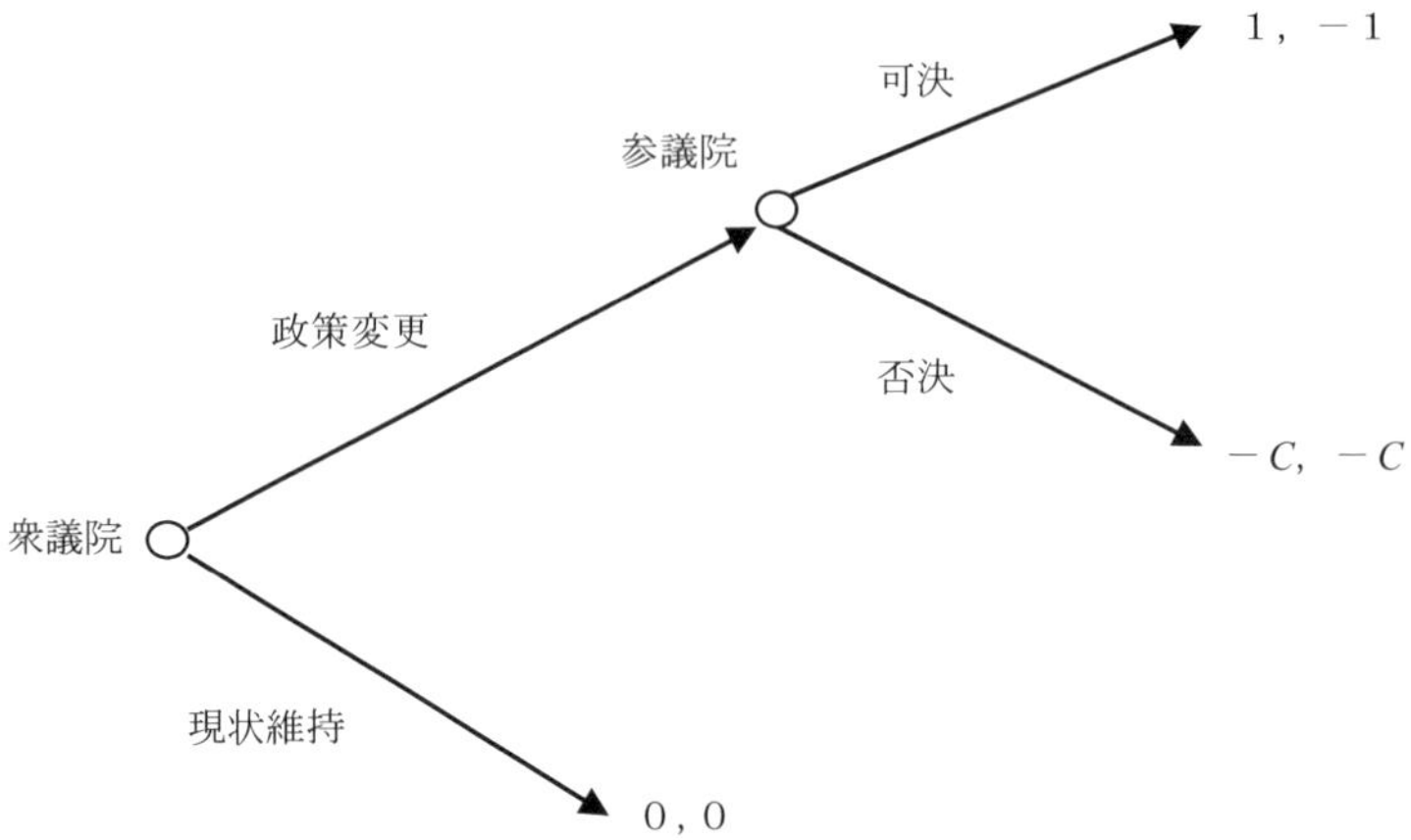


図A-4：両院制ゲーム

がある．ここでは，参議院は $-C<-1$ であれば可決し，$-C>-1$ であれば否決することが分かる．単純化のために，$-C \neq -1$ とする．

次に，衆議院の選択を分析する．まず $-C<-1$ の場合，参議院が可決するため，衆議院は政策変更を行えば1の効用を得，現状維持を選択すれば0の効用を得る．よって，政策変更を選択する．結果として，衆議院が政策変更を選択し，参議院が可決することがサブゲーム完全均衡となる．

一方で，$-C<-1$ であれば参議院は否決するため，衆議院は効用 $-C$ となる政策変更は選択せず，効用0となる現状維持を選択する．よって，衆議院が現状維持を選択し，参議院が否決することがサブゲーム完全均衡となる[164]．つまり，参議院に否決されるような法案を，わざわざ時間をかけ，両議会の関係が悪化するリスクをとってまで審議しようとはしないのである．

上記のサブゲーム完全均衡では，衆議院が政策変更した後に，参議院

---

164　参議院が意思決定することは均衡上では起きないが，サブゲーム完全均衡を記述する際には，すべてのプレーヤーの意思決定を示さなければならない．これは均衡の定義上必要なのだが，「参議院が否決するから衆議院は現状維持を選ぶ」という理由を知るためにも重要である．

が否決する事態は生じない．これが，参議院が衆議院で可決された法案のほぼすべてを可決していることの理由の1つと言える．つまり，衆議院は否決される可能性が高い法案を，費用をかけてまで参議院に送ることがないからである．よって，衆議院で可決されたほぼすべての法案を参議院が可決している事実は，参議院の存在が無意味であることの証明とはならない．

## A.4 情報の非対称性とゲーム理論

今まで解説してきたゲームでは，すべてのプレーヤーが，各戦略を選択した場合に生じる結果や，そこから得られる効用を知っていると仮定していた．しかし，社会には多くのリスクや不確実性が存在し，自身や他者が戦略を選択した後にどのような結果が生じるかという情報を正しく知っている場合は限られている．また，各プレーヤーが有している情報にも違いがあるだろう．例えば，政治家は投票者の政策選好を知らない一方で，各投票者は自身の政策選好は知っていると考える方が自然である．また，政治家の能力に関して，政治家自身は知っているが，投票者は知らない場合も多いだろう．このように，各プレーヤーで知っている情報に違いがある状況を**情報の非対称性**(asymmetric information)と呼ぶ．

ゲーム理論の最大の利点は，情報の非対称性を含めた分析を比較的簡単に行うことができる点にある．従来の経済学で市場の分析に用いられてきた分析手法(一般均衡分析)では情報の非対称性は取り入れにくい．一方で，1970年代後半から，情報の非対称性をゲーム理論に取り入れる分析手法が開発されてきた．情報の非対称性を取り入れることで，買い手と売り手の間で知っている情報が異なる状況など，分析の幅は飛躍的に広まった．そのため近年では，ゲーム理論はミクロ経済学での中心的分析手法となっている[165]．同時に，政治学，経営学，社会学など，幅広い社会科学への応用は，情報の非対称性を取り入れた1980年代以降に飛躍的に発展した．言うまでもなく，情報の非対称性を考慮した分析は，より現実的分析となるからだ．

165　一方で，一般均衡分析は動学的分析を取り入れマクロ経済学の分野で発展を続けている．

情報の非対称性下でのゲーム理論で用いられる主要な均衡概念として，**ベイジアン・ナッシュ均衡**(Bayesian Nash equilibrium)と**完全ベイジアン均衡**(perfect Bayesian equilibrium)がある[166]．前者はA.2節で解説した同時決定のゲームに，後者はA.3節で解説した逐次決定のゲームに用いられる．情報の非対称性を取り入れたゲーム理論は(経済)学部上級レベルとなるため，本書では上記の均衡概念の詳細は議論しない．しかし，これらの均衡概念も基本的にはナッシュ均衡やサブゲーム完全均衡と同じ考え方をしている．つまり，各プレーヤーは，最適応答のような，他のプレーヤーの戦略に対して最も高い効用を得ることができる戦略を選択する．ただし，不確実性やリスクが存在するため，プレーヤーは1.3.2節で解説した期待効用を最大化する．すべてのプレーヤーが互いに期待効用を最大化する最適な戦略を選択していれば，誰も戦略を変えるインセンティブを有さないため均衡となる．

本書では随所でベイジアン・ナッシュ均衡，あるいは完全ベイジアン均衡の概念を用いた均衡を示しているが，これらの均衡概念を知らなくとも(互いに最適な戦略を選択することが均衡となることを理解していれば)本書の議論を追うことができるようになっている．若干難易度は高まるが，上述したように政治の数理分析(およびゲーム理論)の醍醐味は，情報の非対称性を取り入れた分析にある．よって，その面白さの一端にでも触れることは重要であると考え，本書ではできうる限り平易な言葉で均衡を説明している．ただし，本格的に政治の数理分析を理解するためには上記２つの均衡概念を理解することが必須となることは言うまでもない．

## A.5　一様分布

本書では**確率分布**(probability distribution)の一種である**一様分布**(uniform distribution)を用いて分析することが多い．ここで，一様分布の基本的特徴に関して解説する．

確率分布とは，起こりうる結果(事象)すべてに対して，その起こりやすさを記述したものである．例えば，一枚のコインを投げて表が出る確率と

166　完全ベイジアン均衡は弱い逐次均衡(weak sequential equilibrium)と呼ばれることもある．

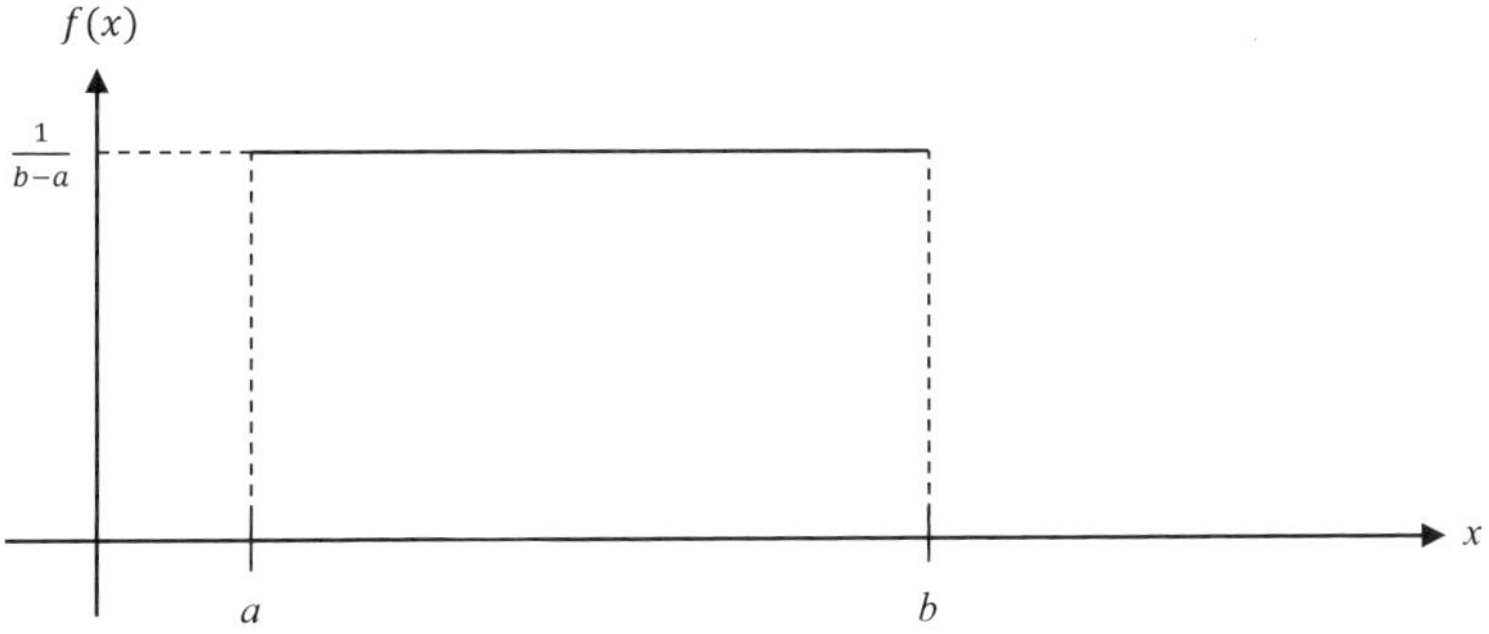


図A-5：一様分布

裏が出る確率はともに1/2である．この「表が出る」と「裏が出る」という２つの結果に確率を対応させたものが確率分布となる．(離散)一様分布は，この確率分布の一種であり，すべての結果が生じる確率は等しいとする分布である．上記のコインを投げる例では，表裏ともに確率1/2と等しい確率で生じるため一様分布である．また，サイコロを投げて，それぞれの目が出る確率は1/6のため，これも一様分布になる．

もし起こりうる結果が有限個であれば，各結果に等しい確率を与えた分布が一様分布であるが，起こりうる結果が無限個である場合は連続確率分布を用いなければならない．ある変数$x$を考えよう．この$x$は，$a$と$b$の間のいずれかの値をとるとする．値は$a$と$b$の連続区間の中であればどのような値でもよいので，とりうる値の数は無限に存在することになる．このような連続確率分布における(連続)一様分布を示したものが図A-5となる．

図に示されている$f(x)$という関数は確率密度関数(frequency function)と呼ばれる関数であり，図を見てわかるように$a$と$b$の間で同じ値をとっている．これは，すべての一定区間内の値は同じ確率で生じうることを示している．すべての一定区間内の値は同確率で生じるため，確率１(100%)を，その区間の長さ$b-a$で割ったものが確率密度関数の値になる．つまり，$b \geq x \geq a$の区間において$f(x) = 1/(b-a)$であり，それ以外の区間の値がとられる確率はゼロ($f(x) = 0$)となる．一様分布において，$x$の期待値(平均)は$(a+b)/2$となる．

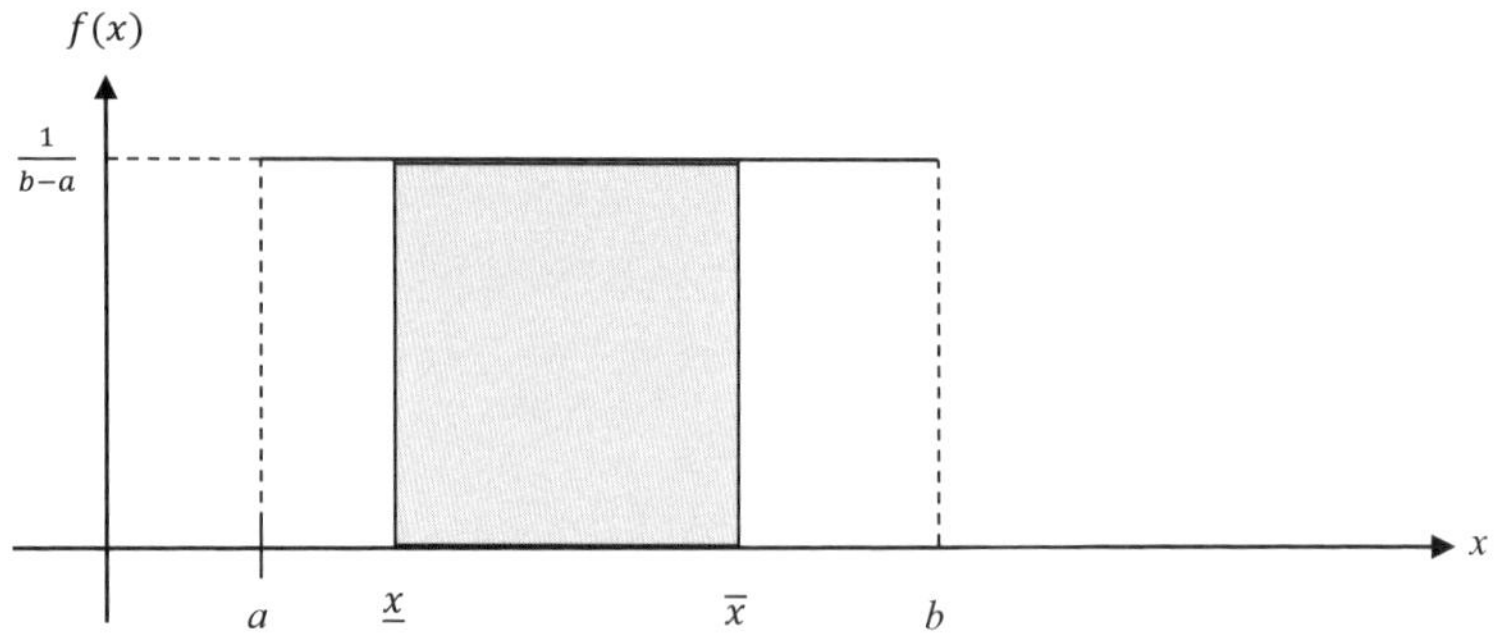


図A-6：ある区間の値をとる確率

この一様分布から，ある区間の値が生じる確率がもとめられる．変数$x$が$\overline{x}$と$\underline{x}$の間の値をとる確率を考えてみよう．ただし，$a \le \underline{x} < \overline{x} \le b$とする．ここでは$\overline{x}$と$\underline{x}$の間の値がとられる確率を知りたいため，図A-6の灰色の長方形の面積をもとめればよい．よって，$1/(b-a)$に$\overline{x}-\underline{x}$をかけた値$(\overline{x}-\underline{x})/(b-a)$が，その確率となる．ここで，$\overline{x}=b$かつ$\underline{x}=a$の場合は，$(\overline{x}-\underline{x})/(b-a)=(b-a)/(b-a)=1$となり，設定した通り$x$は100%の確率で$a$と$b$の間の数字になる．

一例として，$a=0$かつ$b=2$としてみよう．この時，確率密度関数は$f(x)=1/(b-a)=1/2$となる．ここで，$x$が0から0.1の間の値をとる確率は，$(0.1-0)/(2-0)=0.05$である．また，$x$が0.95から1.05の間の値をとる確率も，$(1.05-0.95)/(2-0)=0.05$となる．よって前述したように，一様分布では変数が一定区間(ここでは0.1)内の値をとる確率は同一(ここでは0.05)となる．

一様分布を確率分布の一種として解説したが，これを割合の分布としても解釈できる．つまり，変数$x$を政策として選択する変数(例えば消費税率)であると解釈し，政策として$a$と$b$の間の値を選択する(例えば0％から30%の間)と考える．そして，多数存在する投票者の最も好ましい政策が，$a$と$b$の間に一様分布していると考える．つまり，それぞれの(一定区間内の)政策を支持する投票者の数は等しいということになる．このとき，$\overline{x}$と$\underline{x}$の間に最も好ましい政策を有する投票者の全体に占める割合は，$(\overline{x}-\underline{x})/(b-a)$となる．また，第4章で解説する中位政策の位置は，$a$と$b$

の間の中間点となるため，$(a+b)/2$ であり，$x$ の平均と等しくなる．

ここでは一様分布の基本的性質のみを解説した．他にも重要な確率分布はいくつも存在する．より深い理解のためには，確率論あるいは統計学の教科書を参照されたい．

# 付録B 確率的投票モデル

ホテリング＝ダウンズ・モデルに，複数の政策課題を導入して分析を行った場合，均衡の非存在の問題が生じることを5.1節において議論した．5.1節では，この問題が「政党が投票者の選好に関する不確実性を有する」と仮定することにより解決することができるという指摘にとどめたが，本付録ではその議論を補完したい．このモデルも，5.4節のモデル同様に確率的投票モデルの一種となる．

ただし，本付録を理解するためには，ラグランジュ乗数法を含めた微分の知識が必要となる．これらの知識は本書の難易度を超えるため，付録として議論している．

## B.1　多次元の政策空間

複数の政策課題が存在するモデルにおける均衡の存在問題は，一種の確率的投票モデルを用いると解決し，両党が同じ政策を選び同じ勝利確率に服するという，中位投票者定理に準ずる結果が得られる．

### B.1.1　確率的投票モデル

多数の投票者が存在し，投票者は３つ以上の $G$ のグループに分かれているとする．投票者全体のサイズを１としたとき，各グループ $g$ に属する投票者の投票者全体に占める割合を $0 < \alpha_g < 1/2$（かつ $\sum_{g=1}^{G} \alpha_g = 1$）とする（$g = 1,2, \ldots, G$）．つまり，過半数以上を形成するグループは存在しない．また，グループ $g$ に属する投票者の所得を $y_g$ とする．同じグループに属する投票者は，同額の所得を得ていると仮定する．

政党$A$，$B$間の競争を考え，ここでは得票率の最大化を政党の目的とする．政党は選挙前に，グループ間の再配分政策を公約として発表する．この公約は，ホテリング＝ダウンズ・モデルと同様に，選挙後に必ず実行されると仮定しよう．ここで議論する再配分政策とは，各グループ $g$ に，$t_g$ を配分する政策となる．この配分$t_g$は１人あたりに対する配分額であり，グループ全体では$\alpha_g t_g$の配分となる[167]．この配分額が正($t_g > 0$)であればグループ$g$は補助金を得ることになるが，負であれば($t_g < 0$)徴税をされることになる．配分の総額は$\sum_{g=1}^{G} \alpha_g t_g = 0$であるとする．つまり，総徴税額と総補助金額は同額であり，財政赤字や黒字は存在しないとする．この条件を今後は，予算制約と呼ぶ．

グループ$g$に所属する一投票者がこの配分から得る効用を$u(y_g + t_g)$とし，再配分後の所得$y_g + t_g$が多いほど効用は高いとする．具体的には，この効用関数は二階微分可能であり，$y_g + t_g$の増加関数で，かつ凹関数とする．また，政党$A$が選択したグループ$g$に対する再配分額を$t_g^A$と表し，政党$B$が選択した再配分額を$t_g^B$と表す．

さらに，再配分政策からの利得以外に個々の投票者はバイアスとしての選好を両党の間に有すると考える．ここで$\sigma_{ig}$を「グループ$g$に属する投票者$i$が有する政党$B$に対する好みのバイアスの大きさ」とする．具体的には，政党$A$が勝利した時の投票者$i$の効用を$u(y_g + t_g^A)$とし，政党$B$が勝利した場合の効用を$u(y_g + t_g^B) + \sigma_{ig}$とする．この時，$\sigma_{ig} > 0$であれば，政党$A$と$B$の配分が同じ(つまり$t_g^A = t_g^B$である)限り，投票者$i$は政党$B$を好み，$\sigma_{ig} < 0$であれば政党$A$を好む．この$\sigma_{ig}$の値を政党は知らないが，$[-1/(2\phi_g), 1/(2\phi_g)]$の区間(つまり，$-1/(2\phi_g)$と$1/(2\phi_g)$の間)で一様分布していることは知っているとする．ただし，$0 < \phi_g < \infty$とする．一様分布であるため，$\sigma_{ig}$の平均は0であり，グループ自体が政党に対し好みのバイアスを有することはない．

このバイアスは，現在分析している政策とは異なる要素が原因となる政党に対する選好である．例えば，再配分政策以外に，外交政策や社会政策を気にする投票者も多いだろう．この場合，$\sigma_{ig}$が正の投票者は，外交・

---

167　ここで，$\alpha_g t_g < t_g$となり，グループ全体への配分が，1人あたりに対する配分より小さいことを気にする者がいるだろう．これは，投票者全体のサイズを1とし，人数ではなく割合のみを用いて分析していることに起因している．例えば，人数を用いることとし，投票者の総数を$n$人とすると，1人あたりに対する配分額は$t_g$，グループ全体への配分額は$\alpha_g t_g n$の配分となるため，グループ全体への配分額の方が大きくなる．このような設定にしてもよいのだが，この$n$という数値は以下の議論で本質的役割を演じない．そのため，計算の単純化のために割合$\alpha_g$のみを用いて分析を行う．

社会政策などでは政党$B$を政党$A$より好んでいる．また，$\sigma_{ig}$の値がゼロから大きく離れれば，それだけ再配分政策よりも外交・社会政策を重視していることになる．また，政党の党首の外見や性格を気にする投票者も多いだろう．このバイアスは，再配分政策以外の雑多な要素に対する選好をまとめて示したものである[168].

この個人のバイアスの大きさ$\sigma_{ig}$は，$[-1/(2\phi_g), 1/(2\phi_g)]$の区間で一様分布しているが，この$\phi_g$の値はグループ内での意見の統一度を表している．$\phi_g$の値が大きくなれば，$[-1/(2\phi_g), 1/(2\phi_g)]$の区間は小さくなる．これは，このグループに属する投票者の間での意見の相違は小さく，多くの投票者がグループへの再配分政策を重視していることを意味する．一方で，$\phi_g$の値が小さければ，$[-1/(2\phi_g), 1/(2\phi_g)]$の区間は大きくなる．これは，このグループに属する投票者の間での意見の相違は大きく，多くの投票者がグループへの再配分政策以外の要素を重視していることを意味する．

### B.1.2　平均投票者定理

ここで，各政党のグループ$g$に対する再配分額を所与とし，公約が発表された後の投票者の選択を考えよう．もし，$u(y_g + t_g^A) > u(y_g + t_g^B) + \sigma_{ig}$であるならばグループ$g$に属する投票者$i$は政党$A$に投票する．従って，再配分政策$t_g^A$と$t_g^B$を所与とすると，グループ$g$の中では$\sigma_{ig} < u(y_g + t_g^A) - u(y_g + t_g^B)$のバイアスをもつ投票者が政党$A$に投票する．$u(y_g + t_g^A) - u(y_g + t_g^B)$は，$[-1/(2\phi_g), 1/(2\phi_g)]$の内側にあると仮定しよう[169]．$\sigma_{ig}$が一様分布していることをふまえると，グループ$g$の中では政党$A$に投票する人たちの割合は，$1/2 + \phi_g[u(y_g + t_g^A) - u(y_g + t_g^B)]$となる[170]．これを全グループで足し合わせていくと，政党$A$の得票率は

---

168　9.2節で用いた「政治家の資質」などを含む誘因性の一種と考えてよい．

169　つまり，$-1/(2\phi_g) < u(y_g + t_g^A) - u(y_g + t_g^B) < 1/(2\phi_g)$である．後に示すように，均衡では$t_g^A = t_g^B$が成立するため，$u(y_g + t_g^A) - u(y_g + t_g^B) = 0$となり，この仮定は常に満たされる．

170　付録A.5の議論と対応させると，$a = -1/(2\phi_g)$，かつ$b = 1/(2\phi_g)$の間に$\sigma_{ig}$が一様分布していると考えていることになる．また，ここで導出している割合は，$\underline{x} = -1/(2\phi_g)$，かつ$\overline{x} = u(y_g + t_g^A) - u(y_g + t_g^B)$の場合に，$\sigma_{ig}$が$\overline{x}$と$\underline{x}$の間の値をとる確率と同値である．

$1/2+\sum_{g=1}^{G}\alpha_g\,\phi_g[u(y_g+t_g^A)-u(y_g+t_g^B)]$となる．政党$A$は（予算制約$\sum_{g=1}^{G}\alpha_g t_g=0$のもとで）この得票率が最大となるように再配分政策を決定する．政党$A$は$t_g^A$のみを決定するので，最大化問題は

$$\sum_{g=1}^{G}\alpha_g\,\phi_g u(y_g+t_g^A)$$

を最大化していることと同値である[171]．同様の分析から，政党$B$は$\sum_{g=1}^{G}\alpha_g\,\phi_g u(y_g+t_g^B)$を最大化する再配分政策を選択する．

ここでは，政党$A$と政党$B$の最大化問題は等しくなっている．従って，両党は同じ政策を選び（$t_g^A=t_g^B$），勝利確率はそれぞれ1/2となる．政党が最大化している$\sum_{g=1}^{G}\alpha_g\,\phi_g u(y_g+t_g^A)$は，各グループの再配分政策からの効用の平均，つまり平均的投票者の効用と解釈できる．よって，これを平均投票者定理（mean voter theorem）と呼ぶことがある[172]．

### B.1.3 モデルの含意

政党は$\sum_{g=1}^{G}\alpha_g\,\phi_g u(y_g+t_g^A)$を，予算制約となる$\sum_{g=1}^{G}\alpha_g t_g=0$をふまえて最大化する．この解はラグランジュ乗数法を用いてもとめることができる．ラグランジュ乗数を$\lambda$とすると，最大化問題は以下のようになる．

$$\sum_{g=1}^{G}\alpha_g\phi_g u(y_g+t_g^A)-\lambda\sum_{g=1}^{G}\alpha_g t_g$$

---

171 最大化問題は$1/2+\sum_{g=1}^{G}\alpha_g\,\phi_g[u(y_g+t_g^A)-u(y_g+t_g^B)]$であるが，第1項の1/2と，第3項の$-\sum_{g=1}^{G}\alpha_g\,\phi_g u(y_g+t_g^B)$は$t_g^A$に依存していないため，微分するとゼロとなる．そのため，ここでは無視できる．

172 ここでは，Lindbeck and Weibull (1987)にならい，得票率の最大化を政党の目的と考えた．一方で政党の目的を勝利確率の最大化と考えた場合には，得票率が大きい政党が勝利するため，勝利確率関数が不連続という問題が生じる．この問題に対処するため，Persson and Tabellini (2000)は集計的な不確実性を導入し，$\sigma_{ig}$は$[\eta-1/(2\phi_g),\eta+1/(2\phi_g)]$で一様分布しており，かつ$\eta$は$[-1/(2\varphi),1/(2\varphi)]$の区間に一様分布していると仮定した（$0<\varphi<\infty$）．この時，$\sigma_{ig}$のグループ内における平均は$\eta$となる．よって，$\eta=0$とならない限り，グループ自体が政党に対し好みの（集計的）バイアスを有する．この場合，政党が勝利確率の最大化を目的としていても，その最大化問題は前述の$\sum_{g=1}^{G}\alpha_g\,\phi_g u(y_g+t_g^A)$を最大化していることに等しくなり，結果は変わらない．しかし，得票率ではなく勝利確率の最大化として解くことができ，かつ勝利確率関数は連続となる．

この一階の条件は，$\alpha_g \phi_g u'(y_g + t_g^A) - \lambda \alpha_g = 0$となるため，最大化の条件は以下となる．

$$\phi_g u'(y_g + t_g^A) = \lambda$$

条件式の左辺は，限界得票率(marginal vote share)と解釈できる．簡単に説明するならば，グループ$g$に属する投票者に１円多くの配分を与えた際の得票率の増加分となる．右辺が定数$\lambda$であるため，「すべての集団で限界得票率が等しくなるような再配分政策」が選択されることになる．つまり，$\phi_g u'(y_g + t_g^A)$が全グループで($\lambda$に)等しくなる．この条件式からもとめられる主要な含意は，３つある．

第１に，グループの大きさ$\alpha_g$は再配分の大きさに影響しない．一見，巨大な集団に補助金を与えた方が，より多くの票が得られるために有利なように思える．しかし，大きなグループの支持を取り付けようとすると，そのグループに属するすべての投票者に補助金を与えなければならないため，多額の補助金が必要となる．つまり，大きなグループからの支持は高価であると言える．この２つの効果がお互いを相殺した結果，グループの大きさは再配分政策に影響を与えなくなる．規模の小さい団体であっても，政治家から重視される場合がある理由の１つといえる．

第２に，$u(y_g + t_g^A)$が凹関数であることから，グループの所得$y_g$が大きいほど，$u'(y_g + t_g^A)$は減少するため，配分額$t_g^A$を減らさなくてはならない．つまり，所得の高いグループほど，再配分政策では不利になり，徴税額が増える(あるいは補助金額が減る)こととなる．所得の低いグループほど，補助金が重要であるため，補助金を与えることにより支持を得やすい．再配分政策は本来，「富める者から貧しい者へ」の再配分を行う政策であるが，得票率を高めるという政治的理由からも，そのような政策を行う傾向があることを示している．

この２点目に関して，追記しておくべきことがある．2.2.4節で議論したように，経済学においては社会厚生関数を用いて政策の評価を行うことが多い．その中の１つである功利主義的社会厚生関数があり，端的に言えば社会の構成員全員の効用を足し合わせた関数となる．このモデルの設定では，功利主義的社会厚生関数は$\sum_{g=1}^{G} \alpha_g u(y_g + t_g)$であり，意見の統一度である$\phi_g$が全グループで同値であるときの政党の最大化問題に等しい．ここで政党は，単に選挙に勝ちたいだけの利己的な存在である．しかし選挙に勝つために，($\phi_g$が全グループで同値であれば)功利主義的社会厚生関数を最大化しているという意味で，社会的に望ましい政策を選択するのである．ただし，$\phi_g$が全グループで同値であるときに限られる．社会的に望ましい政策からの歪みを生み出す変数は，この政治的変数である$\phi_g$であり，以下の第3の含意と結びつく．

第3に，グループ内での意見の統一度である$\phi_g$が大きいほど，条件式の左辺が大きくなり，条件式を維持するためには$u'\left(y_g + t_g^A\right)$を小さくしなければならない．凹関数であるため，配分額$t_g^A$を増やさなくてはならないことになる．つまり，より意見が統一されている($\phi_g$の大きい)グループほど，より多くの補助金(あるいは少ない徴税額)を得る．

意見が統一しており，多くの投票者が再配分政策を重視しているようなグループであれば，少額の配分でも支持を取り付けることが簡単である．一方で，意見が統一されておらず，再配分政策以外の政策を重視しているような投票者が多いグループには，配分を与えたとしても，支持してくれる投票者は少ない．このようなグループから多くの票を得るためには，多額の配分を与えなくてはならない．つまり，意見の統一されたグループほど安価に票を得ることができる．よって，政党は得票率を増やしやすい意見の統一されたグループに，より多くの補助金を渡す．一方で，意見の統一されていないグループからの支持は諦め，徴税する傾向が強い．

例えば，農業団体のような同一の産業団体に属する投票者の背景は似ており，意見が比較的統一している．簡単に得票率を上げられるため，有利な再配分政策を受けやすい．一方で，例えば若者や子育て世代などのグループは，それぞれ異なった職業に就いているなど，投票者の背景は大きく異なる．よって，意見が統一しているわけではないため，若者向けの失業対策や子育て政策に多額の予算配分をしたとしても，得票率が上がるとは限らない．そのため，政党には軽視されがちであると言うことができる．

この第3の効果より，「富める者から貧しい者へ」という本来の再配分政策の在り方を歪める可能性がある．富める者が多いグループでも，意見が統一されていれば，意見が統一されていない貧しい者のグループより有利な配分を得る可能性がある．

「政府が若年層向きの政策を実行しない理由は，若年層の投票率が低いからだ」と指摘され，若年層向きの政策を実行させるために投票に行くことが勧められることが多い．この指摘自体は誤りではなく，ホテリング＝ダウンズ・モデルにおける中位投票者の位置は，若年層の投票率が低いほど，若年層が好む政策からは離れていく．しかし，政府が若年層より他のグループを重視する理由は他にもありうる．例えば，高齢者層と比較してみよう．高齢者層の多くは仕事を引退しているうえに，年金受給者であり，また医療もより必要としている．その意味で，高齢者層の背景は似ており，意見は比較的統一している．一方で，若年層は職種，結婚や子供の有無など，大きく背景が異なっている．よって，確率的投票モデルの含意から，政府は(たとえ若年層の投票率が上がったとしても)若年層より高齢者層など他の意見の統一されたグループを重視する可能性が高いと言える．

## B.2　多党間競争

それでは，多党間競争のモデルで起こった複数均衡の問題も解決できるのだろうか？　確率的投票を導入した場合に均衡解が求められることは，数値的には示されている[173]．解析的な均衡解の存在も示されてはいるが，極めて多くの均衡が生じてしまうことも同時に指摘されている[174]．このように，多次元の政策空間モデルと対照的に，確率的投票を考えたとしても，ここでは極めて多くの均衡が存在するため，解決策とはならない．

---

173 「数値的」とは，具体的な数値をパラメータに与えたうえで，コンピュータ上でシミュレーションを行い分析する手法である．Adams, Merrill III, and Grofman (2005) 参照．

174 「解析的」とは明示的な解を，数値を与えることなく求める手法である．Lin, Enelow, and Durussen (1999)，McKelvey and Patty (2006) は，確率的投票のもとで，すべての政党が同じ政策に収束する均衡解の存在を証明している．Duggan and Jackson (2005)，Patty, Snyder and Ting (2009) は，6.1.1 節で議論した戦略的投票を導入したうえで均衡解の存在を示している．もっとも，いずれも極めて多くの均衡が生じる．

# 参考文献


Adams, James, Samuel Merrill III, and Bernard Grofman（2005）A *Unified Theory of Party Competition,* Cambridge University Press.

Alesina, Alberto（1987）“Macroeconomic Policy in a Two-Party System as a Repeated Game,” *Quarterly Journal of Economics* 102, pp. 651-678.

Alesina, Alberto（1988）“Credibility and Political Convergence in a Two-party System with Rational Voters,” *American Economic Review* 78, pp. 796-805.

Alesina, Alberto, Gerald D. Cohen, and Nouriel Roubini（1992）“Macroeconomic Policy and Elections in OECD Democracies,” *Economics and Politics* 4, pp. 1-30.

Alesina, Alberto, and Roberta Gatti（1995）“Independent Central Banks: Low Inflation at No Cost?,” *American Economic Review* 85, pp. 196–200.

Alesina, Albert, and Howard Rosenthal（1995）*Partisan Politics, Divided Government, and the Economy*, Cambridge University Press.

Alesina, Alberto, and Nouriel Roubini（1992）“Political Cycle in OECD Economies,” *Review of Economic Studies* 59, pp. 663-688.

Alesina, Alberto, Nouriel Roubini, and Gerald D. Cohen（1997）*Political Cycles and the Macroeconomy*, MIT Press.

Alesina, Alberto, and Stephen Spear（1988）“An Overlapping Generations Model of Electoral Competition,” *Journal of Public Economics* 37, pp. 359–379.

Alt, James, Ethan Bueno de Mesquita, and Shanna Rose（2011）“Disentangling Accountability and Competence in Elections: Evidence from U.S. Term Limits,” *Journal of Politics* 73, pp. 171-186.

Ansolobehere, Stephen, and Shanto Iyenger（1995）*Going Negative: How Political Ads Shrink and Polarize the Electorate*, The Free Press.

Ansolobehere, Stephen, Shanto Iyenger, Adam Simon, and Nicholas Valentino（1994）“Does Attack Advertising Demobilize the Electorate?” *American Political Science Review* 88, pp. 829-838.

Ansolabehere, Stephen, and James Snyder Jr.（2001）“Valence Politics and Equilibrium in Spatial Election Models,” *Public Choice* 103, pp. 327-336.

Ansolobehere, Gerber, and James Snyder Jr.（2002）“Equal Votes, Equal Money: Court-Ordered Redistricting and the Distribution of Public Expenditures in the American

States," *American Political Science Review* 96, pp. 767-777.

Aragonès, Enriqueta, and Thomas Palfrey（2002）"Mixed Equilibrium in a Downsian Model with a Favored Candidate," *Journal of Economic Theory* 103, pp. 131-161.

Arrow, Kenneth J.（1951）*Social Choice and Individual Values, 1st edition*, John Wiley & Sons.

Arrow, Kenneth J.（1963）*Social Choice and Individual Values, 2nd edition*, Yale University Press.（長名寛明訳『社会的選択と個人評価』日本経済新聞社, 1977年）

Arrow, Kenneth J.（2012）*Social Choice and Individual Values, 3rd edition*, Yale University Press.（長名寛明訳『社会的選択と個人評価』勁草書房, 2013年）

Asako, Yasushi（2015a）"Partially Binding Platforms: Campaign Promises vis-a-vis Cost of Betrayal," *Japanese Economic Review* 66, pp. 322-353.

Asako, Yasushi（2015b）"Campaign Promises as an Imperfect Signal: How does an Extreme Candidate Win against a Moderate One?" *Journal of Theoretical Politics* 27, pp. 613-649.

Asako, Yasushi, Takeshi Iida, Tetsuya Matsubayashi, and Michiko Ueda（2015）"Political Dynasties and Democratic Representation in Japan," *Japanese Journal of Political Science* 16, pp. 5-31.

Ashworth, Scott（2006）"Campaign Finance and Voter Welfare with Entrenched Incumbents," *American Political Science Review* 100, pp. 55-68.

Austen-Smith, David, and Jeffrey Banks（1989）"Electoral Accountability and Incumbency," in Peter Ordeshook, eds. *Models of Strategic Choice in Politics*, University of Michigan Press.

Austen-Smith, David, and Jeffrey Banks（1999）*Positive Political Theory I: Collective Preference*, University of Michigan Press.

Austen-Smith, David, and Jeffrey Banks（2005）*Positive Political Theory II: Strategy & Structure*, University of Michigan Press.

Baltrunaite, Audinga, Piera Bello, Alessandra Casarico, and Paola Profeta（2014）"Gender Quotas and the Quality of Politicians," *Journal of Public Economics* 118, pp. 62–74.

Banks, Jeffrey（1990）"A Model of Electoral Competition with Incomplete Information," *Journal of Economic Theory* 50, pp. 309-325.

Banks, Jeffrey（1991）*Signaling Games in Political Science*, Routledge.

Baron, David, and John Ferejohn（1989）"Bargaining in Legislatures," *American Political Science Review* 83, pp. 1181-1206.

Barro, Robert（1973）"The Control of Politicians: An Economic Model," *Public Choice* 14, pp. 19-42.

Battaglini, Marco, Rebecca Morton, and Thomas Palfrey（2010）"The Swing Voter's

Curse in the Laboratory," *Review of Economic Studies* 77, pp. 61-89.

Bendor, Jonathan, Daniel Diermeier, David Siegel, and Michael Ting（2011）*A Behavioral Theory of Elections*, Princeton University Press.

Besley, Timothy（2004）"Paying Politicians: Theory and Evidence," *Journal of European Economic Association* 2, pp. 193-215.

Besley, Timothy（2006）*Principled Agents?: The Political Economy of Good Government*, Oxford University Press.

Besley, Timothy, and Anne Case（1995）"Incumbent Behavior: Vote Seeking, Tax Setting and Yardstick Competition," *American Economic Review* 85, pp. 25-45.

Besley, Timothy, and Stephen Coate（1997）"An Economic Model of Representative Democracy," *Quarterly Journal of Economics* 112, pp. 85-114.

Besley, Timothy, Olle Folke, Torsten Persson, and Johanna Rickne（2013）"Gender Quotas and the Crisis of Mediocre Man: Theory and Evidence from Sweden," mimeo.

Black, Duncan（1948）"On the Rationale of Group Decision Making," *Journal of Political Economy* 56, pp. 23-34.

Black, Duncan（1958）*The Theory of Committees and Elections*, Cambridge University Press.

Brians, Craig L., and Martin P. Wattenberg（1996）"Campaign Issue Knowledge and Salience: Comparing Reception from TV Commercials," *American Journal of Political Science* 40, pp.172-193.

Callander, Steven（2008）"Political Motivations," *Review of Economic Studies* 75, pp. 671-697.

Callander, Steven, and Simon Wilkie（2007）"Lies, Damned Lies and Political Campaigns," *Games and Economic Behavior* 80, pp. 262-286.

Calvert, Randall（1985）"Robustness of the Multidimensional Voting Model: Candidate Motivations, Uncertainty, and Convergence," *American Journal of Political Science* 29, pp. 69-95.

Canes-Wrone, Brandice, Michael C. Herron, and Kenneth Shotts（2001）"Leadership and Pandering: A Theory of Executive Policymaking," *American Journal of Political Science* 45, pp. 532-550.

Caplin, Andrew, and Barry Nalebuff（1988）"On 64%-Majority Rule," *Econometrica* 56, pp. 787-814.

Carey, John（1994）"Political Shirking and the Last Term Problem: Evidence from a Party- administered Pension System," *Public Choice* 81, pp. 1-22.

Cargill, Thomas F., Michael M. Hutchison, and Takatoshi Ito（1997）*The Political Economy of Japanese Monetary Policy*, MIT Press.

Caselli, Francesco, and Massimo Morelli (2004) "Bad Politicians," *Journal of Public Economics* 88, pp. 759-782.

Chattopadhyay, Raghabendra, and Esther Duflo (2004) "Women as Policy Makers: Evidence from a Randomized Policy Experiment in India," *Econometrica* 72, pp. 1409-1443.

Coate, Stephen (2004a) "Pareto Improving Campaign Finance Policy," *American Economic Review* 94, pp. 628-655.

Coate, Stephen (2004b) "Political Competition with Campaign Contributions and Informative Advertising," *Journal of the European Economic Association* 2, pp. 772-804.

Coate, Stephen, and Stephen Morris (1995) "On the Form of Transfers to Special Interests," *Journal of Political Economy* 103, pp. 1210-1235.

Congleton, Roger (2003) "The Median Voter Model," in Charles Rowley and Friedrich Schneider eds. *The Encyclopedia of Public Choice Volume II*, Kluwer Academic Press.

Coughlin, Peter (1992) *Probabilistic Voting Theory*, Cambridge University Press.

Cox, Gary (1987) "Electoral Equilibrium under Alternative Voting Institutions," *American Journal of Political Science* 31, pp. 82-108.

Cutrone, Michael, and Nolan McCarty (2006) "Does Bicameralism Matter?" in Barry R. Weingast and Donald A. Wittman eds., *The Oxford Handbook of Political Economy*, Oxford University Press.

Degan, Arianna (2006) "Policy Positions, Information Acquisition, and Turnout," *Scandinavian Journal of Economics* 108, pp. 669-682.

Degan, Arianna, and Antonio Merlo (2011) "A Structural Model of Turnout and Voting in Multiple Elections," *Journal of European Economic Associations* 9, pp. 209-245.

Downs, Anthony (1957) *An Economic Theory of Democracy*, Harper Collins. (吉田精司訳『民主主義の経済理論』成文堂，1980年)

Drazen, Allan (2000) *Political Economy in Macroeconomics*, Princeton University Press.

Duggan, John (2006) "Candidate Objectives and Electoral Equilibrium," in Barry R. Weingast and Donald A. Wittman eds. *The Oxford Handbook of Political Economy*, Oxford University Press.

Duggan, John, and Matthew Jackson (2006) "Mixed Strategy Equilibrium and Deep Covering in Multidimensional Electoral Competition," mimeo.

Epstein, David, and Sharyn O'Halloran (1994) "Administrative Procedures, Information, and Agency Discretion," *American Journal of Political Science* 38 (3), pp. 697-722.

Epstein, David, and Sharyn O'Halloran (1999) *Delegating Powers: A Transaction Cost Politics Approach to Policy Making under Separate Powers*, Cambridge University

Press.

Eraslan, Hulya (2002) "Uniqueness of Stationary Equilibrium Payoffs in the Baron-Ferejohn Model," *Journal of Economic Theory* 103, pp.11-30

Fearon, James (1999) "Electoral Accountability and the Control of Politicians: Selecting Good Types versus Sanctioning Poor Performance," in Adam Przeworski, Susan Stokes and Bernard Manin eds. *Democracy, Accountability and Representation*, Cambridge University Press.

Feddersen, Timothy (2004) "Rational Choice Theory and the Paradox of Not Voting," *Journal of Economic Perspective* 18, pp. 99-112.

Feddersen, Timothy, and Alvaro Sandroni (2006) "A Theory of Participation in Elections," *American Economic Review* 96, pp. 1271-1282.

Feddersen, Timothy, Itai Sened and Steven Wright (1990) "Rational Voting and Candidate Entry under Plurality Rule," *American Journal of Political Science* 34, pp. 1005-1016.

Feddersen, Timothy, and Wolfgang Pessendorfer (1996) "The Swing Voter's Curse," *American Economic Review* 86, pp. 408-424.

Feddersen, Timothy, and Wolfgang Pessendorfer (1999) "Abstention in Elections with Asymmetric Information and Diverse Preference," *American Political Science Review* 93, pp. 381-398.

Ferejohn, John (1986) "Incumbent Performance and Electoral Control," *Public Choice* 50, pp. 5-26.

Ferreira, Fernando, and Joseph Gyourko (2014) "Does Gender Matter for Political Leadership? The Case of U.S. Mayors," *Journal of Public Economics* 112, pp.24-39.

Figlio, David (2000) "Political Shirking, Opponent Quality, and Electoral Support," *Public Choice* 103, pp. 271-284.

Finkel, Steven E., and John G. Geer (1998) "A Spot Check: Casting Doubt on the Demobilizing Effect of Attack Advertising," *American Journal of Political Science* 42, pp. 573-595.

Fiorina, Morris (1981) *Retrospective Voting in American National Elections*, Yale University Press.

Fishburn, Peter P., and William V. Gehrlein (1976) "Borda's Rule, Positional Voting, and Condorcet's Simple Majority Principle," *Public Choice* 28, pp.79-88.

Franz, Michael M., Paul B. Freedman, Kenneth M. Goldstein, and Travis N. Ridout (2008) *Campaign Advertising and American Democracy*, Temple University Press.

Freedman, Paul, and Ken Goldstein (1999) "Measuring Media Exposure and the Effects of Negative Campaign Ads," *American Journal of Political Science* 43, pp. 1189-1208.

Fukumoto, Kentaro, and Mikitaka Masuyama (2015) "Measuring Judicial Independence Reconsidered: Survival Analysis, Matching, and Average Treatment Effects," *Japanese Journal of Political Science* 16, pp. 33-51.

Gaertner, Wulf (2013) *A Primer in Social Choice Theory: Revised Edition*, Oxford University Press.

Geer, John G. (2006) *In Defense of Negativity: Attack Ads in Presidential Campaigns,* University of Chicago Press.

Gehlbach, Scott (2012) *Formal Models of Domestic Politics*, Cambridge University Press.

Gehlbach, Scott, Konstantin Sonin, and Ekaterina Zhuravskaya (2010) "Businessman Candidates," *American Journal of Political Science* 54, pp. 718-736.

Gelman, Andrew (2010) *Red State, Blue State, Rich State, Poor State*, Princeton University Press.

Gibbard, Allan (1973) "Manipulation of Voting Schemes: A General Result," *Econometrica* 26, 211-215.

Gilboa, Itzhak (2010) *Rational Choice*, MIT Press.（松井彰彦訳『合理的選択』みすず書房，2013年）

Gilboa, Itzhak (2011) *Making Better Decisions*, Wiley-Blackwell.（川越敏司・佐々木俊一郎訳『意思決定理論入門』NTT出版，2012年）

Goldstein, Ken, and Paul Freedman (2002) "Campaign Advertising and Voter Turnout: New Evidence for a Stimulation Effects," *Journal of Politics* 64, pp. 721-740.

Großer, Jens, and Thomas R. Palfrey (2014) "Candidate Entry and Political Polarization: An Antimedian Voter Theorem," *American Journal of Political Science* 58, pp. 127-143.

Groceclose, Timothy (2001) "A Model of Candidate Location when one Candidate has a Valence Advantage," *American Journal of Political Science* 45, pp. 862-886.

Grossman, Gene, and Elhanan Helpman (1994) "Protection for Sale," *American Economic Review* 84, pp. 833-850.

Grossman, Gene, and Elhanan Helpman (1996) "Electoral Competition and Special Interest Politics," *Review of Economic Studies* 63, pp. 265-286.

Grossman, Gene, and Elhanan Helpman (2001) *Special Interest Politics*, MIT Press.

Grossman, Gene, and Elhanan Helpman (2005) "A Protectionist Bias in Majoritarian Politics," *Quarterly Journal of Economics* 120, pp. 1239-1282.

Grossman, Gene, and Elhanan Helpman (2008) "Party Discipline and Pork-Barrel Politics," in Elhanan Helpman eds. *Institutions and Economic Performance*, Harvard University Press.

Harrington, Joseph (1993) "The Impact of Reelection Pressure on the Fulfillment of

Campaign Promises," *Games and Economic Behavior* 5, pp. 71-97.

Horiuchi, Yusaku, and Jun Saito (2003) "Reapportionment and Redistribution: Consequences of Electoral Reform in Japan," *American Journal of Political Science* 47, pp. 669-682

Hotelling, Harold (1929) "Stability in Competition," *Economic Journal* 39, pp. 41-57.

Huang, Haifeng (2010) "Electoral Competition when Some Candidates Lie and Others Pander," *Journal of Theoretical Politics* 22, pp. 333-358.

Kartik, Navin, and Preston McAfee (2007) "Signaling Character in Electoral Competition," *American Economic Review* 97, pp. 852-870.

Kawai, Kei and Yasutora Watanabe (2013) "Inferring Strategic Voting," *American Economic Review* 103, pp. 624-662.

Keech, William R., and Kyoungsan Pak (1989) "Electoral Cycle and Budgetary Growth in Veterans' Benefit Programs," *American Journal of Political Science* 33, pp. 901-911.

Levine, David (2012) *Is Behavioral Economics Doomed?*, Open Book Publishers.

Lin, Tse-Min, James Enelow, and Han Durussen (1999) "Equilibrium in Multicandidate Probabilistic Spatial Voting," *Public Choice* 98, pp. 59-82.

Lindbeck, Assar, and Jorgen Weibull (1987) "Balanced Budget Redistribution as the Outcome of Political Competition," *Public Choice* 52, pp. 273-297.

List, Christian, Robert C. Luskin, James S. Fishkin, and Iain McLean (2013) "Deliberation, Single-peakedness, and the Possibility of Meaningful Democracy: Evidence from Deliberative Polls," *Journal of Politics* 75, pp. 80-95.

Matsusaka, John (1995) "Explaining Voter Turnout Patterns: An Information Theory," *Public Choice* 84, pp. 91-117.

McCubbins, Mathew, and Daniel Rodriguez (2006) "The Judiciary and The Role of Law," in Barry R. Weingast and Donald A. Wittman eds., *The Oxford Handbook of Political Economy*, Oxford University Press.

McCubbins, Mathew, and Thomas Schwartz (1984) "Congressional Oversight Overlooked: Police Patrols versus Fire Alarms," *American Journal of Political Science* 28, pp. 165-179.

McKelvey, Richard, and John Patty (2006) "A Theory of Voting in Large Elections," *Games and Economic Behavior* 57, pp. 155-180.

McKelvey, Richard D., and Raymond Riezman (1992) "Seniority in Legislatures," *American Political Science Review* 86, pp. 951–65

Merlo, Antonio (2006) "Whither Political Economy? Theories, Facts, and Issues," in Richard Blundell, Whitney Newey, and Torsten Persson eds., *Advances in Economics and Econometrics, Theory and Applications: Ninth World Congress of the*

*Econometric Society*, Cambridge University Press.

Messner, Matthias, and Mattias Polborn (2004) "Paying Politicians," *Journal of Public Economics* 88, pp. 2423–2445.

Miller, Arthur, and Martin Wattenberg (1985) "Throwing the Rascals Out: Policy and Performance Evaluations of Presidential Candidates, 1952-1980," *American Political Science Review* 79, pp. 359-372.

Morelli, Massimo (2004) "Party Formation and Policy Outcomes under Different Electoral Systems," *Review of Economic Studies* 71, pp. 829-853.

Mueller, Dennis (2003) *Public Choice III*, Cambridge University Press.（第1版の邦訳として，加藤寛監訳『公共選択論』有斐閣がある.）

Murray, Rainbow (2010) "Second Among Unequals? A Study of Whether France's 'Quota Women' are Up to the Job," *Politics & Gender* 6, pp. 643-669.

Nadeau, Richard, and Michael Lewis-Beck (2001) "National Economic Voting in U.S. Presidential Elections," *Journal of Politics* 63, pp. 159-181.

Niskanen, William (1971) *Bureaucracy and Representative Government*, Aldine.

Norpoth, Helmut (2002) "On a Short-Leash: Term Limits and the Economic Voter," in Han Dorussen and Michael Taylor eds., *Economic Voting*, Routledge.

Okamoto, Noriaki, and Toyotaka Sakai (2013) "The Borda rule and the pairwise-majority-loser Revisited," mimeo.

Osborne, Martin (1995) "Spatial Models of Political Competition under Plurality Rule: A Survey of Some Explanations of the Number of Candidates and the Positions They Take," *Canadian Journal of Economics* 2, pp. 261-301.

Osborne, Martin, and Al Slivinski (1996) "A Model of Political Competition with Citizen-Candidate," *Quarterly Journal of Economics* 111, pp. 65-96.

Patterson, Thomas E., and Robert D. McClure (1976) *The Unseeing Eye: The Myth of Television Power in National Elections*, Putnam.

Patty, John, James Snyder and Michael Ting (2009) "Two's Company, Three's an Equilibrium: Strategic Voting and Multicandidate Elections," *Quarterly Journal of Political Science* 4, pp. 251-278.

Payne, James (1992) *The Culture of Spending: Why Congress Lives Beyond Our Means*, ICS Press.

Persson, Torsten, and Guido Tabellini (2000) *Political Economics: Explaining Economic Policy*, MIT Press.

Potters, Jan, Randolph Sloof and Frans van Winden (1997) "Campaign Expenditures, Contributions and Direct Endorsements: The Strategic Use of Information and Money to Influence Voter Behavior," *European Journal of Political Economy* 13, pp. 1-31.

Potters, Jan, and Frans van Winden（1992）“Lobbying and Asymmetric Information,” *Public Choice* 74, pp. 269-292

Poundstone, William（2008）*Gaming The Vote: Why Elections Aren't Fair*（*and What We Can Do About It*）, Hill and Wang.（篠儀直子訳『選挙のパラドックス：なぜあの人が選ばれるのか？』，青土社，2008年）

Prat, Andrea（2002a）“Campaign Advertising and Voter Welfare,” *Review of Economic Studies* 69, pp. 997-1017

Prat, Andrea（2002b）“Campaign Spending with Office-seeking Politicians,” *Journal of Economic Theory* 103, pp. 162-189.

Public International Law and Policy Group（2003）*Establishing a Stable Democratic Constitutional Structure in Iraq: Some Basic Considerations*, Century Foundation.

Ramseyer, Mark, and Frances Rosenbluth（1997）*Japan's Political Marketplace 2nd edition*, Harvard University Press.（第1版の邦訳として，加藤寛監訳『日本政治の経済学：政権政党の合理的選択』弘文堂がある.）

Riker, William H. and Peter C. Ordeshook（1968）“A Theory of the Calculus of Voting,” *American Political Science Review* 62, pp. 25-42.

Roemer, John（2001）*Political Competition: Theory and Applications*, Harvard University Press.

Rogoff, Kenneth（1990）“Equilibrium Political Budget Cycles,” *American Economic Review* 80, pp. 21-36.

Rogoff, Kenneth, and Anne Sibert（1988）“Elections and Macroeconomic Policy Cycle,” *Review of Economic Studies* 55, pp. 1-16.

Saari, Donald（2001）*Decisions and Elections: Explaining the Unexpected*, Cambridge University Press.

Satterthwaite, Mark A.（1975）“Strategy-proofness and Arrow's Condition: Existence and Correspondence Theorems for Voting Procedures and Social Welfare Functions,” *Journal of Economic Theory* 10, 187-217.

Schultz, Christian（1996）“Polarization and Inefficient Policies,” *Review of Economic Studies* 63, pp. 331-344.

Schultz, Christian（2007）“Strategic Campaigns and Redistributive Politics,” *Economic Journal* 117, pp. 936-963.

Shepsle, Kenneth（1979）“Institutional Arrangements and Equilibrium in Multi-dimensional Voting Models,” *American Journal of Political Science* 23, pp. 27–59.

Shepsle, Kenneth（2010）*Analyzing Politics: Rationality, Behavior, and Institutions 2nd edition*, W.W. Norton & Company.

Shepsle, Kenneth, and Barry R. Weingast（1981）“Structure-induced Equilibrium and Legislative Choice,” *Public Choice* 37, pp. 503–519.

Shotts, Kenneth W. (2003) “Does Racial Redistricting Cause Conservative Policy Outcomes? Policy Preferences of Southern Representatives in the 1980s and 1990s,” *The Journal of Politics*, pp. 216-226.

Spiller, Pablo T., and Emerson H. Tiller (1997) “Decision Costs and the Strategic Design of Administrative Process and Judicial Review,” *Journal of Legal Studies* 26, pp. 347-370.

Stokes, Donald (1963) “Spatial Models of Party Competition,” *American Political Science Review* 57, pp.368-377.

Svaleryd, Helena (2009) “Women’s Representation and Public Spending,” *European Journal of Political Economy* 25, pp. 186-198.

Tsebelis, George (2002) *Veto Players: How Political Institutions Work*, Princeton University Press.

Tsebelis, George, and Jeannette Money (1997) *Bicameralism*, Cambridge University Press.

Tullock, Gordon (1980) “Efficient Rent-seeking,” in James M. Buchanan, Robert D. Tollison, and Gordon Tullock eds., *Toward a Theory of the Rent-seeking Society*, Texas A&M University Press.

Van Weelden, Richard (2013) “Candidates, Credibility, and Re-election Incentives,” *Review of Economic Studies* 80, pp. 1622-1651.

Verba, Sidney, Richard A. Brody, Edwin B. Parker, Norman H. Nie, Nelson W. Polsby, Paul Ekman, and Gordon S. Black (1967) “Public Opinion and the War in Vietnam,” *American Political Science Review* 61, pp. 317-333.

Wattenberg, Martin P., and Craig L. Brians (1999) “Negative Campaign Advertising: Demobilizer or Mobilizer?” *American Political Science Review* 93, pp. 891-899.

Wittman, Donald (1973) “Parties as Utility Maximizers,” *American Political Science Review* 67, pp. 490-498.

Wittman, Donald (2007) “Candidate Quality, Pressure Group Endorsements and the Nature of Political Advertising,” *European Journal of Political Economy* 23, pp. 360-378.

Zhao, Xinshu, and Steven Chaffee (1995) “Campaign Advertisements versus Television News as Sources of Issue Information,” *Public Opinion Quarterly* 59, pp. 41-65.

Zupan, Mark (1990) “The Last Period Problem in Politics: Do Congressional Representatives Not Subject to a Reelection Constraint Alter Their Voting Behavior?” *Public Choice* 65, pp. 167-180.

明智カイト(2015)『ロビイング入門』光文社新書.

浅古泰史(2011)「政治経済学の新展開：中位投票者定理を巡って」『金融研究』第30巻４号，pp. 83-124.

伊藤秀史(2003)『契約の経済理論』有斐閣.
猪口孝・岩井奉信(1987)『「族議員」の研究：自民党政権を牛耳る主役たち』日本経済新聞社.
井堀利宏・土居丈朗(1998)『日本政治の経済分析』木鐸社.
上田路子(2012)「2010年の連邦下院議席配分と選挙区区割り見直し作業：2012年以降の選挙に与える影響」，吉野孝・前嶋和弘編『オバマ政権と過渡期のアメリカ社会：選挙，政党，制度，メディア，対外援助』東信堂，第5章.
神戸伸輔(2004)『入門ゲーム理論と情報の経済学』日本評論社.
小西秀樹(2009)『公共選択の経済分析』東京大学出版会.
坂井豊貴(2013)『社会選択理論への招待』日本評論社.
坂井豊貴(2015)『多数決を疑う：社会的選択理論とは何か』岩波新書.
鈴村興太郎(2012)『社会的選択理論・序説』東洋経済新報社.
曽我謙悟(2005)『ゲームとしての官僚制』東京大学出版会.
竹中治堅(2010)『参議院とは何か：1947～2010』中公叢書.

# 索引

## 和文索引

### あ行

アカウンタビリティ 127
安倍晋三 47
天下り 184
アローの不可能性定理 40
安全保障のジレンマ 196
意思集約方法 31
一院制 152
一様分布 205
——を用いた分析 70, 85, 114
一票の格差 148
イラク 71, 151, 153
因果推定 14
インド 119
ウィットマン・モデル 88
エージェンシー問題 127

### か行

下院(アメリカ) 150, 154
確率的投票モデル 89, 208
確率分布 204
確率密度関数 205
火災警報器 182, 185
過剰アピール(政治家の) 133
カルネアデスの板 21
完全ベイジアン均衡 205
——を用いた分析 95, 127, 133, 164, 168
完備性 21
官僚 179
議案決定者 144
議会 143, 201
議会内交渉モデル 143
機会費用 110, 128
期待効用 27
既得権益 128, 146
ギバード=サタースウェイトの定理 108
逆選択 126
逆独裁制 62
逆向き推計法 201
行政手続法 184
業績評価投票 127
共和党 50, 77, 187
拒否権 151
規律効果 132
均衡(概念) 194
金融政策 139, 181
繰り返しゲーム 147
無限—— 148
経済制裁 198
経済成長 15, 139, 180
計量政治分析 14
ゲーム理論 194
決選投票つき多数決制 53
ゲリマンダリング 150
限界得票率 212
原子力発電 72
憲法 139, 149, 154, 186
コア 153
ゴア，アル 50, 77
小泉純一郎 47
行動経済学 28, 110
公約 90
効用(関数) 26
基数的—— 44
序数的—— 26
効率性 79
合理的(個人・選択) 23
合理的有権者のパラドックス 110
コミットメント 91
コンドルセ勝者 33, 69, 79
コンドルセのパラドックス 33

コンドルセ敗者　52
コンドルセ方式　32, 55

### さ行

最高裁判所　185
最後通牒ゲーム　144
最終任期問題　138
財政　66, 138, 139, 180
最適応答　195
サブゲーム完全均衡　199
　――を用いた分析　145
参議院　140, 151, 154, 201
シグナル　95
実業家　120
実証分析　14
司法　186
市民候補者モデル　113
社会厚生関数　43, 213
衆議院　47, 48, 140, 149, 151, 154, 156, 201
囚人のジレンマ　163, 196
自由民主党(自民党)　47, 48, 140, 184, 186
熟議(型民主主義)　72
出馬　113
上院(アメリカ)　154
条件付確率　131
承認投票　58
消費者団体　164
情報の非対称性　203
女性議員　118
推移性
　個人の選好関係の――　22
　社会の選好関係の――　34
スコア方式　56
スポイラー　51
政策空間
　一次元の――　66
　多次元の――　83
政策選好(政党の)　87, 90
政治献金　166
政治資金規正法　174
政治的景気循環　139
政党助成金　12, 176
世襲議員　120
全会一致性　35, 61
選挙広告　167
選挙人制度　50
選挙のサイクル　33
選好関係　19
選好順序　20
選択効果　132
戦略集合　197
戦略的依存関係　194
族議員　185

### た行

大統領(アメリカ)　125, 137, 140, 158
　――選　50, 71, 77
　副――　140
多選禁止制　137
縦割り行政　185
多党間競争　85, 214
単純多数決制　39, 47, 105
単峰型選好　67
知事(アメリカ)　138
中位政策　68
中位投票者　68
中位投票者定理
　ブラックの――　69
　ホテリング=ダウンズの――　75
中央銀行　181
陳情　185
投票
　戦略的――　106
　洗練された――　107
　率直な――　106
投票棄権のパラドックス　110
投票の逆理　33

### な行

ナッシュ均衡　195
　――を用いた分析　75, 87, 94, 107, 163
二頭政治　37
日本維新の会　48
ネーダー，ラルフ　51

ネガティブ・キャンペーン 173
ねじれ国会 156
年功 144, 157

### は行

パトロール 182
パレート最適性 35
範囲投票 59
反射性 20
非タブー性 108
非独裁制 36
票割れ 49
不確実性 25, 27, 88, 111, 203
ブッシュ，ジョージ・W. 50, 77
浮動州 77
浮動票 111
——の呪い 112
普遍性 35
プリンシパル=エージェント・モデル 126
平均投票者定理 211
ベイジアン・ナッシュ均衡 204
——を用いた分析 111
変更不能区間 153
報酬(政治家への) 137
報道の自由 99
方法論的個人主義 12
ホテリング=ダウンズ・モデル 73
ボルダ方式 55, 107

### ま行

マイノリティ選挙区 81
マニフェスト 99, 101
民主党(アメリカ) 50, 77, 187
民主党(日本) 48, 187
みんなの党 48
無関係な選択肢からの独立性 37
無差別 20
メディア 141
モラルハザード 126

### や行

誘意性 168
有権者 105
予算配分 84, 143, 208

### ら行

ラグランジュ乗数法 211
利益団体 161
利己性 24
リスク 27, 203
立候補 113
利得表 197
留保制度 119
両院制 151, 201
両性の争い 199
ロビー活動 161

## 欧文索引

Accountability 127
Administrative Procedure Act 184
Adverse selection 126
Agency problem 127
Agenda setter 144
Approval voting 58
Arrow's impossibility theorem 40
Asymmetric information 203
Backward induction 200
Battle of sex 199
Bayesian Nash equilibrium 204
Best response 195
Bicameralism 151, 201
Borda count 55, 107
Bush, George W. 50, 77
Citizen candidate model 113
Completeness 21
Commitment 91
Condorcet loser 52
Condorcet paradox 33
Condorcet rule 32, 55
Condorcet winner 33, 69, 79
Core 153
Discipline effect 132

Efficiency 79
Elector 50
Electoral cycle 33
Equilibrium 194
Expected utility 27
Fire alarm 182, 185
Game theory 194
Gerrymandering 150
Gibbard - Satterthwaite theorem 108
Gore, Al 50, 77
Gridlock interval 153
Hotelling - Downs model 73
Independence of irreverent alternatives 37
Indifference 20
Last term problem 138
Legislative bargaining model 143
Lobbying 161
Malapportionment 148
Marginal vote share 212
Mean voter theorem 211
Median policy 68
Median voter 68
Median voter theorem
  Black's____ 69
Hotelling - Downs'____ 75
Methodological individualism 12
Moral hazard 126
Nader, Ralph 51
Nash equilibrium 195
Negative campaign 173
Non - dictatorship 36
Opportunity cost 110, 128
Paradox of not voting 110
Paradox of rational voters 110
Pareto optimality 35
Patrol 182
Payoff matrix 197
Perfect Bayesian equilibrium 204
Plurality runoff rule 53
Policy space 66
Political business cycle 139
Preference aggregation rule 31
Preference order 20
Preference relation 19
Principal - Agent model 126
Prisoner's dilemma 163, 196
Probabilistic voting 89, 208
Quantitative political analysis 14
Quota 119
Range voting 59
Rational (Individuals/choice) 23
Reflexivity 20
Repeated game 147
  Infinitely____ 148
Retrospective voting 127
Scoring rule 56
Security dilemma 196
Selection effect 132
Signal 95
Simple plurality rule 39, 47, 105
Single - peaked preference 67
Social welfare function 43, 212
Spoiler 51
Strategically interdependence 194
Strategy set 197
Subgame perfect equilibrium 200
Swing state 77
Swing voter 111
Swing voter's curse 112
Term limit 137
Transitivity 22, 34
Ultimatum game 144
Unanimity rule 35, 61
Uniform distribution 204
Universal domain 35
Utility 26
  Cardinal____ 44
  Ordinal____ 26
Valence 168
Veto power 151
Vote splitting 49
Voting
  Strategic____ 106
  Sophisticated____ 107
  Sincere____ 106
Wittman model 88

## 著者略歴

浅古泰史（あさこ　やすし）

現在　早稲田大学政治経済学術院准教授.

1978 年生まれ. 2001 年慶應義塾大学経済学部卒業. 2003 年一橋大学で修士号（経済学）取得. 2009 年ウィスコンシン大学マディソン校で Ph.D.（経済学）取得. 日本銀行金融研究所エコノミストなどを経て現職. 専門は, 数理政治学, 政治経済学（公共選択論）, 応用ゲーム理論. *Journal of Theoretical Politics, Economic Inquiry* などで論文を公刊している

政治の数理分析入門

2016年6月20日第1版第1刷　印刷発行
2022年11月20日第1版第2刷　印刷発行 ©

著者との了解により検印省略

著　者　浅古泰史
発行者　坂口節子
発行所　㈲木鐸社

印刷　TOP印刷　　製本　古澤製本

〒112－0002　東京都文京区小石川 5-11-15-302
電話 (03) 3814-4195番　振替 00100-5-126746
FAX (03) 3814-4196番　http://www.bokutakusha.com

（乱丁・落丁本はお取替致します）

ISBN-978-4-8332-2494-9　C1031

## 日本のマクロ政体

大村華子著（関西学院大学総合政策学部）

A5判・272頁・4000円（2012年）ISBN978-4-8332-2453-6 C3031

■現代日本における政治代表の動態分析

政府及び政党の掲げる政策と世論の動きに注目することによって，有権者の期待する政策を実現し，その負託に応えてきたのか，代議制民主主義の機能である応答責任を果たしてきたのか，それらをマクロ政体として捉え動態的に検証することで日本の実質的民主主義の特徴＝弱者に優しい民主主義を提示する。

---

## 議会制度と日本政治 ■議事運営の計量政治学

増山幹高著（政策研究大学院大学・慶應義塾大学）

A5判・300頁・4000円（2003年）ISBN4-8332-2339-2

既存研究のように，理念的な議会観に基づく国会無能論やマイク・モチヅキに端を発する行動論的アプローチの限界を突破し，日本の民主主義の根幹が議院内閣制に構造化されていることを再認識する。この議会制度という観点から戦後日本の政治・立法過程の分析を体系的・計量的に展開する画期的試み。

---

## 立法の制度と過程

福元健太郎著（学習院大学法学部）

A5判・250頁・3500円（2007年）ISBN978-4-8332-2389-8 C3031

本書は，国会をテーマに立法の理想と現実を実証的に研究したもの。著者は「制度は過程に影響を与えるが，制度設計者が意図したとおりとは限らない」とする。すなわち［理想のどこに無理があるのか］［現実的対応のどこに問題があるのか］を的確に示すことは難しい。計量的手法も取り入れながら，立法の理想と現実に挑む。

---

## 参加のメカニズム

荒井紀一郎著（首都大東京都市教養学部）

A5判・184頁・2800円（2014年）ISBN978-4-8332-2468-0 C3031

■民主主義に適応する市民の動態

市民による政治参加は民主主義の基盤であり，また現代政治学における重要なテーマであり続けてきた。本書はまず既存のアプローチの問題点を指摘し，強化学習という新たな理論に基づいて投票参加のパラドックスを解明する。さらに投票行動とそれ以外の政治参加を，同一のモデルを用いることによって体系的に説明する。